中国当代实力派作家精品书系

胡勇平——编著

文坛有个毛九班

百花洲文艺出版社

45位作家，像狼群一样聚在一起做文学梦
如今，这群狼在文学的山水间长啸

著名作家、鲁迅文学奖获得者
王跃文作序推荐

毛泽东文学院
第九期中青年作家研讨班

图书在版编目(CIP)数据

文坛有个毛九班 / 胡勇平编著. — 南昌：百花洲文
艺出版社，2020.11
ISBN 978-7-5500-3896-7

Ⅰ.①文… Ⅱ.①胡… Ⅲ.①报告文学–中国–当代
Ⅳ.①I125

中国版本图书馆 CIP 数据核字(2020)第 210101 号

文坛有个毛九班　　胡勇平　编著

责任编辑	杨　旭	
特约编辑	张立云	
装帧设计	潇湘悦读	
出 版 者	百花洲文艺出版社	
社　　址	南昌市红谷滩新区世贸路 898 号博能中心一期 A 座 20 楼	
电　　话	0791-86895108(发行热线)0791-86894717(编辑热线)	
邮　　编	330038	
经　　销	全国新华书店	
印　　刷	长沙市精宏印务有限公司	
开　　本	889 毫米×1194 毫米　　1/16	
印　　张	17	
版　　次	2020 年 11 月第 1 版第 1 次印刷	
字　　数	240 千字	
书　　号	ISBN 978-7-5500-3896-7	
定　　价	78.00 元	

网　　址　http://www.bhzwy.com
图书若有印装错误,影响阅读,可向承印厂联系调换

序:这支队伍叫"毛九"

王跃文

王跃文,湖南省作家协会主席,中国作家协会主席团委员。湖南省德艺双馨艺术家,鲁迅文学奖获得者。主要作品有长篇小说《国画》《梅次故事》《亡魂鸟》《朝夕之间》《大清相国》《苍黄》《爱历元年》,中短篇小说集《漫水》《无雪之冬》,杂文随笔集《幽默的代价》,访谈录《无违》《王跃文文学回忆录》等。

湖南省作家协会所属毛泽东文学院,文学界习惯称之为"毛院",创办于 1997 年。至 2019 年,毛院共开办 18 期"中青年作家研讨班",有近千名作家来到这里培训学习,他们中间涌现出了很多优秀作家。其中毛院第九期"中青年作家研讨班"很有凝聚力和影响力,学员们年年举办班级年会,班委会和秘书组永远是服务同学的无私义工。

"毛九"是这个班的简称,湖南文坛莫不知

之。毛九班 45 位学员来自潇湘各地，自 2010 年 6 月结业，至今刚好十年。这十年时间，我同他们一路走过来，看着他们风雨兼程，看着他们努力成长，见证他们无数温馨快乐的瞬间。这十年时间，毛九班的多数同学保持着旺盛的创作热情，创作出了不少优秀作品，其间还有同学升任当地作协主席，有同学调入了文联或文化馆工作，有同学加入了中国作家协会。因同学间的深情厚谊毛九班成了湖南作家讲团结讲友情的榜样，毛院各个班级仿效之，湖南文坛称赞之。

我参加过好几届毛九年会，2011 年首届在岳阳，2012 年在临武，2014 年在新宁崀山，2016 年在新化紫鹊界。每一次毛九年会都会安排开一次班会，同学们介绍自己一年里值得说说的事，有的说家庭，有的说工作，有的说健康，有的说班务，但更多同学是总结自己的创作收获，或讲讲来年的创作计划。班会环节紧凑，气氛活跃、轻松、欢乐。一届年会刚刚热闹开场，下届年会举办地早在角逐之中。班会上有个特别的"接旗"环节，即下届年会举办地的学员代表兴奋地接过班旗。两位班委会成员作为授旗官见证授旗仪式，当年承办地的同学郑重地将班旗托放到下年度承办地同学的手中，鼓掌、拥抱、合影。一年一度的相聚，无时无刻的牵挂，真挚深情的祝福。毛九同学们把班级年会看作他们的"文学春节"，每年简朴而喜庆地过着。

毛院作家班固然是湖南作家们学习文学创作、切磋文学心得的地方，但同时也是三湘大地的作家朋友们交流友谊、相互激励的地方。毛九班事实上成了一个永不结业的作家班，尽管学员们平时在各自岗位上辛勤工作，但他们不忘同砚，相互守望，忧乐与共。不论哪位同学发表或出版新作品，皆成全体毛九人的骄傲，祝贺之声传遍三湘四水；不论哪位同学偶有困难需要帮助，全体毛九人都会伸出援助之手，同窗之谊令人感怀；不论哪位同学什么时候有了喜吉之事，都会成为全体毛九人的共同节日。毛九班的学员们，不单是文学上的同道和知音，更在整个人生旅程上风雨同舟。

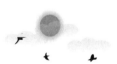

·目录·

序

第三辑　刚好遇见你

第四辑　毛九四姐

第五辑　七匹狼与毛九文学现象

附录

代后记

引子：文学爱好者心里的文学殿堂是圣洁的，然而，当提速的地球将新的世纪展现在我们面前时，各种浮躁、炒作、拜金、投机取巧，关系勾兑开始像汩汩暗流渗透、肆虐这方圣地，有识之士开始呼吁：救救孩子。然而，回应就像无数影视作品里坏人欺负良家妇女一样：你喊呀，你喊破嗓子看有谁来救你？时间就这样到了2010年的5月10日，毛泽东文学院第九期中青年作家培训班如期开学（简称毛九）。

壹

毛院有个毛九班

千山万水人海相遇,"缘"来你在这里

梁瑞郴

刘友善

胡勇平

01

铿锵三人行

　　梁瑞郴系湖南省作家协会荣誉主席、毛泽东文学院原院长兼创办人之一,他对我们毛九班是最了解的。刘友善是毛九班班长,常德市鼎城区人大常委会副主任,农民问题作家,出版长篇小说《黄土朝天》《长满水稻的村庄》《田二要田记》。在本书开篇之前,首先邀请他们两位和我来一个铿锵三人行。

　　胡:梁院长好,我们是 2010 年 5 月 10 日开始进入毛院读书,今年是我们九期毕业十周年,十年来,在湖南省作协和您的亲切关怀下,毛九班的学员们走过了相识、相守、相知的过程,从素不相识,到文文相重的华丽转身,您多次在不同的场合表扬毛九,称之为"毛九文学现象",请您聊聊这个话题。

梁：毛泽东文学院(学员们昵称毛院)建成于1997年。江泽民同志亲自为我院题写院名。全院占地面积3万平方米,整体建筑风格体现了江南园林和湖南民居的特色。建院二十多年来,在各级领导的支持下,毛院团结全省广大作家,利用文学院良好的平台,充分发挥其培训、展览、典藏等功能,成为湖南作家的培训中心、湖南文学的展览中心、湖南现当代文学的资料中心、湖南文学交流的活动中心,一直是湖南乃至全国精神文明建设非常重要的文化基地。

我这些年来也一直在思考：文学院已举办十八期中青年作家研讨班,八期新疆作家班,八期专题文学研讨班,二期高级研修班,共培训了两千多名学员。对湖南文学生力军的成长起了很好的培养和助推作用,被誉为"文学湘军的摇篮""湖南文学的'黄埔军校'"。同时,也为新疆维吾尔自治区和新疆建设兵团培养了大批作家。整体来说,每一个班同学之间的感情都非常深厚。通过办班,学员间都建立了联系。但是还没有一个班像毛九班这样,每年都有活动。这个非常不容易,这引起我的思考：为什么这么多班,唯独毛九班能10年坚持不断地搞了这么多活动,如果说仅仅以文学的名义,难道我们其他的班就不以文学的名义?我认为大家都是以文学的名义聚在一起。毛院办这个班的意思意图宗旨也在这个上面。所以这一条不是最主要的原因。

文人宜散不宜聚,这几乎是一个颠扑不破的真理。文人相轻也许就是千百年来的一个陋习。为什么毛九班大家都互相看重?只要有同学取得了一点成绩,大家都为他高兴。总之,什么事情都是成人之美。这个原因是什么?我一直在想,但一直没想透。文人历来清高,历来不屑于世俗的很多事情,这也是文人区别于其他群体的一个重要特征。在毛院毛九班,有一个非常非常特殊的现象,就是这个班的班集体善于从庸常的、世俗的生活,来团结大家、激励大家。比如说,有人坚持了十年,记录班上的每一件事。再比如全班每个同学的生日,班集体中的每个人都向他表示祝贺。再比如每年的春节,都会有一封慰问信和一个小礼品,再比如,谁家有重大的亲丧,总是会有人去慰问。非常非常平庸。但我想,正是因为这样一些事情,点点滴滴浇灌了大家的友谊,至于那些所谓的清高，大家都放下来了。是不是这些庸常的事情会消磨大家文学创作的那一点高贵的气息呢？我个人认为是不会的。我们的作品要接地气，要和人民大众联系起来，我认为作家就是要注意生活中许许多多的细节，许许多多的人间烟火。这里面就是我们中国传统的民间的一种弥合人心的好办法，你们做了，取得了很好的效果。

我认为凝聚毛九班的一个重要的因素，就是大家放下了所有的那种清高，用一些非常世俗的办法把大家紧紧地凝聚在一起。这是我找到的毛九班之所以坚持十年，还能越办越红火的一个重要原因。就一个感觉，这些貌似平庸的做法，并没有消磨作家的清高和高贵。

胡：谢谢您。

胡：友善班长好！刚才梁院长给了我们毛九很高的评价，作为毛九的领头雁，你介绍一下毛九班委会的情况。

刘：谢谢老院长对毛九的评价，毛九班班委会共七名成员：我是班长，常务副班长胡勇平，副班长胡滨，纪律委员陈应时，学习委员王天明，文娱委员袁敏，生活委员徐仲衡。我们这个班子经过十年的精诚合作，在毛九班所有同学心目中，就像是穿越雾霾笼罩的天空时，大家能够看得见的一条新的地平线。激情洋溢，一起做文学梦的日子，就像冲出山林的一群狼，直到如今，

毛九班委会从左至右：胡勇平、胡滨、刘友善、袁敏、王天明、徐仲衡、陈应时

仍能听到这群狼在江南的山水间长啸，带着穿越新世纪文学执着者的困惑和迷茫。

毛九精神，是逾越平庸和媚俗的一种精神，班委会成立后，明确工作职责、议事规则和定班规是一个很有意思的过程。袁敏得知我和胡勇平业余时间有打麻将、打跑胡子的嗜好，毅然定下了毛九第一大纪律：毛九作家间绝对不容许赌钱打牌；鉴于毛九作家中有近一半科处级文化干部，陈应时提议了毛九第二大纪律：毛九作家间绝对不容许钱权交易；鉴于毛九作家中有部分思想活跃的公知，王天明提议了毛九第三大纪律：毛九作家绝对不容许写毁三观的文章。鉴于千百年来，中国文人文文相轻的陋习，班委会集体制定了毛九最具核心竞争力的班规：文文相重。令人欣喜的是，毛九毕业十年来，三大纪律，毛九作家个个都做到了。文文相重更是有口皆碑。毛九的议事规则也是一件很有意思的事情：1. 民主集中制；2. 不许骂人；3. 不许在对方的动机上做道德文章；4. 换位思考，想想不同意见背后的道理。

胡：班长总结一下毛九十年以来的创作成绩，也向老院长做个汇报。

刘：在毛院读书以及毕业以后的十年间，毛九的同学不但以文友的名义凝结了深厚而又绚烂的友谊，文文相重，同时也取得了丰硕的创作成果，十年间，共在国家级、省市级纯文学刊物上发表（含转载）文学作品 761 篇，公开出版文学专著 46 部，获一百一十多个地市级以上的文学奖项，六人加入中国作协，大部分学员都在各地州市作协、各文学学会任职，编辑主持了几乎所有的诗歌微信公共平台。涌现出了闻名遐迩的毛九"七匹狼"，走向世界文学舞台的双语作家兰心，另外湖南税务系统、政法系统、教育系统、民俗文化界等行业的优秀作家都有毛九作家的闪亮身影。

胡：你介绍一下毛九的活动组织情况。

刘：毛九毕业时，针对班上同学依依不舍的情况，我们六人做了毕业不结束的一个策划，毛九作家每年举办一次大型文学采风活动，时间为三天，具体操作程序为：由各地州市毛九作家提出申办申请，确定时间、地点、主题，毛九班委会审查申办攻略，向毛泽东文学院以及所在地州市作协报备后，按期举行，毛九全体作家无特殊原因必须参加，同时会邀请国内著名作家、名刊编辑、当地作家参与。

小曲好唱口难开,活动经费历来是所有活动组织者头痛的事,我们六人做了活动的沙盘推演和精算,每一次活动的保底经费是 18000 元左右,于是倡议经费实行 AA 制,即参会的毛九作家每人 200 到 300 元,申办的毛九作家每人 2000 到 5000 元,当时打出的口号是,毛九作家每年掏 200 元看望全班同学,愿不愿意?湖南十四个地州市的毛九作家,十四年中,掏一次 2000 块钱招待全班同学,愿不愿意?结果得到了所有毛九作家的认可。毛九毕业以后,连续十年无间断地成功举办了岳阳洞庭三江口,郴州临武,常德桃源花岩溪,邵阳崀山-蓝山,娄底新化紫鹊界,怀化芷江,益阳安化云台山,衡阳南岳,湘西凤凰毛九作家年度采风活动,2020 年长沙毛九作家已经成功取得了十周年采风活动的申办权。

申办毛九年会,成为毛九作家们的一种荣誉,长沙年会正好是十年年会,长沙的胡勇平有一个想法,就是剩下的城市一起联办,十年以后,毛九年会就走出湖南。到班委会征求意见时,我和天明挺支持这个想法,要他去听取各地同学的意见,结果碰了一老鼻子灰,张家界邓道理是这样答复的:联办好呀,那就到张家界来吧,这长沙大家经常去,全班同学十四年才集体来一回张家界;株洲陈科是这样答复的:联办好哇,我们株洲再另外找时间请全班作家吧;永州的陈永祥回答得更绝:胡班长的倡议我们永州怎么好反对呀?永州只不过是大文豪柳宗元写《捕蛇者传》的地方而已。邓道理当天的微信是:为了迎接党诞生 100 周年,毛九张家界全体同学一致申办 2021 年毛九年会。谁还敢说毛九七匹狼之一的闷狼邓道理"闷"呀?

毛九年度采风活动极大促进了举办地文化旅游事业的发展,极大丰富了毛九作家的创作素材,极大带动了毛院所有班级作家的创作热情,得到了湖南作协领导和毛泽东文学院领导的高度赞赏,由于该活动中穿插有毛九作家班级年会,所以在毛九内部简称"年会"。毛九班委会计划在湖南十四个地州市轮流举办完以后,用五年时间,去孔子的家乡、曹雪芹的家乡、吴承恩的家乡、施耐庵的家乡、罗贯中的家乡,去寻找中华文学的根,再用五年时间走出国门,拜谒歌德、普希金、聂鲁达,拜会当今世界仍然活着的文学巨匠。

做官到年龄了，就得下台，但毛九班委会却是终身制的。为了提高执行力，胡勇平提议成立毛九秘书组，2011年夏，我组织毛九部分同学在常德柳叶湖开了个会，选出了王家

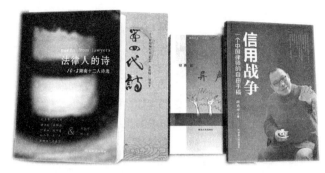

胡勇平编著的书籍

富、王丽君、胡娟、刘慧为秘书组成员，这就是后来毛九著名的"吉祥四宝"。十年中，我唯一缺席过的一次年会是邵阳崀山-南山年会，因为抗洪救灾走不开，偏偏那一年年会出了一个插曲，林琼联合崀山-南山两个旅游景区共同协办，筹集了二十多万的资金，活动搞得声势浩大，这让后面排队申办年会的同学感到了很大的压力，会议结束前一晚，班委会开了一个紧急会议，会议是勇平和天明主持的，胡滨打开免提，让我参会发表意见。也就在那次会上，重申了所有申办年会的同学必须严格按照班委会的年会方针，杜绝走样，杜绝攀比。林琼费尽心力，以班上最小的年龄同学身份，办了最盛大的一届年会，不但没有得到表扬，反而挨了批评，为此和勇平闹了一段时间的别扭。勇平后来写了一篇文章，专门给林琼做了解释和道歉，所有矛盾迎刃而解。

毛九的事，有一条规则：有人负责我服从，没人负责，我负责。班委会组织的云南采风谢师宴我没时间参加，完全是勇平和胡滨张罗的，衡阳南岳年会几乎是徐仲衡一个人操办下来的，勇平和天明协助完成了组织程序，我也没有操心，我们班委会七个人至今都很团结，诗人海南有一句话："在我消失或者存在的日子里，将继续着醒来的黎明"。我这班长当得很幸福。

链接：作家的才情、胆识与书写的深度
—— 刘友善和他的《田二要田记》

文／郭虹（著名学者，大学教授）

我始终认为，一个作家的良心、胆识与才情同样重要，刘友善的长篇小说《田二要田记》就充分证明了这一点。

刘友善，湘籍武陵人。用他自己的话说：务过农，经过商，坐过机关。丰富的生活阅历和一颗敏感的心以及敏锐的洞察力玉成了他的文学上的成就。短短几年时间，工作之余，刘友善都在默默地经营他的文学领地，先后出版了农村题材的长篇小说《黄土朝天》和少儿题材的长篇小说《长满水稻的村庄》，2013 年刘友善又出版了长篇新作《田二要田记》。说《田二要田记》的出版，是 2013 年湖南文坛的重大收获一点也不夸张。

首先，作家大胆地选取上访这样一个公众高度关注又十分敏感、普通人不敢涉及又十分重大的社会问题为题材，截取改革开放之后社会转型这一特定历史时期作为背景。故事发生在湘西北沅水流域某县的某个村庄，因为县里要招商引资而盲目圈地，致使农民田二失去了他承包的责任田，为了要回赖以生存的稻田，田二先是和以村长麻子远、会计皮兴财为代表的村干部谈判，并提出了合理的赔偿要求，但遭到了村委会的断然拒绝，自此他被逼上了一条从村到乡到县到市到省直到北京的无休无止又徒劳无功的上访之路。其实田二也曾放弃上访，但他开摩的被人暗算，摩托车莫名其妙被没收，拾荒又惨遭打击还进了班房，命运又把他逼上了上访的路途。其题材之所以敏感，是因为它是时代主旋律中的不和谐之音从而被视为不稳定因素。其实，上访者正是基于对上一级党和政府领导的充分信任，他们深信上一级政府能帮他们解决他们在基层没有解决的问题，才选择上访；另一方面，上访也表明了百姓

权利意识的觉醒,一旦利益被损害,便勇敢地站起来维护自己的权益——这正是时代的进步。其主题之所以重大,是因为它牵扯到社会的方方面面,已经成为一个社会问题。小说的结局虽然给整个故事抹上了一层略带侥幸意味的亮色,但这并不是田二上访的结果,这一结果表明:解决问题还要从问题的根源着手。小说以极为荒诞的笔触,独辟蹊径地展现了这个世界一个不大为人知晓的侧面,以呼唤良好的社会秩序的建立。

其次,《田二要田记》给当代小说人物画廊又增添了几个鲜活的形象。

这部小说没有传统文学理论中的正面人物。主人公田二是作家着意刻画的形象,他从小生长在农村,与他的祖辈一样和田地打交道。改革开放之初,他也曾向往外面的世界,准备离开农村加入南方淘金的行列,但挚爱土地的父亲一个耳光就打消了他的梦想,从此,他就安安心心侍弄着他的责任田,与田里的庄稼一起经历春夏秋冬,季节轮回,成了一个安分守法的地地道道的中年农民。这个朴实的农民像他父辈一样视土地如命根子,因为县里"筑巢引凤"而征地,有些农民因此失去了土地,村里只得将责任田重新分包,田二因对村委会的这种做法心生不满而拒绝与会,因为田二的消极抵抗,他的田被人用摸砣子的方式弄走了,而村会计代他摸到了几亩薄田。若田二是顺从的也就认了,偏偏田二是倔强的,他执意要回自己承包的责任田,他甚至摘掉了象征着村里权力的两块牌子。若是村委会能摆正位置,从农民的切身利益出发,以解决农民的问题为宗旨,给田二道个歉,并适当给予补偿,那后面的故事就当

刘友善出版的书籍

另写了。偏偏村长、会计认为村委会是执行县里的指令，怎么做都是理所当然，并不理会田二的诉求。作品开篇就通过田二与村主任麻子远、村会计皮兴财的较量，将田二与村委会的矛盾摆了出来，同时也交代了田二日后上访的缘由。

同时田二身上又有着很鲜明的新时期农民的特征。一方面，他具有很强的法律意识，当他的权益受到损害时，他能自觉地拿起法律的武器来维护自己的权利和尊严。按《农村土地承包法》规定，农民承包的土地三十年不变，田二正是认准了这一条才据理力争，依法维权。同时他又有很清醒的主人意识，田二有田二作为一个公民的权力，用他的话说是"该死的皮会计代我摸的"，"他就是摸到一块好田，我也不见得会干"，"谁也做不了我的主"。在与皮兴财较量时，田二再次强调"不是田差不差，面积少不少的问题"，并且质问皮兴财"你凭什么当我的家？"田二坚信，不经过他的同意调整他的田是没有道理甚至是违法的，因此他放出狠话："老子讲到哪里都要讲赢你。"基于这样的认识，田二怀揣着对上级党和政府的充分信任，手拿着法律的武器，踏上了一条受尽屈辱、看尽脸色、吃尽苦头、几近疯狂的漫漫上访之路。这一路也牵出了小至乡政府的牛乡长、县信访局副局长马秋平，大至分管农业和接访的副县长朱义声，他们被田二牵扯着、捆绑着，在田二上访的路上扮演着重要的角色，上演了一幕幕极富荒诞色彩、让人啼笑皆非的闹剧。

田二质朴老实而又不乏精明。因为他老实，村干部欺负他，不仅调了他的田，而且还认为田二没有胆子去乡政府，因为这个地道的农民甚至"都不知道乡政府的门朝哪方开的"，可是他们低估了田二。因为他老实，所以屡屡受骗。他先到乡政府，乡里相关负责人首先是踢皮球，后又在麻子远的怂恿之下失信于他。他们认为季节到了，生米成了熟饭，田二就无可奈何了，他们再次低估了田二。眼看季节已到谷雨，田二的田仍希望渺茫，他只得去县信访局了，可是球又给马局长踢了回来，村里当然更不能指望了。至小满时节，田二已跑了八趟乡政府、四趟县信访局。不知是多少次了，田二见要田无望，只得到市里上访，在市里，他第一次见到了来接他的副县长朱义声，田二满怀希望以为见到了青天老爷，自己的田能要回来了，可是朱义声却一而再再而三地哄骗他，导致田二几次大闹县政府。

田二又是精明的，他第一次与皮兴财较量，在质问皮兴财之后，田二提到村委会选举投票的事，显然田二是要皮兴财知道，他们家是投了皮兴财的赞成票的，现在皮兴财不仅不感谢，还做他的主调了他的田。田二是想由此打动皮兴财，所以接着他第一次提出了赔偿五千块钱的要求，他甚至拿走了皮兴财新近买的豪华摩托车的钥匙。若是村里按五千块钱的要求补偿了田二，那也就没有了后面的故事，但是村里有村里的逻辑：田二一闹就给补偿，那今后会引来更多村民效仿，村里哪有那么多钱来补偿。田二的算盘是精准的，大闹县长办公室之时，再次与牛乡长谈判，田二逼得牛乡长不仅承认自己搞错了，还答应把摩托车归还给田二。田二也答应了牛乡长提出的"不再闹"的请求，但他又不失时机地再一次提出了补偿条件，他说："我可以不闹，补偿嘛，不出村解决我的事，赔礼道歉，补偿五千块钱。出了村，到了乡里，把田退给我，补偿五千块钱。出了乡，到了县里，田退回，补偿一万块钱。出了县，到了市里，补偿三万块钱，出了市里到了省，补偿五万块钱。我已经去省里几次了，没有十万块钱，我死也不会答应。再说摩托车弄得稀巴烂了。"田二并非信口开河，他在心里是算了一笔账的，季节流逝，田地荒芜，上访所耗费的时间、金钱等等，弄得牛乡长之流哑口无言、无计可施。由此，田二的精明可见一斑。

田二硬气又有点无赖。不是他的你给他他也不要，田二有他的原则。在北京，牛乡长对他说："只要你回去，我自己出钱给你"。田二清楚地回答他："你出得起，我也不要。"而且看到别的上访者向人索要钱财，他"打心眼里瞧不起那些人"。但他又有点无赖，他闹访、缠访。大闹县政府时，副县长朱义声为了暂时的安定，自己给了田二一千元钱。田二得了这么一笔钱，觉得钱来得太容易。"他想，做点出格的行动，还能搞点钱，划算！"田二大闹县政府，并待在县长办公室不肯走，非要见到县长。牛乡长提醒他：这儿"是全县人民的政府，全县人民的办公室，你懂吗？"田二理直气壮地反驳道："全县人民的政府，我也是县里的人民，我不能来吗？"这就是作为农民的田二的逻辑，这种似是而非的道理弄得牛乡长啼笑皆非，只得愤恨地骂田二"简直就是个泼皮"。

田二老实而又狡黠。他在一次次被耍后学会了耍人，在包保一层层加级之后，他还能巧妙地避开包保人员带上父母进了京城，看到牛乡长、马局长和朱县长被要得团团转，他甚至感到了要人的乐趣。田二是一个有着深厚传统农民意识的现代农民形象，这一形象也寄寓了作家对农民的态度和对土地的深情。

小说中作家着意刻画的另一人物是副县长朱义声。在这个人物身上或多或少有着作家的影子，刘友善曾做过副县长，分管的就是农业，而县里上访多为农民，自然他也就要管着这一块了。小说中作家曾借朱义声、马秋平、牛乡长之口写出了这一工作的艰难："现在上访成了下面最头痛、最麻烦、最费时耗力、最有压力的一件事了。一个上访户，一旦到了省里、北京，大批干部将跟着上省赴京，玩猫捉老鼠和小孩子捉迷藏的游戏，就像豆腐掉进灰里，打也打不得，拍也拍不得，包保的人受了天大的委屈，也只能打落牙齿往肚里吞。""往往上访的还没行动，通知接访的电话就到了。"这一经历使作家在塑造朱义声这个人物时显得得心应手。朱义声虽然贵为副县长，但是他同样生活在传统与现代、自我与环境的夹缝中。从某种角度来看，他甚至活得还不如田二。起码田二遇到不公可以上访，而他则不能，他只能屈从，因为他有所顾忌。

与田二一样，朱义声也是农民的孩子，他们出生在同一时代，但他要比田二幸运得多，大学毕业他就进了县衙，从底层"扫地抹桌打开水送文件的办事员"一步步靠着自己的不懈努力做到了副县长，长期的机关生活形成了他自己独特的性格。一方面他还有着农民的善良与真诚，并与农民有着深厚的感情。他同情田二的遭遇，真心地想给田二解决问题。当他听到田二说上访"并不是为几个钱"，"只想插几亩田养家糊口"时，他内心深处被"触动"了，甚至"开始自责起来"，他责问自己："作为农民的儿子不善待农民，那还有谁会善待农民呢？"他也曾被田二一家乞丐般的样子所震撼而两眼湿润。但长期的机关生活又使他为人虚假，在市里，朱义声与田二第一次见面，他虽然与田二点头打招呼，但细心的田二从他的眼神里，看出了对自己的"厌倦和不屑"。去省里接访田二，在"省政府门口，朱义声一见田二，明显一脸不悦，但立马换了笑脸"，并挥手同田二打招呼，还勾肩搭背与田二套近乎。朱义声的这一连串亲热动作并非发自内心，而是职业、职责使然，其虚伪由此可见。

作为一名党的干部，朱义声对分管的工作可谓恪尽职守，为了执行上级维稳的政策，达到上级零上访、不给市委市政府添乱的要求，他几乎是全身心投入到接访、拦访、截访、包保和息访等工作中，当他被卷进田二上访之路之后，就几乎没过一天安静日子，田二的闹访、缠访弄得他焦头烂额、心力交瘁。但是在对待田二的问题上，他又表现出敷衍应付的态度。作家安排他与田二的第一次见面是他奉命去市里接上访的田二，为了骗田二回家，他随口许诺要田二第二天去县政府找他，他只是为了完成任务，把田二哄回家。等较真的田二应约找来，他才知道遇到了一个不好对付的上访户。但即使这时他也不曾认真考虑过如何解决田二的问题，而是暗示下属再次许诺田二过几天专门在办公室接待他。当他无法回避田二之时，他又打出人情牌，许诺去田二家里看看，弄得朴实的田二感动万分。他就这样一而再再而三地哄骗田二，以致田二由满怀希望到失望再跌入彻底绝望，对他也是由充分信任到怀疑到彻底不相信。作者通过这一形象，提出了一个非常严肃的问题，即群众对政府的信任危机，并间接地指出了解决这一问题的途径，即如朱义声一般的政府官员应把群众利益放在首位，切切实实地为群众服务，发现矛盾，及时化解，方能赢得群众的信任。

朱义声是一个清醒的现实主义者，他不仅看到了这个时代的伟大，还看到了这个时代的疯狂和荒唐。在他身上，不乏正义感，他不满现实，对县里所谓"筑巢引凤"持怀疑态度，他不赞同县里解决上访问题的方法，因为田二闹访给县委书记骂了一顿，他还敢于和县委书记争辩。得知杨站长喂田二吃屎，他怒不可遏，听说因为田二闹访要被拘留，又及时阻止。他对现实不满又无能为力且无处诉说，因此，常常生出茫茫人海中的孤绝感。但他又胆小怕事，他甚至"晚上怕走夜路，开会怕说真话"。因为他胆小怕事就缺乏担当，田二爬电视塔之后，他担心田二去北京，便提出补偿给田二一笔钱，但是当牛乡长要他批示一下时，他却不敢担担子，百般推诿。他虽不满现实，但又常常安慰自己"不求有功，但求无愧于心"。作家通过人物生活的具体环境描写和人物语言、行动、心理的刻画，立体地塑造了一个充满矛盾的政府官员形象。

小说在凸显主要人物的立体形象之时，顺带展现了村长麻子远、村会计皮兴财、乡经管站杨站长、县信访局马局长等次要人物的不同的个性侧面。就连一直在背后的专横跋扈的县委书记、应景式接访的市有关领导等等，都能给人留下深刻的印象，也使作品有了一种纵深感。这一系列人物群像构成了田二生活的具体环境，使田二的上访之路矛盾重重、荒诞不经。

语言的原生态是小说的另一大亮点。首先是大量沅水流域的成语、俗语、歇后语的运用，赋予小说的语言鲜明的湘西北地域特色，这些语言既保留了地方口语中富有生命力的成分，又吸收了具有时代感的语汇，增强了人物的个性色彩，还富有浓郁的乡土韵味。其次是小说的叙事极具风格，小说开篇并无惊人之语，但看似平淡的叙述中却暗示了田二与村委会矛盾的严重性，并交代了田二上访的原因——有这样处理问题的村委会，才会有田二，才会有农民上访。作家不厌其烦地描写田二的上访、闹访、缠访和基层干部的接访、拦访、截访、包保的过程，在看似拖沓的叙事中，再现了田二上访之路的艰辛和屈辱，表现了农民对土地的依赖和深情以及基层"小吏"在夹缝中生活的尴尬和无奈，深刻揭示了二十一世纪初社会生活的矛盾侧面，尖锐地提出了一个无法回避的社会问题，并探讨了解决这一问题的途径，显示了作家对题材处理、主题提炼的一份从容。

02

胡滨的云南交代

讲述者：胡滨

胡滨，自1983年参加教育工作以来，先后分别在《安化报》《益阳日报》《湖南日报》发表多篇散文、诗歌和摄影作品，多次荣获人民银行武汉分行摄影作品优秀奖，《益阳日报》散文赛一、二、三等奖和《安化报》发刊词比赛等奖项。出版散文集《杨林根》，诗集《黑玫瑰》，以及《艳遇梅山暨安化茶马古道旅游指南》。

胡勇平：滨哥好！毛九能做出一些成绩，与湖南省作协、毛泽东文学院的关心和支持是分不开的，王跃文主席、梁瑞郴院长几乎出席了毛九的所有重要活动，毛九邵阳年会、娄底年会，王跃文主席都是从机场直接奔过来捧场的，我写的《信用战争》，总编的《法律人的诗》，王主席和张战夫妇不但破例帮我写了序，而且全程出席了新书发布会，王丽君、王天明等出版新书的时候，都是作为文友的身份参与的活动，我也是最能折腾梁院长的，一会儿要题字，一会儿要出面帮毛九活动请其他老师，在毛九同学心里，院长都胜过了南岳山的菩萨，有求必应。请你谈谈2012年3月，湖南作家云南采风之行，毛九谢师宴的一些情况。

胡滨：2012年3月，湖南作家云南采风之行是毛九班委会策划的一场"谢师宴"，说一句掏心窝子的话，出于时间、摄影以及我在县里管旅游等考虑，班委会决定该次活动由我带队，胡勇平的同学陈莘莘女士是一位企业家，也是一位文学

云南采风：梁瑞郴、王跃文、谭谈、邓宏顺、水运宪、谢宗玉、胡勇平、胡滨以及随行的工作人员

爱好者，谢师宴全程由她赞助，考虑到操作方便，由胡勇平担任站长的边缘文学网作为承办单位，参加七彩云南采风活动的老师有谭谈、王跃文、水运宪、梁瑞郴，既是老师又是毛院一期大师兄的有邓宏顺、谢宗玉。各位老师都是在中国文坛和湖南文坛声名赫赫的大人物。

到了腾冲，我们一行背着行李走出机场的时候，晚霞出来了：温暖、晴朗。这是一个传奇的地方。后来梁瑞郴院长在他的《一切缘于偶然》的开头，记述了我们这次云南的结伴而行：这是一次真正的慢游，除了飞行充满现代快捷意味之外，剩下的便是在慢节奏中寻找一点久逝了的古意。沐浴春风，享受友情，骋怀驰目，仰俯宇宙，省悟人生。西南边陲的风景，尤其是和顺、丽江、束河古镇的阳光，在慢慢品味中温暖便会渐渐弥漫，让你倍加珍惜生命与友情。

在和顺活动期间，我告诉勇平：跃文老师通知我们开会。勇平一愣，这次活动中没有这项安排吧？我很神秘地对他笑：去了你就知道了。到了酒店茶亭，除了谭谈和邓宏顺老师出去散步以外，其余四位都在，大家互相客气一番以后，水运宪老师很严肃地问：毛九班毕业两年了，关于你们班各种传闻不断，你们两位班长解释一下，这毛九男女同学砣子是怎么回事？勇平冲着我一笑：你交代吧。我说：毛九学习期间，班委会有一项最重要的任务，就是全班同学的安全问题，临近毕业，学校组织大家到贵州镇远采风和施秉杉木河漂流，为了保证大家的安全,尤其是女同学的安全,在临出发的前一星期,班委会组织了一个晚会,晚会上,把20个女同学的名字做成纸砣子,由班上25个男同学摸,男同学摸到哪一个女同学名字,就必须一对一帮扶,以后的户外集体活动,除了负责安全保卫以外,还要负责搬行李,包括买水、小额零食等。底线原则:可以有故事,但不容许发生影响对方家庭的事故。跃文老师问:这几年,有没有事故发生?我说:据班委会掌握的情况,没有任何事故,相反,毛九出现了焦玫和曾令娥,张湖平和喻俊仪两对优秀砣子,他们的家庭间都产生了深厚的友谊。曾令娥夫妇都是桃江的优秀教师,他们把麻阳焦玫的孩子都接到身边辅导了一个学期。在座的老师一致投来了赞许的目光。

接下来,胡勇平代表班委会向各位老师汇报了毛九毕业以后的创作、活动等情况,不知不觉中,谭谈主席回来了,他是中国作协副主席,和梁院长是毛泽东文学院的创办人、奠基人。谭谈伸出大拇指:毛九好样的!我请谭主席对毛九作家说点什么,主席沉思一下,用他的涟源普通话说:城市的根就在农村,就是说没有农村,便没有城市,基于这样的观点,我们的作家下乡去,到村子里走一走,看一看,住一住,这就是找到了自己的根,找到了文学创作的根。同时,这也是一种心性的回归,农村这么好的山水,这么淳朴的乡风民俗,能让我们的心灵得到净化,使我们能够看清自己在神奇大自然的位置,使我们在以后的创作过程中,思想境界得到升华。

胡勇平是对水运宪老师行过师徒礼的,一路上,王跃文老师却笑着打趣走在他前面的水运宪老师,说"看见你的背,女人都想犯罪"。原来水运宪老师着一身18岁少年郎的时尚服饰,略带迷彩的蓝帽子蓝衣服蓝裤子被蓝天空蓝湖水映衬着,简直就蓝成了蓝色经典,连背影也蓝出具有侵略性的诱惑。谈到毛九作家创作的出路,水运宪老师不无希冀地说:我们也要与时俱进,不要自命清高,也不要死守清贫嘛,文学发展到今天也是这样,只有它插上了影视这双翅膀,才会飞得更高更远。

邓宏顺师兄已经是湖南省作协副主席、怀化市作协主席了,他用非常优美的文字,写下了毛九的云南采风《盘旋在云南上空的日记》。谢宗玉师兄现在是湖南作协副主席、毛泽东文学院院长,对毛九赞不绝口,最让人感动的是,他在曾令娥受屈时,在毛九作家给教育厅的集体报告上,毅然签下了自己的名字。

束河古镇,人人都醉了,所有的记忆都断片在那一家有水烟筒的饭店里。这家饭店老板是一个常德姑娘,她看见王跃文老师,腿就迈不动了,跃文老师为了赶广州讲座的稿子,闭门谢客,她为了得到王老师的签名,硬是放下了饭店的生意,在我们住地开了间房守了一夜。

以后的日子,总是会想起求签名的姑娘,这份对作家的挚爱。时间隔得愈久远,往事便越清晰。

链接:在爱的芬芳里活着

文 / 杨美绿

我叫杨美绿,毛九胡滨的老婆,当胡勇平班长发出毛九十年征文后,我很是兴奋,想把毛九45位同学齐心将胡滨从死亡线上一步步拉回来的故事说出来,回忆的过程似乎很长很长,我的内心虽疼却温馨着。

2015年3月1日,我因事外出。一盆炭火,造成胡滨深度昏迷,头部、腰部,特别是腿部严重烤伤,安化县级医院胡青医生将其诊断为脑梗,家属多次质疑,要求输高压氧,但医生的固执,造成了一起严重的医疗事故,彻底毁了滨哥,要知道严重受损的脑细胞怎么能熬过28天啊!那位聪明睿智,果断干练的滨哥渐渐离我

滨哥夫妇

们远去,他再度昏迷,神志不清,3月28日转长沙湘雅附二医院进入重症监护室。

4月2日上午,滨哥苏醒,转入脑神经内科,当天下午,勇平班长赶到医院,抓着滨哥的手,眼泪双流,半晌说不出话来,然后他转身对我说:"嫂子,别怕,到了大医院一切会好的,班委会一定会做出安排,有什么需求尽管提,钱能解决的问题,不是问题。"

那时我见到胡班就像抓到了救命稻草,我,一个贫困县城来的女人,到这大城市方向都分不清,有了他,我不再害怕,当时只有一个念头,哪怕是砸锅卖铁,也要把滨哥救回来!第四天,胡妈妈提着乌鸡汤来了,她说:"小杨,我亲手炖的,让他多喝点,会好得快些。"

由于错过了最佳治疗期,滨哥的病情越来越严重,大小便失禁,语言吐词不清,慢慢地发展成不会说话,不会走路,目光呆滞……

毛九在外围开展了细致的暖心行动。累计爱心捐款达25000元之多,同时开展爱心陪伴活动,4月5日,城内的王丽君、胡娟手捧着鲜花来了!"滨哥,记得我么,我是丽君。""滨哥,我是胡娟,你的妹妹。"也许是内心深处的记忆触动了滨哥,那时的滨哥只会流泪。4月7日,远在桃江的令娥,以女性特有的虔诚在寺庙里为滨哥求了平安符,并亲手为他戴上,在我们进入高压氧舱时还在舱外呼喊着:"滨哥加油!"

也许是因为和妹妹同姓,胡娟把滨哥更是当作亲哥哥看待,每周都会带着狼崽(她儿子)来看滨舅舅,自家花瓶里种的西红柿熟了,摘给舅舅吃;做了饼干送来满满的一盒,我说滨哥有糖尿病,娟儿说:"知道,这是给你的,嫂子好好爱惜自己才有力气照顾滨哥。"过不了几天,她又来医院,把毛九每个同学的名字写下来,一个个地读,一个个地问,就像幼儿园的阿姨带小朋友一样。当滨哥认得字后,她又开始了填字游戏……

特别让人难以忘怀的是4月29日,班委会委托丽君、娟儿、毛九的小狼崽、湘潭的王家富跑到附二的病房为滨哥庆生,丽君为滨哥朗诵了一段席慕蓉的诗《根》,鼓励滨哥不屈不挠与病魔抗争。家富为滨哥唱了首《父亲》,狼崽唱了《我爱你祖国》。娟儿说:"滨哥,你今天一岁了。我们一起庆祝你重生!"当

湖南省第九期中青年作家研讨班开学典礼

时附二的病号、医生很是羡慕，不晓得滨哥当的是什么官，天天有那么多人看望他，牵挂他。我没多做解释，只是微笑着说："他们是毛九同学，一个只共同学习了45天的班级的同学。"

大脑严重受损，要想恢复，谈何容易！毛九同学力求寻找熟悉的东西，刺激滨哥。4月26日，周正良风尘仆仆地从岳阳赶过来，特意选了一组崀山年会的照片，用精致的玻璃框装好，"滨哥，记得么？这照片上的人认得么？"他并叮嘱我，让他反复看，会有帮助的。

5月15日，滨哥的生命体质特征平稳，转入省脑科医院进行康复治疗。用医生的话说，患者暂时没有生命危险，但必须正视的是：患者可能会有自闭症、癫痫这两种后遗症，至于能恢复到什么程度，就看患者的意志力与家人的照顾程度。此时的滨哥不会迈腿，不会蹲，不会坐，不识字，目光游离，大小便仍然失禁。脱离生命危险，就有活下去的希望！每天，滨哥脑壳上扎满银针，接受电疗，我让他扶着栏杆，搬着他的腿一步一步地移……

5月19日，难得有点空闲的胡班，煲着鸡汤来了，在大众眼里，他是大名鼎鼎的律师，在家里他是扫帚倒了也懒得扶的主，然而对滨哥却是那样上心："滨哥，这鸡汤味道怎么样，嫂子尝尝这红烧牛肉！我老婆说我今天太阳从西边出来了！嘿嘿！""滨哥，今年的年会就定你们安化，行么？主题，陪伴？不行，你要积极点,毕竟你为主啊!"真的,还莫说,那年的年会真安排在了安化,看云上茶,混高山"帐"(男生搭帐篷),其乐融融(这是后话)。康复训练异常艰难,除了病患自制力更需要家人的陪伴。毛九同学就是滨哥的家人,陆陆续续,毛九的第二轮陪伴开始了。6月15日,张家界的清清和株洲的孙祝君赶来,恰逢中餐,清清接过我的碗,"嫂子,我来!滨哥,张嘴,记住呀,我是清清。"喂着饭,哄着滨哥,看着他睡觉后都不肯离去。

7月19日,那是个特别的日子,味驼子和肖云夫妇来到病房,味驼子刚开口,滨哥喊了声:"味驼子。"这是滨哥第一次主动喊人啊!接着,李伟来了,锦芳来了,丛林来了,慧子来了,王亚来了,九妹来了,俊仪和兰心也来了,滨哥也开始认字了,会走路了,直至天明哥到来,他也能开始简单地交谈了。

3个月后,再到附二医院复查时,王教授说滨哥是个奇迹!2019年11月,凤凰年会后,娟儿发了一组"我们的滨哥",感激之情油然而生,这是一种怎样的爱啊!它超越了朋友、同学之情,甚至亲情,直至读到兰心的大作《毛九,我的娘家》时才懂,这是大爱,在这物欲横流、世态炎凉的社会里,只有毛九,才能找到这种爱,这样暖心的大爱!

一场意外,对滨哥的摧残是严酷的,曾经那位风流倜傥的滨哥再也找不到了,随之而来的是很多让人难以忍受的后遗症,但毛九的每个人都伸出了温暖的手,45双手连起来,为滨哥建成了一个爱的花园……滨哥是不幸的,但滨哥又是幸运的,灾难是无法预知的,但在爱的芬芳里活着,真好。

03 _____

徐仲衡：一个人的南岳年会

讲述者：徐仲衡

徐仲衡，南岳衡山脚下，文化战线深耕十八年。省作家协会会员，省音乐家协会会员。

2012 年暑假，胡娟的儿子小灰狼叛逆，她给徐仲衡打了个电话：我要把崽送到南岳去学武术，你帮个忙。把小灰狼往火车上一塞，胡娟忙自己的去了，另一头，是徐仲衡帮她把儿子安排在一个僧人开办的武术学校，每个周末帮她接出来"打牙祭"，遇到加班还得带着在办公室里睡觉。等暑假结束，又买票把孩子送上长途汽车回长沙。还是这一年，兰心需要找一处能静心的地方创作《小心男人这样骗你》，找徐仲衡帮忙寻一座庙闭关。徐仲衡把兰心带到了广济禅寺。不过，本来跟寺中说好要待 40 天，结果才 20 天，兰心就被宗显方丈请了出来，倒不是兰心犯了什么清规戒律，而是她每天早上一袭白裙，人靓舞美，时不时来一段《西游记》中女儿国里的唱词：悄悄问圣僧，女儿美不美？一众年轻僧人鼻血不止。徐仲衡只好亲自上山把兰心接了下来，时任宗教局副局长的他，看着眼前的这位美女同学，一句话都没说，直乐。兰心悄悄告诉徐仲衡，在广济禅寺才 20 天，她的书已经写成了，而且显宗大师也接受了她的皈依。

徐仲衡这哥儿们非常贴心地照顾同学们，但他性子耿直，是毛九班委会著名的反对派，讨论问题的时候，总是一副"你们可以不采纳我的观点，但我要捍卫我表达观点的权力"的架势。进毛九的时候，他做衡阳南岳宗教局副局长，成天要和山上念经的道长、方丈打交道，这口才一点都不亚于我这靠嘴巴吃饭的律师。

前几年仲衡的母亲逝世，我和王天明代表毛九去徐仲衡老家吊孝，做完所有的礼仪，就餐时，聊着他的母亲以及班上的事。母亲的逝世，心里那种锥心的痛，并没有写在他的脸上，而他不经意的一句话，让我当场泪目：活到我们这个年纪，重要的人越来越少，身边的人却越来越重要。

徐仲衡如是说：

2018年，南岳申办毛九年会成功，毛九班班旗揣回来了，感觉沉甸甸的。衡阳的同学老梁退休闲居长沙，年会的主要任务就落在我身上了。这几年，我因为此事，甚至改变我的工作轨迹。说实话，有机会也没有离开单位，也与上司保持某种妥协，都有这个因素在。经费怎么搞定？虽是文化活动，也得领导首肯。于我，这辈子置身官场，本来是个错误。从未送礼跑官提要求的我，到底

南岳年会上，水运宪挥毫泼墨：毛九。并加入毛九班成为荣誉同学

毛九同
学在湖南作
家书画院

还是利用了一回人脉资源开了一回口,顺利争取到资金。那一刻,我比小时候
过年还高兴。

操办事情本身不在话下,自己在文化战线十多年,经验还是够用的。启动
筹备工作前后不过个把月,我已经把一众细节安排落实妥当。选酒店时,竹海
山庄首先是定了的,山脚下原本是定名山精舍文艺主题酒店,也答应了的,结
果由于临时酒店前一批客人的原因,无法履约,最后临时换了酒店,未达到理
想值,此事多少有些遗憾。其余找领导批免票,批车辆线路,车辆安排、约导
游、与凰菊基地老板谈妥赏菊宴、预定纪念品等细节,都还在掌握中。梁大哥
私人掏了三千,我想想还是必须收下。

邀请老师我主要委托了勇平副班长,特别提出帮我请到水运宪老师。没
想到成就了毛九与水老师的一段师生缘,他成了毛九的编外同学,加入了我
们班群。王跃文主席在微信中回话来不了,余艳老师来不了,电话里说得很真
诚。胡班另外帮我请了另外几位文坛老师,让我们有幸得以结识。在山庄的班
会上水老师站在讲台上即兴发言,对毛九评价甚高,语出肺腑,十分动人。

送别了同学老师们,我终于可以轻松坐下来了。这一刻,我想起胡班评价我的一句话：徐仲衡你创造了一个奇迹，一个人办了场年会。想想，还真是。单位同事虽调动了两个，也仅仅是一个用车，一个摄影而已。但同学们满意了，我才会有成就感。因为肯定，所以开心。

我在想：为什么只有毛九，成了今天这样一群亲密友好的集体？个人解读是：首先，时代走入物质生活基本满足需求的路程后，精神需求会重新回到它应有的位置，毛九集结的这一年，恰好到了这个路口，文学重新得到人们应有的尊重。其次，只能归结为缘分。也许，恰好这一期的学员，和我一样，把文学的梦想又悄悄从潘多拉盒子里放了出来；也许，一些已有些成就的，想从更高平台上，向远方重新出发；也许，不，可以肯定，这一期学员中，没有那些想借文学之名沽名钓誉之人，文学在我们心中，还是那缕玉兰的香，还是那道灿烂的光。

九次年会下来，只有湘西年会因工作遗憾缺席。年会逐年举办的过程，其实是一个从相识到相知的过程，是一个不断自我净化的过程，是一个相互扶持的过程，是一个亲情滋长的过程。就像我和同事吹牛一样，在湖南，只要我愿意，走到哪里都会有同学出来接待。甚至走到哪里，看到毛九的同学参加了哪个盛会，都会发自内心的高兴。有一年，我去山东出差，竟然和野狼陈永祥在济南和青岛两度相遇，神奇不？恰好我俩都在文化战线，平时讨论歌词，交流不少呢。这种同学之间的交流、交往，慢慢地，都在变成有意义的日常。

04

毛九三农夫

讲述者：王天明

王天明，"毛九七四狼"之夜狼，岳阳楼区文联主席，中国作协会员。1989年开始文学创作，曾被评为"十佳记者"，先后在《中国作家》《人民日报》《湖南作家》等报刊发表文学作品多篇，多次获奖，出版长篇小说《十八个春天》《女村官》。

2013年10月1日，北京宋庄。

几经转车，凌晨时分，我和胡勇平连夜赶到了北京西高铁站，驱车45公里来到宋庄，从深圳直飞北京的刘友善穿着厚夹衣在宾馆门前迎接我们。三人会合好不高兴，便在宾馆前一小店吃夜宵，三人每人干了一瓶6元钱的北京二锅头。夜静、风凉、脸红。灯光下我望着眼前做过县太爷的班长，做着律师事务所主任的副班长，他们能放下身段去做农民？心中突然冒出来两个字"疯子"，当然也包括我。

我国是一个农业大国。农村稳则国安。然而，很现实的问题摆在我们面前：空巢老人、留守儿童、田地荒芜、贫穷落后……面对这些问题我们基层作家能不能有所作为？一个月以前，我们三人约定，沿着当年毛主席《湖南农民运动考察报告》路线，搞一个湖南新农村建设考察活动，据说中国社科院农村研究所社会问题研究中心主任、教授于建嵘组织研究生搞了一次《百村调查》，我们想请他指点指点，胡勇平几经周折，联系上了于教授,于教授同意十一期间,在他的宋庄工作室东书房和我们见面。

中午时分,天上还飘起了白云,深秋时节,北京难得的好天气。东书房门口停着一辆中巴,车上印着一个个孩子的脸,前来接我们的于教授的女儿告诉我们,那是做公益帮助人寻找孩子的车。东书房是一个一层建筑的院子,原生态建筑。大大的客厅里很零乱,到处摆放的是书籍和油画,原来他还是一个画家。我们在宽敞的大沙发上坐下,下午 2∶30,终于见到了于建嵘教授,他1962 年出生,湖南衡阳人,矮个、卷发、戴一副大眼镜。他花格衬衫上套了件马甲,穿一条深色长裤,看上去就像一农民。他同我们一一握手后就在我们对面的一把摇椅上坐下,我们分别向他简要地把设想讲了一遍,他听得很认真,坦率地告诉我们他搞的百村农村调查所遇到的困难和阻力,他给我们的建议是利用文学作品的形式系统反映新农村建设中扶贫方面的问题,从农业、农村、农民三个角度写成一套丛书,我们三人很认同于教授的建议,相谈甚欢。谈完他还主动开车带我们看宋庄。宋庄很大,是画家村,他说这里住着八百多名画家,在国内外都很有名气的。

刘友善、王天明、胡勇平在北京宋庄东书房拜访于建嵘教授(左前)

王天明出版的书籍

在回湖南的高铁上，我们三人坐在一起商讨着接下来如何办，天明说：我和友善班长是公务员，你勇平是大律师，三人铁了心关注"农民"吧。我们按三农取名：天明"农业"，友善"农村"，勇平"农民"。

半年以后，我辞去岳阳楼工业园党委书记职务，调到区文联做了主席，写了我的第三部农业题材的长篇小说《沃土》，获首届"文艺岳家军"计划支持；刘友善从人大常委会副主任职务上内退，回乡承包了一千多亩良田，写下了他的第三部农村题材的长篇小说《稻花盛开的村庄》；胡勇平写下了他的第一部农民题材的长篇小说《石鼓响》，为了深入农村，了解民生，胡勇平参加了 2017 年司法部 1+1 中国法律援助志愿者行动，在贵州玉屏一待就是一年多，写下了长篇报告文学《百姓法事》初稿。

链接：百姓法事之玉屏纪实

"勇平律师，你可得帮帮我！"

眼前的这位老人，白发苍苍，年近古稀，一开口就老泪纵横。眉眼间写满沧桑和愤怒。尽管如此，也不似普通老妇人的不讲究，她穿着整洁得体，浑身上下透着干练和倔强。

老人显然是有备而来。不等我请她坐下，老人便拿出了好大一沓她丈夫的资料。

"我做几个部分跟你介绍案情吧，你这样能把来龙去脉搞得清楚点。勇平律师,你要有点耐心哟。"老人开始了她艰难的述说。

老人叫吴玉梅,69岁,系玉屏县老龄办退休干部,共产党员。她的丈夫叫卢庭忠,于2012年因医疗事故去世。丈夫退休前曾先后在铜仁石油公司、玉屏县车队、玉屏县农机研究所、县农机局下属农机监理站工作。一辈子身体健康、品行端正、待人和善宽容的卢庭忠,退休后就在家带孙辈、栽花种果树……由于长期保持着良好的生活、卫生习惯,他无住院、门诊、打针史。2012年上半年以前,身体健康状况一直良好。

"这是我和老卢的基本情况,都是真实的,一辈子不说假话,不办昧良心的事,始终记得自己是个共产党的干部,年近古稀了,对人世也看明白了。"

我知道,这才开头,老人要说的主要事实在后头,接待这样的老人,是贵州省玉屏县主要领导层的安排,我此刻的身份是司法部1+1中国法律援助志愿者行动者成员,被司法部派驻到玉屏工作。

"您说吧,接着说。"我鼓励老人。

一个生命的终结

2012年7月开始,卢庭忠身体略感不适,表现在尿急、尿频、尿不尽,偶尔出现血尿,且颈部左方发现包块,于9月9日住进玉屏县医院治疗。初步诊断为:前列腺增生,颈部包块待查。因病情没有缓解,县医院建议转铜仁市第一人民医院检查,确诊治疗。9月15日转入铜仁市一医消化内科治疗。其间医院对其进行了胃镜、CT、彩超等检查。检查初诊为:膀胱癌。

9月19日下午,卢庭忠从8楼消化内科,转到7楼泌尿烧伤科接受治疗。经研究,医生决定手术,切除膀胱。

9月25日,医院分别给卢庭忠的膀胱和颈部进行切片检查。确认为膀胱癌,需切除膀胱,颈部硬块是病灶转移。

卢庭忠术前进行的各项检查、化验记录、CT诊断报告单,所示胆、肝、胰腺、脾未见确切异常。

医生根据患者的年龄、病史、体征、体查、辅查,有明确手术指征,无手术禁忌证。

手术前，主刀医生罗洪星主任曾先后 5 次到病房了解病情，并说：膀胱切除，改尿道插管，只要注意护理、卫生、营养等，不会影响生活质量。还举例说明类似病人术后的健康生活，消除病人对手术的压力。

10 月 2 日，罗主任召集患者的家人、亲属在医生办公室，拿着患者的 CT 片在荧光屏上介绍膀胱肿瘤情况，怕病人接受不了切除膀胱的决定，说患者的工作由他来做。

10 月 10 日上午，患者自己洗漱完毕，换上宽松的睡衣裤先在医生办公室门前等候，当时在市一医治疗肾结石的玉屏彰寨中学的退休校长严守前对卢庭忠说："老卢，不要怕，这不是什么大手术。"

卢庭忠回答："我不怕，医生都跟我交实底了，不会影响我今后的生活。谢谢关心！"

8 点半在儿女、弟弟地陪护下，卢庭忠毫无紧张情绪地跟随医生乘坐电梯下到住院部的一楼到门诊大楼再乘坐电梯上到十二楼步入手术室。参与这台手术的医生有主刀的罗洪星主任、管床医生杨秀芳、总住院医生杨光文，还有一位实习医生。

大约 9 点 40 分，妻子吴玉梅刚到手术室门口就被叫进手术室看从膀胱里面取出的东西，告知说要切除膀胱，同时又叫签字取消颈部手术。签完字，吴玉梅退出了手术室。术中，吴玉梅和长女被告知病人需要输血，遂跟随护士从取血处买了三次血。取血处的医务人员对吴玉梅的大女儿说："只要交足 2000 元，若再要用血，就不用交费了。"吴玉梅母女听罢就补足了 2000 元。后对患者进行抢救时，医务人员又几次到血库领出血浆和血清对患者进行输送。

下午 2 点 50 分，罗主任先走出了手术室。他对着病人家属说了四个字："手术平安。"

吴玉梅一家人的心才放下来。

随后，吴玉梅一家人看到参与手术的另外三位医生相继走出了手术室。

大约 3 点钟，罗洪星从步梯上楼到手术室门口说："怎么还没有出来？我要开会的。"说完反身下楼。

　　吴玉梅与家人一直等在手术室门外。直到下午5点，才看到手术后的卢庭忠被一位穿着蓝色家政服的人员推出手术室，跟随着一位护士和一位估计是麻醉师的人员。吴玉梅一行急忙近前看望，只见患者张开嘴巴痛苦、困难地呻吟。下电梯到门诊大楼外面，卢庭忠的情况更让人揪心：眼睛直了，面色灰白，似乎只有出气没有进气。卢庭忠的弟弟大声对推车的人说："病人不行了，赶快抢救。"推车人员急忙把卢庭忠推进病房。

　　一群医务人员开始了手忙脚乱的抢救，连呼吸机都不会使用。管床护士刘利蓉泪流满面，边抢救，边呼喊"卢伯伯、卢伯伯"，边拍打患者右手腕抽血，这时的卢庭忠已抽不出血，没有血压、没有脉搏、心跳停止，只有医生在不停地压胸……

　　罗洪星主任很快赶到病房，看到患者的状况，连说："怎么会出现这种情况？怎么会出现这种情况？"遂通知相关科室的医生投入到抢救工作中。

　　经过一个多钟头的抢救，血压、脉搏、心跳有所恢复。但情况仍然危急，患者一直处于昏迷状态。

　　随后有人叫吴玉梅进入了医生办公室，介绍了院长、各科室参与抢救的负责人。黄胜副院长说他们很重视患者的病情，表示一定全力进行抢救。

　　为了能救活患者，还需倚赖医院，吴玉梅强压心中怒火，强忍心中悲痛，恳求院方一定要救活患者。

　　从10日下午5点多进入病房抢救直到11日下午3点多（术后24个小时）病人微醒。

　　罗洪星说："如果能抢救过来，就是一个奇迹。"

　　病人似乎痛苦万分，多次想伸手拔掉呼吸机的管子，舌头都顶烂了。这期间已排不出尿，伤口血流不止。

　　深夜12点左右，患者再次陷入深度昏迷。管床医生杨秀芳把亲属叫出病房告知：病人排不了尿，肾、肝、肺、所有内脏功能衰竭，病情危急。仪器上各项指标显示不稳定。

　　12日凌晨2点多，卢庭忠的小儿子卢志看到仪器上呼吸处于不断下降状态，立马跑出病房告诉护士、医生再次进行抢救。但终因手术中医生的麻醉过失和擅离职守（术后被弃置在手术室 2 小时零 10 分钟），无助地流尽最后一滴血"失血性休克死亡"。

一个鲜活的生命就这样痛苦地离开了。

一份鉴定书的问世

2012 年 10 月 18 日下午 3 点，吴玉梅向市卫生局纪检书记张玉劲反映这一医疗损害案，递交了材料。下午 5 点在市卫生局纪检书记电话敦促下，医院副院长黄胜、医务法制科长田维军和患方见面交谈。二人均说，据他们了解，术前情况正常，没有争议，问题出在术后。

吴玉梅当即要求院方出具处理纠纷书面意见，两人同意了，并要吴玉梅第二天到住院部去取。

19 日上午，吴玉梅到市卫生局医务科，医务科的吴华接待了她。

吴华说："你们的材料写得很清楚，现在赶快到医院去拿病历吧。"

吴玉梅拿到了卢庭忠 168 页的全部病历，同时拿到了"关于处理卢庭忠医疗纠纷的建议告知函"。

当日，市卫生局委托市医学会对本案进行"医疗事故技术鉴定"。

"医鉴会"于 11 月 13 日在临街的一家酒楼召开。医鉴会要求医、患方各陈述 20 分钟。鉴定人员向医患双方分别提了两个问题。

他首先询问患方家属吴玉梅："患者术后在手术室 2 小时，其间是否有人告知亲属患者在手术室的情况？"

吴玉梅回答："没有。"

"不同意尸检是不是亲属签的字？"

"是的。"

医鉴会代表转头问医方："麻醉师术中交班交给谁了？是否有交班记录？"

医方含糊不清地说了一句什么。

"患者是什么时间被推出手术室的？"

医方的回答声音依然很小，导致吴玉梅都听不清。

只见鉴定人指着病历给麻醉师看，意思就是让他照着病历念。

不到两小时的鉴定会宣告结束，一份具法律效力的"《医疗事故技术鉴定书》"就这样出笼了。

一条漫长的诉讼之路

2012 年 11 月 24 日，吴玉梅决定向铜仁市碧江区人民法院起诉。碧江区法院通知：2013 年元月 16 日上午 9 点开庭审理本案。

2012 年元月 7 日，碧江区法院民一庭庭长杨燕约见吴玉梅。吴玉梅准时到达区法院，杨庭长不在，饶和秀法官（本案合议庭成员之一）打电话问杨庭长后，饶询问原告对医鉴书的意见。吴玉梅说："这个鉴定我怀疑它的真实性，我要求做司法鉴定。"饶法官说："医鉴组织和医鉴人员与案件有利害关系，你们要求司法鉴定是对的。"她把与吴玉梅的谈话做了笔录，要求吴玉梅在笔录上签了字。

吴玉梅等到了杨燕庭长的到来。

杨庭长从办公桌上的案件材料中抽出吴玉梅提出的"司法鉴定申请"和"医鉴书"，说："你们还是撤回司鉴申请吧，以医鉴书为依据进行庭外调解比较好。"

吴玉梅听了这话很诧异，差不多气晕了过去。

她要为丈夫的死亡讨回公道。

铜仁市电视台对本案也给予了关注。

2013 年 1 月 16 日是开庭的时间。上午九点半开庭，参加庭审旁听的有卢庭忠生前在玉屏、铜仁的亲朋好友、夫妻二人双方的单位领导、玉屏电视台台长和铜仁电视台两个栏目组的三位记者共四十余人。

庭审没有出示关键书证、没有对医鉴书进行宣读质证、没有鉴定人出庭接受质询、没有进行原、被告双方举证、质证和辩论，仅出示了几张患方签字的诊疗意见书和询问了被告术中更换麻醉师没有。

医院代表田维军回应这一问题："只是到了吃饭时间，麻醉师要换班吃饭。"

全场哗然,记者饶西莲庭审后说:人的生命还没有吃饭重要。

这次不足两小时的庭审,吴玉梅觉得,医院提交的变造证据、法院改变案件性质、适用法律错误、违背庭审程序、剥夺当事人辩论权利。

一审以院方无重大过错,否认是医疗事故而告终。拿到判决书的吴玉梅,不服一审判决,决定上诉到中院。

2013年4月2日,吴玉梅到铜仁市中级人民法院递交了二审上诉状等材料。等待二审期间,两次向中院递交了"司法鉴定申请"和"司法鉴定代理意见"。

6月3日原告律师收到了"不支持司法鉴定"的通知。

7月23日收到二审终审判决书:不予开庭,维持原判。

案件到这里没有结束。

吴玉梅决定向省高法申请再审,向省检申请抗诉,但是没被受理。于是,他们选择了在互联网上发布自己的遭遇。

一份正本清源的建议书

五年的艰辛维权无果,年近七十的吴玉梅老人已心力交瘁。她表示,如得不到依法依据公正解决,就继续走下去,不管前方多么艰险。

老人思路清晰,述说得很有层次。

她停止了述说,只拿一份信任的目光注视着我。

她太累了,需要歇一歇。

我收下了她的材料,决定要管一管这个案子,不能辜负老人的信任。都说贫困地区的司法环境难以改善,我是个法律援助志愿者,不给这里的老百姓带来法制希望,我想,这趟法律援助之行我就白来了。

老人离开了,她单薄的背影让我感觉无比心痛。

我把老人带来的材料认真地研读着,决定也去医院和两级法院走一走,一项一项去核对调查真相。

这其中,虽然也感觉困难重重,但我仗着是司法部派来的1+1法律援助志愿者,医院和医鉴会,包括检法两院倒也没有太多为难我。

后来，经我多方了解的事实证明，老人没有撒谎，这个案子确实需要法院启动纠错程序。

我在调取了医院 2012 年 10 月 17 日韦林副主任医生主持召开的卢庭忠术后死亡讨论会议纪要中发现，韦医生的总结发言"该病人术前已行讨论，诊断已明确，手术指征具有，术前无绝对手术禁忌证，手术尚顺利，术中失血补充血容量不足，术后病人心率快，心率 130 次/分，故考虑血容量胶体补充不足，病人休克长时间得不到解决，易发生多器官功能衰竭……"的记载，结论是，术前准备工作不周密，术中更换麻醉师，术后疏于监测，导致死者死于术中术后出血，多器官功能衰竭。

我在阅读完案卷材料之后，本着审慎的原则，为进一步查清事实，分清责任，就本案术中术后的相关问题咨询了湖南省医学会的专家，各专家意见一致，本案死者之所以死亡，完全在于医院工作人员不负责任，玩忽职守，应认定为一起医疗责任事故。然而，根据《三级综合医院评审标准》中第八项统计指标第 50 条的规定，明确三甲要求医疗责任事故发生次数为零。

为了保住铜仁市第一人民医院三甲医院的称号，由铜仁市医学会出具的鉴定意见书，罔顾事实，极力为铜仁市第一人民医院推卸责任。分析意见第 1 点认定"手术治疗符合原则"，第 2 点却伪造事实，认为患者存在"腹腔广泛浸润转移"，又说手术顺利完成，处理得当，第 3 点得出"可能死于多功能器官衰竭"这种模棱两可的结论，并将其原因直指死者家属拒绝尸检，第 4 点认定死者"实属癌症晚期——与死亡有直接的因果关系"，但是根据入院记录及住院病历，死者生前并未发现任何其他疾病，第 5 点才认定医院存在轻微责任。

术后参与手术的医务人员召开的术后死亡讨论会议纪要是本案的关键性证据，遗憾的是在一审二审过程中法院一直回避讨论这份关键性证据，且一直拒绝患者家属司法鉴定的申请。我认为这是导致死者家属不断上访的主要原因。

本案当事人吴玉梅老人作为一名党员，由于法院的错判，以至于五年内不断上访，给当地造成了比较大的影响。为妥善解决本案，达到息诉息访的目的，我焦灼地左思右想，多日夜不能寐，眼前闪动的是吴玉梅伛偻的背影，不尽的沧桑和孤单。

深夜,我无比焦虑地奋笔疾书,给铜仁市委常委、玉屏县委书记写了一封信,我从几个方面提出了建议:建议铜仁市政法委出面要求铜仁市中级人民法院启动内部纠错程序,重启司法程序审理本案,重视"术后死亡讨论会议纪要"这份关键性证据,由法院组织双方进行调解,在法制的轨道内妥善解决本纠纷。我愿意以适当的身份参加所有活动:组织双方及有关部门进行协商,在各部门参与下,理清本案的来龙去脉,找出其中的关键点,尽量保障死者家属应得到的利益,还死者及其家属一个公道,同时,引导当事人及其他人在合法的程序内解决相关矛盾和纠纷。

到行文之日止,贵州省检察院在人大代表的监督下,同意重启铜仁市第一人民医院医疗责任事故司法鉴定,我想正义离吴玉梅老人不会太远。

05 _____

毛九作家，不忘忧国

略萨说：一个作家不能仅仅局限于艺术创作之中，他在道义上也有责任关心周围的环境，有责任关心他所处的时代……

当新冠病毒疫情扑面而来时，毛九的作家们以笔墨为武器，参与到抗疫行列之中。平溪慧子为"湖南诗歌"和"湖湘文学""毛九作家"等微信平台组稿抗疫作品二百余篇（首），推出一批充满情怀、理性客观和积极向上的文学作品，激励读者们正确防疫，理性面对疫情，不吝笔墨歌颂逆行者，毫不留情揭露不良行为。在抗击新冠病毒行动中，起到了正确良好的舆论引导作用。

毛九女诗人，张家界市诗歌学会的副秘书长，诗歌学会会刊《诗峰》网刊的编辑欧阳清清，发动诗峰群员和微信好友创作抗新型冠状病毒性肺炎诗歌，共收到全国各地诗友来稿一千二百多首，国内许多大诗人也投稿支持，比如著名诗人乔延凤老师，中国诗歌网"现代诗歌"栏目主任编辑何中俊老师，娄底电视台台长、毛八班班长龙红年等等。现已在《诗峰》平台推出精选抗疫专刊 10 期。欧阳清清说：我会把《诗峰》抗疫专刊继续下去，直到疫情彻底退去，作战需要冲锋号，做事需要精神力量，诗歌可以把人心引领到更加美好的境界，健康美好的心灵更有利于世界的和平美好。"医生医身，诗人医心"，诗人也是战士，众志成城，正必胜邪。

在抗疫期间，面对疫情和医务人员的奉献和付出，王丽君无法释怀，在春节假期用五天五夜的时间创作了 8800 字的《白衣战士》，《长沙晚报》整版发表。接下来还撰写了一个在武汉援助的呼吸治疗师的故事《苍穹之下共呼吸》，即将发表于《湖南日报》。下一步打算以医务人员为主体写一部长篇报告文学《保卫春天——湖南抗疫工作纪实》，以湖南的抗疫工作折射全国的抗疫工作。

在雷锋家乡望城，毛九作家李伟因疫情虽然宅在家中，但时刻关注着疫情中广大逆行者的战斗，报告文学作家的身份也让他拿起了手中的笔，歌颂着那些普通平凡的街道社区工作者。他利用遍布长沙城乡的同学关系，用微信进行采访，通过和当事人电话交谈、视频记录现场和实景图片等方式，记录了长沙坡子街社区、望城坡街道竹马塘社区、望城高塘岭街道湘陵社区的抗疫故事，描述了金山桥街道米地亚小区和疫情狭路相逢的惊心场面，抒发了隔离病毒不隔离爱的动人情怀，歌颂了没有从天而降的英雄，只有挺身而出的凡人这一人间真理，写成了 7000 字的《长沙的早春》和 4000 字的《没有时间悲伤的人》。2 月 16 日，《长沙的早春》发到了中新网、湖南作家网、红网、星辰在线、掌上长沙、丝网、艺术长沙等网络媒体中。

毛九永州女作家杨锦芳，作为一名政协委员，应有所作为和担当，于是上班之后进行了调研和采访，写下了《关于疫情之下如何保障粮食安全的社情民意》，被全国政协采纳。《"战疫铁娘子"许旭阳的担当》被省政协湘声报采

百名毛院作家齐聚岳阳楼前高颂先天下之忧而忧，后天下之乐而乐

用,《一呼百应,蓝山政协凝心聚力齐战役》等稿子被永州市政协公众号采用。毛九沅陵作家张远文疾书《浮生困——"疫"中备忘录》发表在《湖南散文》杂志,胡勇平的诗歌《别告诉我妈妈》《纪念李文亮》发表在湖南诗歌学会官网,株洲毛九摄影家郑安戈在战疫中逆行,他所拍摄的《株洲加强火车站、汽车站、高铁站防疫》的图片在"红网时刻新闻"播发。他到株洲中心医院拍摄的一组照片《抗疫,影像放射科在行动》在湖南省艺术摄影学会官网发表。毛九作家,《湖南武术》杂志总编范如虹在抗击疫情中,发起湖南武术人文化助力,齐心战"疫"的活动,一些著名的湖南武术人写出一批书法作品,为抗疫前线送去了湖南武术人"大爱无疆,守望相助"的温情。

王天明给处于抗疫前线的儿子王博的家书《别停步,当前行》发表在《湖南日报》,李映红写给白衣天使的女儿《给最美逆行者鞠躬》散文发表在《湘潭日报》,让三湘四水的父母骄傲、泪目。还有坚持在教育岗位上的郑学志、李稔香、李燕子三位高级教师,为响应停课不停学的号召,都成了主播。

毛九的作家们,通常在生活与写作的关系处理过程中,因为直面一线的各样普通生活,且又注重心灵世界的丰富和完整,所以,就有了对生活的一种思考,一种超越,形诸作品,则具备了另一种心灵抵达的可能性,即超越了作家自己心灵的精神常态,所思考的一些东西,既有着普通人的关切和欲望,同时又有着比普通人更广泛的关爱、关怀与关切。同学们会经常关心家国大事,更关心人的生存、精神状况的改善。很多情况下,他们不是世俗的"狂欢者",而是一群具着忧患意识的独立思考者,甚至,与汹涌而来的潮流保持着距离,在理解的基础上保持一种或多或少"抵抗"的态度,保持自己人格的相对独立性,以及对事物的独立见解,以此,写真诚的文章,做真诚的人。同学们彼此之间,于生活,于写作,多葆有自己的信仰、信念与意志力,墨香字句中融浸着对底层百姓,对世俗中人的关爱与怜悯,对国家命运前途、人类前途的关怀与关注,对生活本质真实的不断寻找与发现。

链接：信用危机中的中国

文 / 纪红建（著名报告文学家，第七届鲁迅文学奖获得者）

中国曾被称为"礼仪之邦"，文明道德素质在当时的世界上被人们称道。信用是一种社会现象，是一种道德准则，更是一个人修身养性、为人处世的伦理规范。然而，就在当下信用已经上升为社会对合格成员要求的必备条件时，它似乎离我们远去了。

正是在这样的危急时刻或尴尬的背景下，我读到了拥有律师和作家双重身份的胡勇平先生的"非虚构"文集，或者说自由手稿——《信用战争》。实话说，刚开始我仅仅看了这本书的自序和后记，就立刻认定这是一本非常及时的书，不仅是当今法律界、文学界，更是当今社会普遍迫切需要的书。这似乎只是一本结构随意、内容庞杂的自由手稿，但读完全书，我想说的是，作者不仅呈现了一位职业律师的工作常态、独立思考与弥足珍贵的担当精神与勇气，同时也呈现了当下中国不断恶化的社会信用环境，让我的心灵受到强烈的震撼。这种震撼首先来自胡勇平"介入"与"参与"现实的姿态，来自他敢于直击当下中国可怕的信用危机，更来自他描述的十足的真实，以及饱含人文主义精神的忧虑与思考。

这部作品，虽然作者自命为自由手稿，写作的难度实则高于一般意义上的散文或是纪实文学的创作。它不仅要求作者有深厚而又生动的文学表达，还要求作者具有专业的敏锐的丰富的辨析思维能力。即是说，这部作品不是单纯的文学作品，也不是单纯的律师手记。可喜可敬的是，胡勇平以一个职业律师的正义与担当，以一个人文知识分子的良知与执着，深入庞杂的现实生活，甚至矛盾和纠结之中，用脚丈量中国，用眼睛观察现实，用心灵感受大地，并用思维对自己20年的从业经历进行认真梳理总结，深思、辨析与反省。记得法国哲学家和文学家萨特说过这样的话：作家就应该为他的时代而写，与时代和大地共呼吸。胡勇平做到了。他将散落在他从业生涯的各个时间段的案例和故事串了起来，精彩地呈现在了读者眼前。中国律师的魔鬼词典，千年寒暄，制胜者必以礼法，宁可错放三千、不可错判一个，《信用战争》等五辑，看似零乱，但因均紧扣"信用"这个核心，让读者始终感到信用危机对于当下中国和人们生活构成的紧迫感。这不仅需要花大量的工夫，更需要知识分子的良知与勇气。于是，在作者的笔下，不论政府，还是企业，抑或是个人，他们都有可

王跃文主席作序的《信用战争》

能会受到法律的裁决，都会面临信用的考量。如胡勇平笔下的湘籍农民工福建漳平杀猪案告诉读者，中国的农民工生存是多么地艰难，不小心面对刑事诉讼时，又是多么地无助与无奈。在这起案件中，明明是当地检疫检验部门个别工作人员的不作为，而三十多个湘籍农民工因食品安全问题被提起诉讼。但最终结果是，为首的农民工被判无期，其他都被判有罪，还每人处罚金30万元。这么一起荒唐可笑的案件，却通过了一审判决。在这个信用危机的时代，即便是曾经风光无比的官员与企业家也可能会面临因为信用缺失带来的不公。如胡勇平的《军神败局：顾雏军与张庆民命运的异同比较》告诉我们，有些获罪，并不意味着获罪者本身有罪，也不会因为你是官员或是企业家，就可避免获罪。正如胡勇平在文中所写："警方明知诈骗罪不能成立，所以抓了人后，挖地三尺，寻找张庆民的犯罪事实与证据。"原来顾雏军获罪是因其强硬的个性所致，而张庆民的获罪则完全是地方保护主义炮制出来的……

这一幅幅残酷的信用危机下的中国现实图景，是多么真实！又是多么触目惊心！胡勇平以斗士般的笔触，让读者看到了信用缺失下的中国图景，而这样的图景，在当今中国是何等广泛而普遍。事实上，胡勇平笔下每况愈下的信用

危机环境，正是当代中国的缩影，它所映射的，也正是中国数以亿计的人民共同的命运：无论是谁，都将面临信用考量，信用危机的最终结果，必将是社会的不公正，必将让某些人为此付出惨痛甚至生命的代价。环顾一下我们的周围，个人诚信缺失已渗透到生活的很多方面，说假话、考试作弊、买卖假证件、学术造假、偷逃税款、骗取保险等，不一而足。正如胡勇平所说，"无论是三聚氰胺爆出的奶业潜规则，地沟油爆出的餐饮业危机，故宫失窃爆出的国宝资产商业化，还是郭美美炫富导致的慈善信用危机，南京彭宇案引发的良知危机，无一不在警示我们：当下没有比拯救信用、重建秩序更重要的工作了。信用意识并不是一个抽象体，法治精神也不是乌托邦，它只是一种象征。一旦连象征都保护不下去，这样的生活便混沌如沼泽、轻飘像鸿毛，会渐渐滑向一个共同的悲剧。"胡勇平的叙述也在警示着强势群体，不要以为自己身处高位、手握重权，就可以规避信用危机带来的侵袭。他的叙述让我们察觉到了这一逻辑的背反，并不得不思索：当权贵的子孙后代不再身处高位、手握重权时，他们是不是同样会面临因为信用缺失而带来的不公呢？

胡勇平用"战争"来形容当下中国紧迫的信用危机，绝不是危言耸听，这是他对自己从业20年来的深刻反思后得出的结论。信用缺失，社会公平就会失衡。如果企业诚信缺失，直接影响到市场经济的公平竞争。如果政府诚信缺失，严重失信于民的行为，必然会影响政府的形象与声誉，甚至行政地位。比如美国政府近来面临棘手的信用问题，其现有国债已经超过了国家负债的法定上限，平衡预算的宪法修正案如果不能通过，其行为将会使中国等债权大国的利益受损，甚至引发美国的金融灾难以及全球性的经济危机。所以作者在文中说："食品安全问题，房屋遭强拆，因言获罪……这些变成了我们活着的人共同的纠结，一旦我们每一个人背后的职业道德、伦理一同被送上祭坛，信用危机就可能转换成国家风险，如果不打赢这场信用战争，就可能将我们前辈抛头颅洒热血建立起来的秩序彻底葬送。"他敞开心扉，坦坦荡荡地，对当下社会信用怪象进行探析甚至批判，呈现着法律的考量和温和的人文主义精神。他把目光投向社会中或个人或企业或政府，去发现、叙述他们命运的异同，去解开社会生活中潜在的，或者被现代性宏大话语有意或无意掩盖了的真相，并由此去思考、寻找、解决当下中国信用危机的前路。而事实上，当下信用危机，不仅仅是对某个人、某些人的考量，而是对一个时代、一个国家的考量。

让我们肃然起敬的是，胡勇平不仅仅是一个就事论事的写书者，而且是以一个践行者的身份进入案例现场，论证当下中国的信用危机，也呈现着当前律师的生存状态。如果说当今中国的信用是一场进行中的战争，那么他早就投入到了这场战争之中。在他看来，法治是一个民族的最高责任。也正因为此，为了国家利益，为了公平正义，为了弱势群体，为了道德良知，他总是拍案而起，竭尽所能地为需要帮助的人做着各种努力，即便在病床上，他也会拔掉针头，不顾个人安危，及时赶赴现场，字里行间处处洋溢着一个职业律师的担当精神、英雄气概，以及一个知识分子的正义与良知。当然，胡勇平是否真正找到了拯救或是缓解中国信用危机的处方并不重要，重要的是他的介入现实的姿态，是他探求真相与真理的执着与胆量，是他以理性、公正的立场来呈现中国信用现实的写作方式，以及他对于自己经历的信用细节的描述与评述。于是我看到了一个紧握拳头，正在为信用顽强而战的胡勇平。我认为，这正是《信用战争》的独特和不可替代之处。因为它既有真生活，亦有真情、真思、真理，才如此有厚度与分量，才如此充满力量，才如此让人心潮澎湃。

面对危机，在忧虑和思考之外，胡勇平依然表达着一份谨慎的乐观："我曾这样努力地想，律师的明天一定是有序世界的明天，就像向日葵欣欣向荣，永远追随光明。"其实，他所表达的心声又岂止身为律师的自己，又何尝不是我们普天之下寻常的黎民百姓呢。

06

毛九班的班旗、班徽

讲述者：张远文

张远文，供职于沅陵县电视台，沅陵县作协副主席，有《小村无故事》《学校到监狱有多远》等十余部电视文艺类专题片在全国、全省获奖。散文《梦回明月山》喜获"中国当代散文奖"，其作品被编入《中国散文家代表作集》，个人词条收录于《中国散文家大辞典》。

参加完岳阳、常德年会后，突然觉得，毛九应该有一个属于自己的标识，自己的意义符号，于是在QQ群里说了这个想法，同学们一致赞同，我也开始思忖策划着这事。毛九的标识，应该是文学的，毛院的，毛九的；是精神的，家园的，意义建构的；是可以观，可以兴，可以群，可以正其心诚其意的。

当时，我有个学生，美院毕业后在北京做设计师，我简单地说了这个意思，学生连夜加班，拿出了几个设计初稿，最初的设计是一支笔，纤细而有力地立在一本翻开的书页上，精致而美观。但我总觉得还欠点什么，没能完全体现出本质的一些东西，共性多了，个性少了。后来，又与班委会，特别是仲衡兄再次商量，几经反复，最终拿出了设计方案——标识整体外观需突出"9"字造型，代表毛院9期；标识中间设计出镂空镶嵌狼的图形，整体设计需高度凝练，视觉美感强；"9"字上部的圆圈象征毛九的紧密团结，因为每年一度的年会，亦是代表团圆；之所以选用"狼图形"

理由有二：其一，狼喜群居，一般七匹为一群，每一匹都要为群体的繁荣与发展承担一份责任，默契配合成为狼群成功的决定性因素。不管做任何事情，它们总能依靠团体的力量去完成。这正好契合毛九班团结友爱、担当协作、锐意进取的精神；其二，毛九班的"七匹狼"团队已然成为一个品牌，堪为毛九班的特色；"9"字宜使用书法草体及墨色来表现，凝聚浓厚的文化气息，"9"字结尾的墨色飞白，潇洒不羁，可以象征文学想象的个性与空间

张远文出版的书籍

自由。亦可看作狼尾的有力一扫，象征毛九团结的力量；两行文字中间划出一道细线，结合文字宜呈现出整体版块效果，同时细线由一支鹅毛笔划出，代表毛院是培养写作精英的地方。设计方案敲定之后，毛九的徽章标识与毛九的班旗，由此横空出世。

毛九班 LOGO 创意说明

1. 标识整体外观突出"9"字造型，代表毛院9班。中间镂空镶嵌狼的图形，代表有锐气与血性的男同学。整体看亦似美女头像，代表毛九才情与美丽并重的女同学们。两者阴阳相衬，你中有我，我中有你，代表毛九男女同学的高度融合。

2. "9"字上部刚好是一个圆，象征毛九团结、团圆。整体形似逗号，表示毛九的文学事业和友情，只有逗号，没有句点。

3. 选用狼图形理念：其一，毛九班的"七匹狼"团队已然成为一个品牌，堪为毛九班的特色；其二，狼喜群居，一般七匹为一群，每一匹都要为群体的繁荣与发展承担一份责任，默契配合成为狼群成功的决定性因

毛九班旗

毛九校徽

毛九班徽

素。这正好契合毛九班团结友爱、担当协作、锐意进取的精神。

4. "9"字造型使用书法草体及墨色来表现,文化气息浓厚。上部圈内有狼行蓝色星空草原的感觉,亦可看作女子蓝色头巾。结尾的墨色飞白,潇洒不羁,象征文学想象的个性与空间自由。亦可看作狼尾的有力一扫,象征毛九团结的力量。

5. 两行文字中间划出一道细线,结合文字呈现出整体版块效果。同时细线由一支鹅毛笔划出,代表毛院是培养写作精英的地方。

每天早上在七点到九点之间，毛九同学均能在微信群和 QQ 群看到湖南文学网红女诗人，邵阳市作协副秘书长，《湖湘文学》责任编辑平溪慧子义务转编的当日国内国外重要新闻，十年间，3650 天没有一天间断，同时她主编了毛九微信公众号，大家亲切地称她"慧总编"。新闻发布工作每天清晨仍在继续……

毛九每一个同学的每一年生日，都能在微信群得到所有人的祝福，然后畅快淋漓地接受一场红包雨，每年新年到来之际，毛九同学都能接到一封热得发烫的新年贺信和一份让你大呼贴心的小礼物，牵头做这份工作的，是《创作》杂志责任编辑，长沙作协办公室主任胡娟，自进毛九开始，就率毛九同学探望福利院孤儿及老人。

毛九的每一位同学的父母重病或过世，都会有一位就近的同学，代表班委会，代表全班同学送来一份慰问金，该笔费用是从班费中开支，毛九每位作家每年自觉缴纳 100 元作为班费，由长沙岳麓区作协主席王丽君义务收取和保管，需以毛九全体作家的名义表达敬意或者哀思时，才能动用此款。王丽君每年需在年会上做班费专题汇报，她被誉为毛九财务总监。

毛九班志的另一个名字是"一起走过的日子"，从毛九入学开始至今，毛九作家，湘潭市作家协会副主席，湘潭市雨湖区纪检干部王家富就自觉担负起了记录毛九的任务，十年如一日，将毛九作家所有组织的活动，所有发表的作品，所有获得的成绩、所有经历的大事均登记备案，已经形成了十二余万字的电子文档，为后世人学习研究毛九文学现象提供了翔实的史料，记录工作还在继续……

我们一起听听毛九吉祥四宝——王家富、王丽君、刘慧、胡娟，讲他们与毛九的故事。

贰

吉祥四宝

千山万水人海相遇，"缘"来你在这里

01 _____

史官王家富

讲述者：王家富

王家富，湘潭雨湖区纪委组织部部长，兼任湘潭市作协副主席，《湘潭文学》责任编辑。荣获湘潭市第六届文艺创作成果奖等多项奖项，作品散见《诗刊》《湖南文学》《创作与评论》等报刊。出版诗集《我的河山》《与一朵花对视》等。

进入毛泽东文学院参加中青年作家研讨班学习后，自上学报到的第一天起，我就以日记的形式记录下了在毛泽东文学院的每一点感悟与见闻。学习45天结束后，同学们发现我已记满了两个笔记本。

家富，今后你来记"班志"吧。从毛院毕业后，班委会干部对我说。

我想都没想，当即爽快答应了。要随时记录所见所闻，对于普通人来说并不容易。而我自从进入校门学习的第一天起，就已养成勤做笔记的习惯。老师讲的每一个知识点，如果不记笔记就会迅速遗忘。15年学生时代的习惯逐渐演变成一种日常生活习惯，长辈的交代或领导的交办，我会习惯性地用笔记下来。

班志主要记录同学们的创作成果、红白喜事，甚至包括家长里短等日常生活中值得一记的琐碎杂事。只要是我觉得有意义的就记录，记录的内容由我自己定。

来自怀化麻阳的同学焦玫提议，班志太正式

了，不如叫"一起走过的日子"。一拍即合，以"一起走过的日子"为主标题，以"毛泽东文学院第九期中青年作家班班志"为副标题的毛九班志记录开始了。我自己也没想到，这一记，就是十年，约有 12 万字，并且我相信它会更长更长。

王家富出版的书籍

家富，我的文章发大刊了。家富，我的书出版了。当然，大部分时间，是我第一时间向毛九群发出好消息。

见证着，记录着，积累着，同学们一起进步、一起走过的点点滴滴，每当我在朋友圈或在报刊上看到同学们发表的文章时，总会由衷地自豪，喜悦着同学们的喜悦，也忧伤着同学们的忧伤，我在同学们一个个平凡而简单的故事中感动着，而这些故事，常常成为我写作的动力。

《诗刊》《湖南文学》《创作与评论》《意林》……这些曾觉得望尘莫及的报刊上，竟有了我的诗歌，我拥有了诗歌创作的黄金期——一年出版两本诗集，其中一本获得湘潭市第六届文艺创作成果奖。同时，受作家们的错爱，我先后当选了市作协副秘书长、副主席，连续两届作为代表出席全省作代会。一路走来，我知道，诗歌创作的一点点进步，这都与毛九这个大家庭的鼓励，与班志对我的推动是分不开的。

链接:诗行里的精神归所

——评王家富诗集《我的河山》

文 / 刘渐娥(湖南科技大学 2014 级中国古代文学硕士)

皈依自然

王家富的诗歌和他的为人一样,自然,不做作,如同你在清晨感受到的第一抹阳光,散发着柔和的温暖。可能是通俗而艳丽的文艺作品带来的充斥感过于热烈,我格外珍视这种素雅文字背后的平和舒心。初读《我的河山》并不会让你领略到多少浓烈的诗情画意,只是让你心底泛起一层薄雾,淡淡的,你若不留心,甚而会轻轻逃逸。那些方块字的奇妙组合,总能让你放下戒备,在它构建的世界里找寻自己生活的影子。《我的河山》是王家富先生出版的第一本诗集,收录了 60 首诗。此前,他在《诗潮》《诗歌月刊》《湖南文学》《绿风》《海洋诗刊》《葡萄园》(台湾省),《中国文学》(香港),《新大陆》(美国) 等海内外 53 家文学报刊上发表过诗作。越诺尔兹说:"自然是我们的一切观念所生出的源头。"王家富先生笔耕不辍很大一部分原因当归功于其对自然的皈依感。

朱光潜先生认为:"诗以情趣为主,情绪见于声音,寓于意象。"诗集《我的河山》中存在大量意象,其中自然风物是尤为突出的一类意象。"没有一种传授给人类的艺术技巧不是以大自然的作品为其主要对象的。"(英锡德尼《为诗一辩》) 诗人对自然怀有一种特别的情愫, 因而他的笔下总少不了自然物象。"飞鸟""炊烟""尘土""蛙鸣""月""蝈蝈"……都是诗人状写的对象。《我的河山》收录的 60 首诗中,直接以自然物象为题的有 28 首,整本诗集直接或间接提及的自然风物多达 76 种。其中,"山""水"是诗人使用频率最高的两种意象。在 28 首以自然物象为题的诗中,将"山""水"作为中心意象的诗歌达 10 首之多。

山伴随着人类从野蛮走向文明,富含历史和文化的因子。它是中国古典文学中的经典意象之一,经过千百年的发展和演变,已经形成了独立的"山文化"。生活在远古时期的先民将"山"视为"神圣之地",认为山是众神的聚集地,充满力量和神秘感。在文明的演进过程中,也衍生出了许多有关山的神话故事和民间传说。古往今来,中国文人都爱写山。文人们笔下的"山"已经超越了山本身的意义,更多的是一种精神的延续和文化的传承。王家富先生也爱山,诗集中更是不乏与山有关的诗行。诗人写山时,往往赋予山以情感和哲理意味。

不只是南岳,攀爬每一座山峰都是这样 / 要不然,山就不成为其山 / 攀登,也就失去了攀登的所谓意义 // 只是爬山的时间与同行不同 / 像我们这次徒步登山,怎么都不敢让人相信 / 如此暖冬的南方,金顶也有冰 / 悬风口 // 仿佛完成了一次时空穿越 / 从南方回到千里冰封的北国风光 / 上山,是向冰冻的山路靠近 / 冰雪精心包裹的山峰,是回馈冒险者的最好奖品 // 下山,要跨越最硬的那一道道封锁线 / 草鞋与冰爪,在这次突围中是立了大功的 / 尽管只攀爬二天,同行也没有一双好脚板 / 但是,我们仍婉拒了缆车,在南天门伸出的橄榄枝 // 那一刻,满是血泡的脚板读懂了山的雄伟和力量 / 那一刻,满是血泡的脚板收获了山的雄伟和力量(《南岳,上山或下山都是磨炼》)

对诗人来说,南岳不只是一座普通的山峰,而是气势和力量的载体。爬山的意义不在于海拔的高低,高度的变化,而是眼界的开阔与心性的磨炼。诗人看似在写攀登南岳,实则着意于攀登人生之峰。在攀爬山峰时,我们会遇到冰雪,也会面临诱惑,但只要我们坚定信念,勇往直前,一定会到达人生的巅峰。

水是万物之源,与人类文明的进步息息相关。中华民族的先祖有依水而居的习惯,因此,中国人自古便对水怀有特别的情感,可以说,水与中华民族的发展相生相伴。基于这种历史和文化背景,"水文化"作为中国文化的一条支线逐步得到发展。水是中国古代文学中常用的另一经典意象,内涵丰富而厚重。在儒道思想中,"水"通常与人生态度和为人处世的准则联系起来。老子曰:"上善若水,水善利万物而不争,处众人之所恶,故几于道。"孔子曰:"智者乐水,仁者乐山;智者动,仁者静;智者乐,仁者寿。"在《诗经》等作品中,"水"还常与爱情同时出现。"所谓伊人,在水一方。"诗集《我的河山》也有不少写水的诗篇,如《三千亩碧波》《驯水》《黄河母亲》《湘江风骨》《湘江晨光》等。

赠你三千亩碧波 / 在你蹙眉，含苞欲放之际 / 风，自由地撩动你耳边的秀发 / 替我说出了，最想说的那句话 / 如果能够化身为鱼或插翅为鸟 / 亲爱的，我一定要做一粒幸福的情种 / 在三千亩碧波之外 / 静候你轻柔的足音和附带的那一瞥(《三千亩碧波》)

车过湘江，视线从手机移到车窗 / 湘江北去。雾霾弥漫，像滩涂一地的劣质牛奶 / 车流因此变得十分缓慢 / 湘江一桥像一头老黄牛，老当益壮，默默无言 / 时间的刃 / 像无声流去的江水(《湘江晨光》)

诗人所写之水都是流动之水，具有流动性和流逝性。《三千亩碧波》柔美灵动，流动向前为他倾慕已久的爱人传递相爱相思之情。晨光里的湘江水无声流去，不管水流缓慢还是急速，它只管往前，恰如孔夫子所言："逝者如斯夫，不舍昼夜。"

"大自然充满了一种使人心平气和的美与力。"(列夫·托尔斯泰《一个地主的早晨》)诗人既状写自然风物，又师法自然规律。他把山的高远与水的深沉糅合进诗篇中，写山不是山，写水不是水，使得诗作充满田园气息的同时，又富于情感的律动和哲理的意味，表现出强烈的对自然的皈依感。也正是这种皈依感，为诗集《我的河山》注入了自然的美与力，拓深了读者的审美感受。

钟情故乡

读王家富先生的诗像是开启一段寻根之旅，你的身份意识和归属感被频频唤醒，小到角落里一个不起眼的旧物，大到记忆中一个民风淳朴的村落，似乎每一个景致都打上了"故乡"的水印，让你无法忽视，无从回避。"扎根也许是人类灵魂最重要也是最为人所忽视的一项需求"(西蒙娜·薇依《扎根：人类责任宣言绪论》)。诗人将他的根深深地扎进了故土之中，因而他的诗总是沾染着故乡的味道。"诗歌""故乡""诗人"三者之间的关系，用他《重逢》中的诗句"我的选择，我的坚持，我的最爱 / 一直都是 / 以诗歌为中心，故乡为半径 / 这个圆，圈圈定的 / 就是一个小小的城堡"来形容，再贴切不过。

"一方水土养一方人。"在农耕文明滋养下形成的华夏民族历来具有浓厚的安土重迁观念和落叶归根意识。因而，故乡在中国人心中不单单是生养自己的地方,更是一个存储着地域文化基因和个人生命体验的独特存在。故乡作为一个永恒的主题,存在于各种文学样式中。诗集《我的河山》也深刻地表现了这一主题,收录其中的 60 首诗有近三十首是以抒发诗人的乡思乡愁为主要情感基调的。

思乡是诗人作诗的起点和动力,"为了阻止故乡 / 逃向深谷 / 我每天都在练习发声,指挥 / 东躲西藏的常见字 / 在他乡的屋檐 / 滴落的声响,很像老屋 / 一声紧似一声的咳嗽"(《我的河山》)。细读诗集《我的河山》不难发现,诗人花了大量笔墨来呈现故乡的风土人情。《一只鸟飞过……》慨叹个人在故乡的成长;《故园旧梦》以蝈蝈、玉米林等为具体对象,书写对故乡的思念;《窗外》叙写童年在故乡的生活体验;《故乡的风车》凝聚诗人潮湿的乡思;《水边的声音》借乡音解乡愁;《驯水》做着圈养家乡水的梦;《播绿》寄寓诗人重建山清水秀故乡的愿望;《通途》表达故乡人见证"天堑变通途"的激动……诗人除了从正面直接表达对故乡的怀念,还从侧面表现了这一情感。"必须远离,霾纺织的势力范围 / 把城市的喧嚣商业的浮躁, 和形形色色的势利眼 / 全都远远地抛在身后"(《我的桃花源》),诗人主张抛却城市的喧嚣、浮躁、势利,搭建心中干净、自然、和谐的桃花源。

住惯了木房子, 对于水泥砖屋的排斥 / 不亚于同族对异类的各族入侵 / 那个时候父亲的强烈反对,丝毫削弱不了 / 钢筋混凝土的扩张步伐 / 那个时候,我还远远无法体会 / 守候一辈子土地的父亲,对圈子运动的 / 切肤之痛的感受 / 直到今天,尽管在城市的夏天 / 比蒸笼还闷热的日子,我还寄希望于空调 / 而不是像父亲那样,无比怀念木房子 / 怀念木房子的宽厚之心 / 仿佛天生的悲悯情怀,不过是一阵自然风 / 穿肠而过,涤荡着整日的忧郁 / 其实山寨人的开心、舒展与乐观 / 并不是与生俱来的(《穿堂风》)。

《穿堂风》则更为直白地表露了诗人对城市生活某种程度的排斥:对水泥砖屋的排斥、对钢铁森林的排斥、对空调的排斥,而这种排斥的背后是诗人对故乡朴素、自然、舒心生活状态的怀恋和渴求。

除了思乡,恋家也是王家富诗歌的基本母题之一。诗人写了不少有关家和家人的诗行,如《被绑架者说》《早到的桃花》《远去的村庄》等。有别于故乡,家是一个更私密、更狭小的单位。我们每个人都有两个家,一个积淀着世代文明,一个承托着家族记忆。何为家?诗人有自己的界定。"其实这个地方朴素简单,是一个不

起眼的标点 / 一个让亲情争吵不休,却从不伤及筋骨的地方 / 一个心往一处想,劲往一处使的地方 / 一个累了就睡,烦了就吼,倦了就息 / 还可以偶尔容纳老大不小的你撒撒娇的地方 / 朝这个方向望望,让人一想起就倍感温暖踏实 / 她们就这样星星一般地散布在某一旮旯的炊烟里"(《炊烟的呢喃》)。何处是家?有家人的地方就是家。诗人对家的思恋,更具体地表现为对亲人的关怀和思念。《远去的村庄》重温娘疼爱诗人的感觉;《修葺房屋的娘》梳理娘对家的情感;《妈妈的幸福》分享妈妈初为人母的喜悦;《六年陈米》表现母亲对诗人深沉的爱;《古稀老母亲的手迹是一根根箭镞》言说诗人看到母亲手迹时的难过和心疼……

明明知道您已病逝 / 看着跟您一样蹒跚的背影 / 我仍然顺畅地叫出了声 / 在一声声"嗲"的呼唤声里 / 那个背影迅速钻进玉米林 / 又一个酷似老父亲的农民 / 在路边砍火红的高粱。我虽知您已离世 / 仍然大声地喊了一声又一声,"嗲——" / 那张黑黑的脸,果然满足地应了我一句 / "哎——"然后还还我一句反问 / "你今天回不回家,吃饭?" / 跟您在我的湘潭的这个家里一样,温暖 / "嗯!"我满足地点点头,轻快的脚步 / 像在父亲年轻的荷包里,掏得一粒糖果。(《仍然在梦里叫出了声》)

"明明知道……仍然……""虽知……仍然……"两个结构类似的句子,展现了客观事实和诗人情感的冲突。诗人用这种自欺欺人的方式补偿内心情感的缺失,只因为对父亲的怀念太过浓烈,以至于不断梦见像父亲的人,甚至在梦里叫出了声。

海德格尔曾说:"诗人的天职是怀乡。"从这个意义上来讲,王家富先生是位彻头彻尾的诗人。他钟情于故乡,正如他热爱诗歌一样,这两种情感同生共长。在诗人的世界里,故乡离开了诗歌就少了文化底蕴,诗歌没有了故乡就缺了情感磁场。

所谓诗人,不是艰涩字眼的搬运工,也不是不食人间烟火般孤独的代言人,而是像王家富先生这样扎根于自然,扎根于故乡的思想者。现代人多追求诗意的生活状态,向往"面朝大海,春暖花开",我不知道这中间有多少人像我一样不懂诗,更不懂如何诗意地生活,但我觉得,若我们读完诗集《我的河山》,能懂这诗行里的故土风情,懂这诗行里的精神归所,总该是触到了点诗意,离诗近了些。

02

财务总监王丽君

讲述者：王丽君

王丽君，中国报告文学学会、散文学会、诗歌学会会员，湖南省作协、书协会员，湖南省报告文学学会副秘书长，《湖南报告文学》副主编，毛泽东文学院首届签约作家，长沙市作协理事，岳麓区文联常务副主席、作协主席。著有《一生承诺》《深杉"候鸟"汪思龙》《e网情深》等五部作品。

胡班，这一次我坚决不干这"财务大臣"的差事了！

那年毛九年会后，我发现自己设计的电子表又没到位，实在忍不住拿起手机拨通了班副胡勇平的电话。

正是炎热夏季，窗外的太阳白花花的，知了的叫声烦人得很，室内空调也调不好我的情绪。

自进入毛泽东文学院第九期作家班学习后，我多了一份差事。这差事是别的也好，偏偏是这劳什子财务，同学们每年要把 100 元/人的班费通过年会集中交、微信发或者还有卡上转等方式交给我，我得一个一个登记。同学家有老人去了，或者遇到特别的困难了，代表班集体送上一份心意。本人痴爱文字却在数字面前尤其弱智，且生活中极度马大哈，自己的工资组成至今还记不住的我，实在是太为难了！

又怎么啦，不是干得好好的吗？你看班级的管理因为你，多了一份秩序。

还是他那独特的方式，让人头痛的鼓励或

赞美。

我不干了！我虽没你钱多，但我从来是不算钱的，包里有多少钱我都不知道，哪能管好班里的钱。你也不怕我弄错？

错不了哪儿去，这个我知道。我们都在长沙，比 14 个地市州的同学方便。在长沙的几个同学，各负其责，除了你，还有谁另辟时间来管财务？难不成要我来管？

让谁来管都行，我就是讨厌这事儿！我有些生气地在电话里嚷嚷。

如果你实在要辞掉这活儿，那好吧，我陪！我也辞掉这班干部的工作。反正有老大班长友善和班委会成员天明、应时、仲衡、袁敏顶着。

胡勇平是一个大律师，曾入选湖南省最具影响力法治人物，在毛九委身于常务副班长之职，却不厌其烦把工作做得风生水起，让"毛九"盛名于文学界有他一份大功劳。三湘四水偶尔来长沙的同学有如归家，有他大哥式的温暖。若是他因我而辞职，我岂不是成了"罪臣"？这还不用说，管他哩，我反正是坚决不干了，我要用心写我的文学作品。

可是不知怎么的，一想到"文学"二字，我的内心就变得柔软起来。想当年，被生活砸得"千疮百孔"的我，丢下创作之笔十余年无处可寻，内心有的只是怨艾与压抑，有的只是无可奈何。那么多欲说还休的日子，我为了放下，每天无思无想，像木头人一般地练习行走，又画地为牢，以为唯有那样才能担当得起人生的坎坷与孤独，走得过人生的风雪与冷漠，可在暗淡的灯火中，自信却一点一点地远离了我。与此同时，不甘也在一点一点地吞噬着光阴，于是我带着青春华年发表的几篇小文一头撞开梦中的大门，没想到的是省作协、毛院接纳了我，让我成为毛九的一员。我开始了用文字来顺从，或用

王丽君出版的书籍

文字来反抗的日子。更没想到的是,生活给过我的黑暗、虚无和伤痛,从此一步一步被光亮、真实和舒畅替代。走着走着,仿佛世上本没有忧伤;走着走着,我终于明白,将怎样度过自己的一生。

于是我的生命中有了值得频频回首的十年。记得刚进毛九时,起点超低说话都不利索的我,麻着胆子在全班同学面前大声说出自己的想法,朗诵最喜爱的孤芳盖全唐的《春江花月夜》。我甚至找到才气逼人的同学益红问:你的诗歌怎么写得那么好?一顿乱写!哈哈。她用"一顿乱写"启发我,让我在文字的世界里开始按着文学的规律天马行空,沉醉其中。

陈老师,我,我获一等奖了!大约是 2013 年,学诗时间不长的我以拙作《橘子洲》《岳麓,岳麓》等诗分别获得了岳麓区对外征文诗歌一等奖,区机关诗文大赛第一名。我不知道该与谁分享,想了想,把第一个电话打给了毛九的班主任陈嵘老师,听到他从手机里传给我的鼓励,我多了一份信心。此后,在诗歌的写作中,我的一些拙作陆续获得一些荣誉。后来,我转写报告文学,向兰心、王亚请教过出版的经验,学习过九妹、丛林、令娥、俊仪的散文语言,欣赏胡娟的快意言语在小说中的独具个性,还有永祥、仲衡歌词内在的节奏韵律等等,同学们的才情持续迸发,不断出版、发表好作品,不断获奖,他们像一波波水浪,推动着我往前。到如今,我的报告文学写作略有起色,已出版的五部作品中,长篇报告文学《深杉"候鸟"汪思龙》获湖南省第九届优秀社科读物,后来《e 网情深——湖南扶贫工作纪实》获湖南省"梦圆 2020"主题征文二等奖,现在又投入到抗疫的写作中。

我的天空渐渐明朗开阔。在与毛九相伴的过程中,我记着领导、老师和同学们对我的扶持和帮助,努力为本区的文友服务。2015 年 12 月,我顺利当选为岳麓区作家协会主席,2016 年 12 月,我又当选为岳麓区文联常务副主席。业余时间我还兼职湖南报告文学学会副秘书长,《湖南报告文学》副总编以及相关编辑工作。2019 年 7 月,我顺利出版长篇报告文学《一生承诺》和《溁湾古韵》,如期举办了个人作品研讨会……亲姐妹般关心我的老乡德芳、锦芳问我:你累吗?我很认真地告诉她们,文学与毛九是我灵魂的砝码,总能调节我内心的平衡。

王丽君作品《溁湾古韵》首发式暨研讨会

王丽君作品《溁湾古韵》首发式暨研讨会在毛泽东文学院举行

更重要的是,我用对文学的坚持带动女儿对音乐学习的坚持,她在音乐路上的行走中,始终积极向上,荣获了多个奖项,还以湖南音乐考生综合排名第四的成绩,顺利考上了同济大学。

不记得是谁说过,真正的友情,像一株缓慢生长的植物。十年来,那株植物已枝繁叶茂,它用与文学相似的清新,遮蔽了数字带给我的焦虑。

我,我再也不提"辞职"二字了。回过神来,我与胡勇平说,也与我自己说。

坚守毛九的"财务总监"之职,就如我坚守的安静里亦有属于毛九的热闹,属于文学情结的喧嚣。但我想,这也是属于我一生中必然要行走的路,是本分。

链接:乡村美学中的人性书写

文 / 余艳(著名作家,湖南省作协副主席)

看完《一生承诺》,感觉是欣赏了一幅画。乡村美学的大爱底色,主体人物的细腻勾画,大量鲜活细节的烘托,让这幅画有了精彩呈现。

　　我和丽君是二十多年的朋友，我知道她严谨、认真和痴情，也知道她的善良、真爱和坚持。对这部作品，尤其对作品中大爱一对患难夫妻，丽君一定是虔诚地用好用足她一辈子的情感和生活沉淀，这种况味能将作家自己的生命章节一幕幕串联起来，形成一部完整精美的人生大戏，成了感动我们的人性书写。

　　《一生承诺》的故事并不复杂，围绕谢海华三十多年硬汉般扛着妻子病痛的生命和一家人的艰难，将生命的血液化成坚持的耐力，我们的阅读似乎也在这条直线中完成一种传统美学的到达。

　　最初谢芳英雄般的形象和她美丽的青春，让谢海华坚持己见爱上她，并顶着风险娶她为妻。可面对好景不长的现实，就有了谢海华这个硬汉男人为自己的承诺付出一生。那是漫长的马拉松，负重的奔跑要的不仅是顽强的耐力，更是心中不变的坚持。永不停歇的寻医问诊，谢海华的顽强和妻子的无奈组合成这家人的生活气场和比贫困更艰难的意境。作家透过这种艰难写出了传统乡村文明的温情与毅力，也写出了传统伦理道德在现代的尴尬和顽强扛鼎，这种矛盾的对立，又通过大量的细节传递一种疼痛和最大的善，从某种角度说，它成了谢海华马拉松式的磨难，它背后是数日、数月、数载的坚持，甚至是痛苦、血泪，是我们不曾想到的困难与磨炼。可谢海华扛住了、坚持了，让今天的人们相信真爱和互助，也是谢海华的真情付出，形成一种精神推力，让社会在和谐大爱中真正地良性发展。

　　比如有个场景：疾病的缠绕和药物副作用，谢芳总发火甚至想轻生，可谢海华总是报以灿烂笑容，温柔安抚，总是开导她："这么多年，你虽然遭遇不幸，但还有我陪着你，现在日子一天一天好过了，你要坚持下去。"谢芳就又感慨："他对自己都没这么好，总是让着我，没跟我吵过架，这些年要是没有他，我不敢想象能活到今天。"

　　谢海华夫妻两情相知、两人相护的漫长的情感流程，写出了人类最美好的感情——爱。爱做了故事铺陈、作品的底色，作家把那种受伦理道德制约、又超越于伦理道德之上的相生相依、相敬相安的脉脉温情，发自灵魂深处又慰藉心灵的人间温情，通过诗意的释放，把淡定恬静的生存形态，把乡村百姓有情有义、有节有度的情感生活方式展现得淋漓尽致。

《一生承诺》成功塑造了以谢海华为主的令人信服的乡村人物形象，用从容温润的笔调，展示了乡村美好的人情人性，寄寓着作者诗意的理想，也表现出作者真善美的深刻洞察与审视。

作家刻画人物，如雨露滋润五谷，用淳厚民风把谢海华这样的男人养育得坚韧刚毅，心灵手巧，乐善好施，豪放仗义。谢芳的贤良、聪慧、宽厚、慈爱，亦是那方水土上随处可见的寻常女人。半个多世纪的中国，是非颠倒好几个来回，人情冷暖若干春秋，谢海华们从来没有改变过自己做人做事的方式……这方水土养育的人，有自己的处世习惯，情感形态，是非标准。不管生活多么艰难，不管生命历经多少风雨，乡村人身上最本真，最美好的东西从来没有消失过。

作家在创作人物，人物也在滋养作家，坚韧刚毅、心灵手巧、温暖善良也滋润着作家丽君。这部作品我觉得是王丽君的转型之作。原来她的作品没有这样突出平淡中的温暖、温暖中的纯净。但这部作品，她以传统之美、真情之美、理想之美的长期沉淀的底气，从含蓄的、若即若离、若虚若实中反思人性的冷暖，引而不发、余味无穷。

道德模范如星星之火，只有辐射放大，才能点燃社会爱心的火种。丽君这两年干的就是这点火种的事。她在做一种人民喜爱的大爱展示，在做一件社会需要的精神传递，也在做时代景色的精心描绘。这种付出是值得的，是当下围绕"初心"的正当其时的文学、美学、社会学、人性学的一次真正地探索。

链接：小人物如何在苦难中助人自助

生活可以有多苦有多难，谢芳和谢海华这对夫妇向来是无法与外人说清道明的。直到他们遇到了王丽君，直到王丽君将二人的故事写进书里，谢芳年少时的英勇和谢海华三十年如一日的不离不弃，才真正算得上"有了姓名"。要读懂这对"好人夫妻"的苦难和坚毅，尽可能地将笔触伸向人物的灵魂深处,细腻而不失真实地还原他们的卑微与伟大,需要的不仅是悲悯和同情,更要有过人的心灵感知力和艺术创造力。从《一生承诺》这本书可以看出,作者王丽君做到了。

王丽君根据"2017年度感动中国人物"谢海华和见义勇为"中国好人"谢芳的爱情故事创作出来的报告文学作品《一生承诺》,用文学化的抒情笔调塑造了两个个性特色鲜明、命运起伏多变的好人形象,还原一段挣扎在温饱线上的苦恋,更通过细腻动人的细节描写和情景铺垫,洞悉到了人物内心的幽微人性,以及这幽微之上的独属于小人物的崇高。

王丽君出版的书籍

仿佛电影的黑白镜头,作品首先将视线拉到三十多年前谢芳与歹徒搏斗的那个夜晚。谢芳身中九刀倒在血泊中,令人心惊肉跳的开篇为全书奠定了悲壮的基调。但作者笔锋一转,很快将笔墨放在了谢芳和谢海华的相识、相知和相恋上。谢芳和谢海华都出生在长沙远郊的农村家庭,作者在叙述二人感情萌芽的过程中,不但写尽了乡村景色的清新自然,用散发着泥土芳香的等待播种的田野寓意二人的绵绵情意,更充分利用语言对话和神态动作描写,让读者看到了两个农村家庭乃至以原长沙坪塘镇花扎街为代表的中国传统农耕社会的剪影。

世代农耕的谢海华父母认为农村生活需要体力,谢芳的刀伤可能会落下病根子,出于这种素朴的考虑,他们不同意儿子娶这个曾身中九刀的女英雄。在"稻花香里说丰年,听取蛙声一片"的广袤农村,人们自给自足地操持着一日三餐,朴素平实的柴米油盐喂养出乡人的品格。作者没有刻意美化,也未曾夸大人物的善与恶、狭隘或通达,而是做了文学化的处理,轻重得当地挖掘出生活中正面、向上的元素。作品详细记叙谢芳和谢海华的成长历程和生活环境,包括儿子谢希龙在清贫家风中熏染出来的早熟懂事,无形中也为夫妻二人的过人品格写下了注脚。

在叙述策略上，《一生承诺》一书摆脱传统的线性叙事，层次与层次之间相互勾连，叙述视角跳宕自如，过去与现在，采访者与被采访者，时空切换毫不突兀。譬如，刚说到谢芳与歹徒搏斗被评为见义勇为的女英雄，接着就写谢海华相亲受挫，很快又回到夫妇二人与作者的对话，甚至在写到某些场景时，作者突然忆及自己的祖母。正是这样一种自由又有章法的节奏，让读者更细致地了解到主人公的现实生活和精神世界。

谢芳的命途可谓多舛，见义勇为身中数刀导致重度贫血，生下孩子后患类风湿性关节炎，关节变形四肢萎缩又罹患子宫癌、胆结石、胃息肉，作为一个无法为爱人做哪怕一点小事，吃喝拉撒睡全仰仗丈夫的妻子，谢芳精神上自始至终都在承受着炼狱般的考验。《一生承诺》观照到了她身上的多面性：身为女英雄，她骨子里有着清高和骄傲；身为生活不能自理的病人，她掩饰着内心的自卑，几乎是苟延残喘般活着；而身为一个普通的妻子，她留恋着爱情，仍保有平常女子的娇嗔和醋意。书中还以谢芳这一人物为切入口，素描出以文花枝、廖月娥为代表的女性道德模范群像。

全书最感人的，当属谢海华这一人物形象。谢海华是退伍军人，他怀抱着一腔英雄梦，军人的特质烙印在他骨髓深处。他为了病妻放下尊严，被生活的窘迫按压在地，堂堂七尺男儿面对命运却不得不束手就擒。书中写到谢海华"不想活"的情景，少有的流泪，令读者动容。无论是温情回顾过去的甜蜜，还是落泪追忆从前的坎坷，作者用许多微小的细节塑造了一个伟岸的形象，入木三分地刻画了谢芳患病瘫痪后，谢海华下田种地、开塘养鱼、烧窑卖砖、修马路、进锰矿打工以及后来在养老院发光发热等不同切面的形象。从农村到城市，从农业到工业，从风雨飘摇到社会各界的关注和帮助，作者通过谢海华这一人物书写了一个时代的记忆和这个时代的道德坚守。

书中，作者常常将谢芳与谢海华的命运与周遭事物进行类比，用有形有色的物象将苦难和在苦难中绽放出来的思想光芒具象化，引起读者共鸣。"好时光总似琉璃易碎，谢海华和谢芳的好日子一碎就再也拼不起来。""他们家通常就一个菜下饭，一碗青菜，或是一碗辣椒，被生活辣得够呛。""老婆虽然需要他照顾，尽管她像收割后的稻草那样有气无力地躺着，没了初相见的生气，但只要她在,家就在。"这些精辟巧妙的比拟,从日常生活的书写中跳脱出来,使思考的笔尖探及了生命、生活、时间的真相。

支撑谢芳见义勇为的原初动力是什么?支撑谢海华数十年咬牙坚持的信念又是什么?或许就是一种生命本源的正义和良善,一股认准了就死磕到底的执拗和一份生死相依的责任担当。在纷繁芜杂的现代社会,爱情是一个复杂的命题,倘若人们能从谢芳和谢海华的故事中读出一丝感动,并因此增添生活的勇气,对人性多一分信心,《一生承诺》就不失其价值。

(摘自"学习强国"平台)

03

毛九有个慧总编

讲述者：刘慧

刘慧，笔名平溪慧子，出版有长篇小说《青春的漫歌》，诗集《醉梦园》《傻到极致》。长篇小说《突围怪圈》获得中国作协网络中心2015年重点扶持项目，诗集《傻到极致》获得邵阳"五个一工程"奖。其他诗歌、散文、小说、剧本均有获奖。

冬已深，春渐近，转瞬之间，就传来2020的讯息。

很多年前我是长沙匆匆一过客，那时还是未婚，与未婚夫陪着他父亲在省城的医院里确诊肝癌。又十多年过后，我因获得湖南作家网年度优秀版主奖，被连续三年邀请到省城参加颁奖典礼。之后，我还在长沙主持了一场湖南诗人的大型活动。那时候，长沙在我的印象里，是座大城市，总有天遥地远之感，让我难以企及。

现在，我是梅溪湖居民，以梅溪郡为家，每个工作日都需乘着公交地铁，奔波在湘江两岸，或者为了某个聚会而穿梭在长沙城内，不禁感慨：十年河东，十年河西。

十年前，我辞去邵阳晚报社编辑之职，参加毛泽东文学院脱产一个多月的学习，对长沙开始有了亲切之感。那年，我的壁儿在长沙河西学画画，当他正返回中学冲刺高考时，我被邵阳市文联推荐到毛泽东文学院参加第九期的中青年研讨班学习。

平溪慧子出版的书籍

当时,毛泽东文学院已开设中青年作家研讨班八期,而我为何偏偏在第九期,也是有缘由的,一切天注定,不可逆。

那是初夏,人间四月天,橘子花在绿化带中散发着奇异的香气,花骨朵儿放肆地绽放,它们开得那么美丽,那么不顾一切。

我带着自己已出版的长篇小说《青春的漫歌》和诗集《醉梦园》,凭着早几年前加入了省作协的历史,进入了毛泽东文学院。有几位同学是在湖南作家网早先认识的,尤其是胡勇平副班长,开学第一天晚上的班会,他坐在我后面,与我一样不起眼,但他自我介绍时说刚刚发言的我是湖南作家网的“网红”,他认识我。他请小说组聚餐时给了我难忘的三鞠躬,胡勇平、我、吴志保三人狠狠地喝了一杯。同学们说胡勇平是能让女同学高贵的男生,像个绅士,贵人贵己。他说过一句让全班女生难忘的话:“九班的每个女孩子都是我手心里的宝!”我如此“文静”,不擅长与人交流,但因胡勇平的褒奖,我被更多的同学认识了。

在校认识了来自十四市州的四十四个志趣相投、绿肥红瘦的同学,和他们一起学习的那段时光,成为我生命中最快乐最性情的一段日子。在太平街和靖港古镇揽取古文化,在橘子洲头瞻仰青年毛泽东雕像,登岳麓山赏爱晚亭、谒英雄墓,在岳阳让王天明、周正良和李燕子陪着游玩并享用鱼全席,在镇远街头穿着苗服拍照,在施秉漂流……

满满的四十天,我全勤学习,没有请一天假。从来没有如此悠闲,摆脱了琐碎和俗事，安静清闲地住在宿舍，除了教室、宿舍，就是市政府食堂，或者某家餐厅。我们宿舍在六楼，很少爬楼的我，到了三楼就需稍作休息，积攒力量再登六楼。

从来没有那般被照顾，上课、吃早餐都有隔壁同学们的敲门提示："姑娘们，上课了！""姑娘们，吃饭去！"我们宿舍有五位女生，除了总是"携剪而行"的林琼小妹妹是出生于20世纪80年代中期，我们四位女生都是年龄相当，丛林比我、曾令娥、胡娟小一个年头。她内心比我们都显成熟，是我们宿舍最贴心的女子，也是在学习期间与我待在一起时间最多的人，对我说话时不时就会带个妹妹的称呼出来，她也会牵挂着每一位同室，前几年经历了一场大病之后，又树立起儿童文学创作大志。林妹妹性情、率真，又满身的正义，小小年纪，却很有生活的历练，十年来，她是大家公认的变化最大的同学。曾令娥单纯得就像她自己的学生，行为举止偶尔会露出些可贵的稚气，这几年遇到一些不平，但依然顽强地创作，取得很多成绩。胡娟洒脱，脑子活泛，反应灵敏度甩我们几条街，她虽然写小说不多，但出手不凡。

还曾记，2010年5月12日下午，好些同学坐在我和林琼的房间，大家热烈地谈论文学，朗读诗歌。曾令娥朗诵我的诗歌《请原谅我的贪婪》，掀起诗会高潮。第一个来宿舍串门的女同学是王丽君，她在长沙工作，因此读通学。在湖南作家网，我与清风悠悠徐德芳早就熟悉，她们与杨锦芳都是永州人，王丽君做东，请我与她们一起进餐，从此我认识了热情善良、多才重情的王丽君，在我定居长沙之后，得到了她的多次相助和友谊浸润。后来我才知道，那位每天开着红色小汽车风雨兼程来上学的优优雅雅的女同学兰心也是我们邵阳人，此人果然不凡，已成为走上国际的女作家和东巴文化的传道人。

在毛院学习期间，我们经常小范围在外面的小馆聚餐，照常每回都要点青椒炒肉。端午节时，在杉木村湘西土菜馆聚餐，一共三桌，粽子上了桌，气氛浓郁，我们喝从镇远带回的竹筒酒，大家唱歌，一桌与一桌轮唱，哪桌唱得不响其他两桌就敲筷子喊"哦呵"，气氛相当热烈甚至疯狂，震动整个菜馆。

四十天的脱产学习很快宣告结束，在毕业典礼上，清风悠悠饱含深情地朗诵了我的散文诗《哥哥》，陈科也朗诵了我的诗歌《请原谅我的贪婪》，感动了许多同学,我说了一句:"亲爱的同学们,请原谅我的眼泪!"

我还被评上优秀学员了,是时任院长的梁瑞郴主席给我颁的奖。

分别时,记忆最深的是同学们收拾行李启程回家时,熊刚说他自己是铁石心肠不会流泪的,然后丛林、熊刚临走时,我们都出去送,结果熊刚走到六楼与五楼中间拐角处时突然回头冲上六楼门口,一声"驼子哥"便扑到站在那儿准备送他下去的眛驼子身上呜呜地大哭起来,把我们全弄哭了。只有"游戏机"孙祝君,依然举起决斗的拳头,让我们破涕为笑。

毕业后,每年同学们都盼着毛九"过年",先后有岳阳楼集体吟诗、郴州临武鸭全席牛全席、益阳安化云台山帐篷之夜、常德桃花源农家乐烤全羊、邵阳崀山放歌南山牧场篝火吊龙、娄底新化紫鹊界览胜梯田、怀化芙蓉楼畅游最后一战旧址芷江鸭、衡阳衡山佛教圣地感受佛文化、湘西扶贫采风享受苗家迎客风俗等等,每一次的年会,都给同学们留下了深刻的印象,津津乐道,情谊绵延。

每个市州都有我的同学,这一度成了我们毛九人挂在嘴上的骄傲,我们到哪个市州去,只要一个电话,绝不用担心会有异乡感,因为大家有一句共同认可的话:"有毛九同学的地方,就是家!"全班同学活成了一家人模样,一点都不夸张。那年,我父亲急性腰椎间盘突出发作,行动不得痛苦难当,我打听

毛九同学在老山界

到株洲有家药店有一种良药，与在株洲的大才女王亚一说，她立即为我购买好并快递过来，因此父亲的腰椎得以恢复。在靖港古镇，李伟同学带领我们几位穿行在各陶器店，陪我们挑选陶器，有一只装水的陶罐，从此每天都装满清凉。在怀化沅陵，于我来说天遥地远的覃明头乡采访之途，有了才子张远文和他兄弟云宸相陪，一路上的夜路转换成诗路。

毛九情深，被羡慕，被妒忌。我们都很自豪，坚持毛九路线，从不动摇。每年的毛九年会，是我们最为期盼的事情，让人羡慕，让人感慨，此份真情友谊，人间少有。这十年间，王家富十年如一日，以"毛九日志"记载了每天的点点滴滴，胡娟坚持着每年给同学们寄纸质的新年贺信、为同学生日做提醒服务……

从毛泽东文学院毕业之后，我又出版了诗集《傻到极致》，并获得邵阳市"五个一工程"奖。执行主编了一部诗集《资水蕙风——邵阳女诗人九人集》，还参加了湖南省第二届戏剧编剧研修班和鲁迅文学院网络文学培训班。而相比很多同学，我一直没有进步，有些同学在踏入毛院时，成绩并不突出，但这些年过来，他们取得的成绩真让人钦佩，大有破竹之势。没有出版过个人专集的同学，纷纷出书了，在各个报刊发表作品，获得这样那样的奖项。好几个同学都加入中国作协了……

悠悠岁月，一晃十年，人生又有几个这样的十年呢！在刚刚结束不久的湘西年会上，我抛出一个问题：再过十年，我们会是什么样子？接着，同学们老态龙钟的表演，淡化了离愁。

弹指一挥间，四季经历了十个轮回，如过眼烟云，唯一不变的是毛九情谊，它没有被时间风化，反而如一缸窖藏之酒，愈发香醇浓烈，我们每年都要喝上一瓶，品其中醉意。

04

长沙妹子胡娟

讲述者：胡娟

胡娟，笔名梅妃儿，《创作》杂志社编辑、长沙市作协办公室主任，湖南省网络作协理事，在多家报刊发表散文、诗歌、报告文学、小说作品多篇，出版有人物传记《流金岁月》。2015年—2020年连续6年参与编辑《长沙市重点工程项目纪实》，2019年荣获第十三届少儿报刊"六一好作品"编辑奖一等奖。

在毛九，有的时候有人说：你要做什么，你要怎么做；有的时候是：我们要做什么，我们怎么做；更多的时候却是：我做了什么，我想怎么做。

没有人指点，热爱写诗的平溪慧子在QQ群和微信群开始发每日新闻，像中央台的新闻一样年复一年，一发就是许多年，这就是毛九的早晨。没有人要求，工作繁重的家富每次都是最先统计到同学们发表情况的，谁在哪个报刊发了什么，他比作者本人更先知道，《一起走过的日子》一写就是十年，班级所有的活动都被他记录在案。没有人督促，毛九的"财务大臣"紫云英承担着班费收支的一切工作，偶尔忘了及时登记，便自掏腰包填补。没有人建议，我统计到了全班的生日信息，每年终推算出新一年的生日，每一月终更新下月生日的名单到QQ群公告。到了年终的时候，我会与几位同学商量着写"新年信"，购买微不足道的"新年礼物"，寄给每一位同学。还有许多同学，或者谁做得多一点，那不是因为我们能干，而是因为我们愿意。

胡娟出版的书籍

2019 年会因为工作原因我没能参加，但很快就发觉同学们不在眼前的时候和在眼前也差不太多，我熟悉他们每一人的容颜和语气，知道他们笑的模样和假装生气的表情，能想得到他们怎么吃怎么玩怎么闹，谁拍照用什么姿势，乘车会聊什么问题，喝酒是什么模样……

说到喝酒，我在毛九是很不讨喜的。我也爱喝酒，即使偶尔醉一次，也像只猫似的睡一觉就完事，因此极讨厌喝酒无度，酒后耍宝发疯的人，特别是把大家往死里喝的灌酒劝酒。毕竟喝酒无度是伤身，并最终将导致伤心的行为。

记得那是 2012 年 7 月，吉首的吴志保、九妹和临武的张湖平都到长沙出差，湖平哥先就和难得一聚的同行们喝得进了医院，接着的周末，我们约了去岳阳看王天明和周正良。在高铁站我到看张湖平，他的瘦脸都泛青色，被我好一顿"训"，没想到黄昏抵达岳阳，更大的阵势却在等着咱们。王天明的朋友们六七人早在桌边候着，备了满桌佳肴烈酒等着我们，周正良刚做完手术还没恢复，吴志保的身体也正好微恙，面对不可抗拒的热情接待，他们恐怕也只能心里打鼓，面子上依旧豪情万丈。我呢，在灌酒问题上向来是个不怕翻脸的，于是站出来坚决不给毛九的几位男同学喝，不管对方多少人劝，怎么劝，我就是不答应，毛九的几位男同学也不好跟我唱反调，于是都乖乖地在一旁坐着，微笑着沉默着等最终答案。

答案很简单，好意心领了，酒你们六七个自己喝。

从那以后，我在毛九的"监酒人"身份就亮出来了，即使是我没到场的酒局，也会尽量提醒他们少喝，倘若我到了场，大家也都少不得要看着喝——往死里喝，姑娘我是要翻脸的。

"限酒令"被我反复重申，效果多少还是有一些的，因此而感谢我的家属不少，我也就盯得更紧。接下来的几年，好几位同学身体出了状况，做大手术死里逃生的同学都有好几个，大家慢慢地也都懂得了要爱惜身体，再喝酒也就都主动保持了度。在毛九，我们的情义在友情以上，亲情相似，所以才担心，你们的安好，便是我的欢喜。也正是因为有了毛九，我的视线开始在湖南地图上反反复复流连，那些平时最不起眼的县城，交通最弯弯绕绕的山区，都成了向往的地方。

当我们成为一个毛九，就像榛子和巧克力成为一体，这是一种丝滑又个性的搭配，在这个集体里，我们会彼此惦记，彼此祝福，彼此欢喜，彼此成就，形成一种全新而美好的味道。

当我们从各自的小生活里走出来，放下轻狂和冷漠，怀一颗文学心走进了毛泽东文学院，成为一个个"毛九人"，从此共同守护着"毛九"这个名字。

胡娟（前排左一）带毛九同学到长沙市第一福利院捐款做义工

毛九班是一个人才荟萃的班级。值得一提的是令人瞩目的女作家群，这个班的女同学不嚣喧、不张扬、不弄巧、不刻意，喜欢在自己的领域，随事而发，随缘而动，她们文学成就不一，但各具特色，自成一体。

叁

刚 好 遇 见 你

千山万水人海相遇，"缘"来你在这里

梁瑞郴:不一般的毛九女学员

王亚是九班女同学中的佼佼者,她不是那种刻意在文学中的弄潮儿,但她却乘自己的文学扁舟,喜古典,喜昆曲,喜美食,她业已出书数部,都专注自身喜爱,在古典中尤喜李清照与纳兰,均能读出别样的韵味,翻出一些新的见解。她文字清新脱俗,不见造作,是我所喜爱的。据说她对李清照的研究心得很有见地,开讲后竟能吸粉无数,可惜未能聆听。

丛林是毛九班女中豪杰,文字了得,她原是医生,后改了行以弄文字为业,其《鱼玄机》,老辣精准,是可以成大器的,因为孩子,放弃自己,陪读,一直待孩子考上大学,才又捡起自己的旧业,每有新作,总能叫人拍案叫绝,现在苦熬自己,为他人作嫁衣裳,其实,她更值得我们期待。

九妹是毛九班在文字上拔尖的角儿,她生长于湘西,也许有许多故事,但她不乖巧,除了在文字中与你见面外,是一个什么事都往后面站的人。但她的文章,却是跌宕有致,很有抓人的味道,她对场景的描写,活着的、站立的、见筋见骨的,怎一个好字道尽。

唐益红是一个诗歌获奖专业户,国内外所有汉语诗刊都能找到她的作品,用一句时尚的话说:当之无愧的毛九诗歌一姐。

平溪慧子是《湖南诗歌》《湖湘文学》两大平台的网络主持,是属于那种不事张扬的人,她涉及的创作体裁全面,各有收获,作品含蓄而隽永,她是坚持多年的文学义工,兢兢业业显出九班风格,把平台打造得风生水起。

欧阳清清主政张家界诗歌学会网络平台《诗峰》，是九班永远长不大的孩子。她先期写散文，写农事，写自己的生活，清纯而充满童趣，总是把生活想得很美。近年来写诗，颇有心得，她的诗像溪水一样明净，美的意境，美的心境，美的诗境，不啻是诗歌中的童声。

曾令娥的儿童文学多次拿到全国大奖，是很敬业的语文教师，读过她的一些文字，感觉她倾心于孩子，文字中总透出温暖和母爱，虽然略显陈旧，但朴实而真挚，是九班女性中别具一格的文字。

胡娟责编全国唯一由青少年创作的文学期刊《创作》，她更多的成就是勤奋的园丁，在她有限的文字中，见性见情，敢爱敢恨。她的文字有更多男人的味道，多些开阔，少了纤细，她不刻意营造氛围，但是你可以读出她的肆意。

王丽君是文字中勤勤勉勉的耕者，担任《湖南报告文学》副总编，一年出版两部长篇报告文学，最近的冠状病毒疫情，她深入一线采访，所写《白衣战士》第一时间上了中新网。早年成名于零陵卷烟厂，近年来在报告文学领域耕耘，颇有收获，她写科学家和残疾人爱情的故事，为许多人所称道，像她的人一样，朴素而厚道，她找到了自己创作的方向和路径，她会走得更远。

张雪云考进毛院，做了毛院的老师。此前做语文教师，教书育人，可能更爱文学，弃教从文。她的文字很缜密，可能是因为做了语文教师的原因，我读她东西不多，只为数很少的篇什，却开合有度，是耐看那种，她的确是可以修炼成佛的。

兰心，双语创作，翻译了《简·爱》，双语主持了博鳌国际诗歌节，考上了北师大和鲁院联办的全日制硕士研究生班，她主持凤凰网"兰心说爱"栏目，粉丝已经超过了两千万，兰心古典而前卫，所以她的文字老外和国人都趋之若鹜，她另辟蹊径，在外语和母语中呈现出有机的融合，她秀外慧中，开拓出人生的新天地。

崀山林琼，是九班女生中最小的一位。有人说她人小鬼大，虽是玩笑话，但道出了她的境况，如今她辞了工作，做了玉龙山庄的庄主。她好像有些事佛,有些任性,故她的文字,总有淡淡的禅味,写得虚幻而空寂,她太文艺了,不像是生意人。文学是不是耽搁生意,我不知道,但文艺的人,总与世俗有段距离。

安化作协副主席,《读者》签约作家喻俊仪,纤细而优雅,文字与人一般,总显出精致,她的文字总有含而不笑的味道,藉酿而深,细细地品味,很有安化上等黑茶的韵致。

袁敏倾情于戏剧,可惜我未读过她的剧本,我读过她早年的散文,很见戏剧的功力,节奏、色彩、音韵都很讲究,是属于那种读来有趣的文字。

还有社区女诗人徐德芳,柑橘专家、作家、诗人杨晓凤,学院派女诗人李燕子,创编《永定课改》的语文教研员、高级教师李稔香,蓝山县民间文艺家协会主席杨锦芳,主编湘潭的《岳塘文艺》李映红都有各自的精彩。

01 _____

丛林：水流林静

讲述者：何贵珍

何贵珍，笔名丛林，湖南省作家协会会员，湖南省散文学会会员，著有长篇散文集《水流林静是故乡》《山林日记》。

毛九作家丛林是一名医务工作者，典型的江南美女。她来自沈从文笔下美得让人心痛的沅陵，嘴唇的曲线，面孔上依稀透着的笑意，眼镜片后射出的光辉，圆润的声音，使得她的举手投足都别有一番风韵。

在毛院读书期间，让丛林走进大家视野的是她发表在《文学界》杂志那一篇历史政论散文《刘璋的背影》，文中对诸葛亮的《出师表》中民殷国富而不知强恤的暗弱刘璋，做了完全不同的释明：在读到刘璋率众出城投降刘备时，却忍不住泪盈于睫，他对劝他应战的大臣说了这样一句话：吾父子在蜀二十余年，无恩德以加百姓，攻战三年，血肉捐于草野，皆我之罪也，我心何安？不如投降以安百姓。皇皇一部《三国演义》，讲的都是权谋与王道，所谓的仁义也无非是收买人心，我多么庆幸终于看到有一个乱世军阀能真正心系百姓，不惜以投降之辱来还百姓和平。

拿得起是英雄，放得下才是豪杰，以天下苍生为重，能持这种观点撰文的居然是一个孤傲不

丛林出版的书籍

合群的柔弱女子。

在我的《信用战争》还是电子稿的时候,我发给她请她提意见,她很认真地写了一篇读后评论《胡勇平,你往何处去?》,文中一段话是这样写的:我常去长沙,偶尔会打电话给他,但多半不打。城南城北,城东城西,约出来吃个饭,几个小时的时间就都耗在堵车上了,浪费生命。但不管打不打电话,我心里都是安然和笃定的,因为觉得有一个值得信赖的学长在这个城市里。这段话,充分体现了丛林为人处世的人生态度,也鞭策了我很多年,让我时常思考如何做好让毛九同学心里安然笃定的值得信赖的学长。

中国国际广播出版社出版了丛林的散文集《水流林静是故乡》,得知消息后,我第一时间买来读,真的是被她的才华又一次摄了魂魄,毫不犹豫地掏钱在网上买了50本,送给了毛九的各位作家。那一年,她重病,九死一生后,带着倦容,还是硬撑着,以东道主之一的身份参与并举办了毛九怀化年会,我问她要不要组织一下《水流林静是故乡》的作品赏析会,她淡淡笑着:谢谢班长,我实在没有这个心力了。

转眼这就要开始筹备毛九第十年的年会了,班委会请毛九作家都为"毛九十年"写点什么,没想到丛林居然是最先交稿的,她一如既往地保持了淡雅的风格,写到她的病,我没有勇气引用她的全文,但这一段足让我有一种刺骨的心痛。

丛林讲述:"毛院毕业后的十年间,我经历了三次自发性气胸,最近发作的一次,是在2018年的12月。气胸发作的时候,胸膜腔突然破裂,大量溢出的气体将肺脏挤压,导致肺不张。每次总要在胸壁上开一个洞,插一根食指粗的硅胶管进去,接上水封瓶,将胸膜腔的气体一点点引流出来。一做手术,就要躺着三四天一动不能动。当然,这点痛苦说起来不算什么,麻烦的是,你永远不知道它是否还会再复发。

"同样经历生死劫难的还有好几名同学。继我之后,先后又有王天明同学的车祸,肖云同学心脏上支架。也许,我同胡滨同学的经历,也给予过他们战胜疾病的勉励吧。虽然经历了如此多的磨难,但幸运的是,在这十年间,我并没有停止写作。《水流林静是故乡》《山林日记》两本散文集是在这十年间完成并出版的,大大小小的刊物发表了一些文章,最近的一部儿童小说《红莲花白莲花》也正在等待出版。虽然与同学们相比,我这实在算不上什么成绩,但坚持本身就是一种力量,是生命创造的奇迹。"

好在老天有眼,为毛九留下了这位旷世才女,现在一切都好起来了,大病痊愈以后,她居然辞去医务工作,跑到长沙做了熬吧的主持,高兴时,还能喝点小酒了。更有幸的是,在 2019 年底,湖南第二届作家高研班,我们又做了一回同学,开学那天,我请几个同学吃饭,她居然婉言谢绝我,我有些生气:来不来都请了你的!她回我:哈哈,好,吃不吃都感谢你。

链接:伊甸园里的书写

——读丛林《山林日记》有感

文 / 采　薇

到今天为止,丛林的《山林日记》寄来不过四五天,我已读了两遍。当然,书不是丛林寄的,也不是网上书店买来的,而是编辑部彭雪快递来的(我的一部书稿亦委托这家出版社出版)。彭雪给我寄来了五本书,有长篇小说、杂文集、散文散,其中还有某著名作家的长篇散文精选,但我细细读过丛林的《山林日记》后,其清新灵动的文字让我觉得意犹未尽,书案边的其他书也未能勾起我的好奇心和阅读欲,最后还是静下心来重读丛林的《山林日记》。

丛林的《山林日记》以二十四节令为时间顺序,以日记的形式,用超然清新的视角观察和书写山林美景与自然物候在四季中的细微变化，以及作者在时光的流转中对生命和自然的体悟。我十分熟悉丛林书写的山林。我从小在丛林工作的矿区生活，后来又在官庄(丛林现在的居住地)工作近十年，所以，丛林每写到一个小村庄、一条小溪甚或一个小山冲，我的脑海里便浮现出那些我无比熟悉的景致。丛林现在居住的小区以前是一片一两百亩的水田，横过水田即是一片低矮的山包，也就是丛林后来日日清晨跑步的那片山林。在官庄工作的时候，我经常和朋友横过官庄街后面的小溪去那片水田的机耕道上散步。小溪宽不过丈余，源自官庄后山水库，居民卫生习惯差，将生活污水和垃圾都倾倒在这条小溪里，溪水终年浑浊。水田中间有"十"字形机耕道和水渠，纵向连通官庄集镇和中心小学，横向贯通镇政府和打虎坪。那片水田在我离开官庄不久便被征用于城镇开发，如今已是高楼林立，店铺如蚁，而镇政府也搬迁到新集镇。我私下里认为丛林所书写的山林是官庄集镇开发后的残山剩水。我曾经一方面为官庄城镇化飞速发展而欢喜，一方面内心又惴惴不安。城镇化固然是一个地方发展的标志，但它同时也是一把双刃剑，它不仅吞噬了山区有限的农田，而且加快了偏远山区自然村落的消亡。聪明如丛林，她哪里不晓得人类对于自然的戕害，她在《山林日记》的序言里这样写道："在湘西这片山林里生活了二十年，目睹了城市的无限扩张，钢筋水泥正如何一点一点地吞噬我们的绿色领地。我开始有一些担心，如果有一天，山林消失了，我们将在何处寻找家园，我们还能在哪里聆听生命动人的讲述？"不过，我想，

怀化新晃采风

丛林更懂得散文的写作之道，懂得她的作品主题需要什么不需要什么，丛林笔下的山林应该就是她内心的伊甸园。那片山林，几年前，丛林亦陪我去过一次，不晓得是开发商还是矿工将那片山林修了石板路、亭子、花圃，栽植了杜鹃、栀子等花卉以及常绿树，但山林又保持着原始生态：灌木丛生，藤蔓缠绕，树木稀疏。在写这部书的时候，丛林一定自动屏蔽了人对自然无穷尽的掠夺和污染、尘世的喧哗、人与人之间的碾压和欺诈；她甚至过滤掉了她生活与工作日日相对的人和事，那片山林在她的笔下充满神性和诗意，荒径、藤蔓、山花、鸟鸣、霜雪、落叶都是她幽静国度里观察和书写的对象。山林似乎只是丛林一个人的山林，书写的也是她一个人的"人与自然"，她"与草木虫鸟为友，与清风朝露为友"，如《四季随笔》《瓦尔登湖》《沙郡年记》《一个人在阿拉斯加荒野的 25 年》这些书写自然的作者一样，做一个真正的山林的阅读者和审美者。当然，丛林也真正热爱山林，了解山林，是山林的守护者和捍卫者。她的文字如从森林深处走来，散发着自然和生命的清新和美好，呈现了自然和生命的温暖与辽阔。

丛林是一个医务工作者，更是一个优秀的散文作家。她崇尚文字的质朴与自由，这部《山林日记》文字沉静、优美、充满诗性和哲理。从《山林日记》中可以看出丛林博学多才，她对于文史、诗词的研读通透而深入，书中诸多诗词典故运用自如。从瓠子瓜花联想到《源氏物语》里的夕颜，从桐子花写到陈淏子的《花镜》，从菊花想到《玉函方》。她对山林的植被相当熟稔，女菀花、鸭嘴硬草、雷公藤、鸡矢藤……那些毫不打眼的藤蔓野草都是她伊甸园里不可或缺的景致。她宛如山林的主人，山林中每一棵植物，每一声虫鸣，每一次风吹草动，她都能从中感知自然生命的律动。有人说写作即发现。丛林总能在山林的幽微之处窥见自然的秘密。她的观察是如此仔细，就如《昆虫记》的作者法布尔，如《沙郡年记》的作者奥尔多·利奥波德。在《蛛丝之光》中她这样写道："今天早晨，我蹲下来查看的这张蛛网也是完整又漂亮的，它被织在两茎碧绿的茅草叶上，在露水里轻微颤动。蛛丝原本无色透明，细弱无物，可是在清晨，每根蛛丝上都凝结着露水，透映着霞光。"她在《白霜之晨》中这样观察白霜："这些霜晶那么奇怪，它们围绕着树叶毛茸茸的锯齿边缘凝结成一个细圈，叶面中央却一颗霜晶也没有，所以树叶是什么形状，它们镶上的银边就是什么形状。"湘西山林时序的变化既循序渐进，又爱三步一回头，但四季的景致无非山色苍翠、山花烂漫，万物葳蕤，而丛林似乎总有写不完的素材，她蹲下身子，用女性纤细的视角抒写了山林每一个时序里别样的风采。她以山林的一草一木为表征，坚守着她自己的生活和书写方式，并在其过程中体悟自然和生命的精微奥义，最终抵达一个自己想要的灵魂高度和文学境界。

丛林的写作一贯从容、冷静、含蓄，这部山林日记则更加清新、洁净、明达，近乎圣洁。书里的每一篇文章虽然都比较短小，但并不只是对山林简单的记录和碎片化的采集，而是进行了精妙的情感过滤和艺术提纯的结晶，以清新、柔和的笔调展示自己的文化素养和性情胸襟，展示自己对自然对人世的态度。当然，这种抒情并不是虚假或泛滥的，而是对生命和自然超然达观的体悟，是一种灵魂的提升。我始终认为，一个作家的内心质地、性情思想决定文章的高度境界；反过来，一部作品的境界高度体现一个作家的性情胸襟。这部书让丛林的修为和书写进入到了一个新的境界——一个我无法抵达的境界。我想，丛林也并不只是简单地隐居山林，更是一种生活和生命的体验，她的书写把她的灵魂带入到清幽无尘的秘境，不涉尘世，无关世事，她的生活如山林一般沉静美丽，即便是深秋寒冬，她感觉到的也只是空阔和辽远；即便偶尔书写人世的伤痛，比如父母的早逝、姊妹的分离，都不做过多的渲染和铺陈，只是缓缓地、静静地叙述，彰显作者生命的沉静和担当。比如在《雷暴》中她这样结尾："我看到自然的个体生命，是有别于窗外奔雷和暴雨的另一条隐秘河流。这条河流从时光的遥远处奔来，有着自己低沉的声音和涓涓的流速。"她的生活如圣徒一般持戒、勤修、隐忍，在看似闲暇的时光里，她却无时不在警醒自己。"最美好的时光已经过去了"，"要珍惜时光啊，珍惜时光。"她这种勤奋刻己的禅修，已如当年潜心戒律的弘一法师，认为这世界上没有一样东西不是好的。在《虫音促促》的结尾处，她这样写道："我对这世界已舍不得苛责，舍不得抱怨，我只想怀着这样的温柔之情度过生命里的每一天。"其实，在现实生活中，我们已经耳濡目染了种种黑暗和腐败，我们在种种欲望中不能自拔，我们太需要一些纯洁、清静的东西来滋养净化我们的灵魂。丛林的这本书给了我们一个提醒，那就是：最是复杂的先是人和社会，再是残破的自然环境，但只要我们的心愿意，哪里都有自己的一片伊甸园。

有人说，有一千个读者就有一千个哈姆雷特。我私下以为，丛林的《山林日记》也有一些值得商榷的地方。每一个作家都有自己的习惯用词，丛林也一样。或许是丛林的现实生活太过甜蜜，在好些篇章中有"如蜜"这样的字眼，比如"阳光如蜜""慈爱如蜜""松香如蜜""时光之蜜"等等；另外个别篇章在记叙时序的变化时流于表层，文字虽然质朴无瑕，却泛泛而谈，略显寡淡；与如今某些自诩反映社会现实灰暗为主题的"嘈杂性"的散文相比，丛林的散文是清新而沉静的，但或许作者过于营造一个洁净的"自然"，所以在书写的过程中因为"自我"反而少了些张力，有些阐述虽然深奥也只是个人情感抒怀。我觉得大自然的精微奥义一方面是我们对自然的热爱感怀，更多的是自然本身散发出来的美好和力量，以及自然本身对于人类的言传身教。我亦始终认为，人是自然的一分子，只有回归自然，才是找到"自我"的必经之路。当然，这也只是我的一己之见，见智见仁，在于读者自己感受。

02 _____

九妹：叠梦

讲述者：王菊苹

九妹，本名王菊苹，从事文史工作多年，就职于湘西自治州政协，任《天开文运》编辑部编辑，中国作协会员，常有精美散文见于报刊，著有散文集《叠梦》，文化随笔集《古画之美》。

初见九妹时，她的眼睛像是来自天堂，又大又黑又深，你要是认定眼神就是苗家姑娘的灵魂，那不难想象，九妹的灵魂是火焰的颜色。读她的文章是件很纠结的事，我曾和她开玩笑说：看九妹的《古画之美》犹如看初恋情人的孩子，乍一看特别像自己，仔细一看又全然不是。

九妹本名叫王菊苹，是一名从保靖县碗米坡出来的土家族女子，知道她真名的不多，以致她的名字出现在中国作协新会员的公示名单中，我们毛九的史官王家富居然没有认出来。她性情温婉，在湘西自治州文史馆工作。作为一名醉心读书的女子，她在毛九几乎不会主动说话，但笔端淌出来的，全是饱满的天才气息。

从麓山寺出来，下山即到岳麓书院，丛林一隅寻到唐代李邕撰文并书的《麓山寺碑》。李邕一生书写过的众多碑铭，以《麓山寺碑》最为精美，结体纵横相宜，笔法刚柔并施，章法参差错落，有行云流水之美，有化柔为刚之美。时隔一千多年，我见到的《麓山寺碑》已经被珍藏在亭子里面，周边铁栏围护,伏在亭子门口,目及处仅能看到古碑圆顶上饰有龙纹浮雕,上有阳文篆书"麓山寺碑"四个大字。碑上那一千多个"最美的行楷"小字并不清晰,且碑左和右下方有损缺。我不懂碑帖文化,寻至于此,是因为知道此碑侧刻有宋代米芾的正书阴刻题名"元丰庚申元日同广惠道人来襄阳米黻"字样。"元丰庚申"即公元 1080 年,时间再往前推五年,即熙宁八年

九妹出版的书籍

(1075)二十五岁的米芾来到长沙任职,直到元丰五年(1082)三月,卸任长沙掾,这位伟大的书法家在长沙整整生活了七年。

末世的浮风吹走历史的尘埃,一代代人物,留下浮光掠影和千古传奇,他们亦有寻常人的生活,平凡人的喜怒哀乐,隐在浮尘背后。月光下的一枚清凉梦,最终是可触可摸的,唯有写作者的想象和想象铺展开来的文字无可捉摸。寻访像米芾一样的古代艺术家遗留在长沙的尘色墨踪,竟然让我开始喜欢长沙,喜欢去省博物馆看画展,喜欢念叨长沙毛九作家班那几个同学。

九妹出版的两本书都有送我,《叠梦》我放在床头,《古画之美》我放在卫生间书架上,两本书基本上都被我翻烂了,跟着她的步子去凤凰、里耶、茶峒、保靖、吉首、古丈、沅陵、浯溪……跟着她的文字去考证金农、苏轼、潇湘云水、陈寅恪、柳如是……从她的文章里出来,就好像登了一次梵净山的金顶:满足而又辛苦。

她对我的评价不算很差:胡班是个很好的生活家,男女通吃,老少皆宜,对于大俗大雅都持一种津津有味的态度。李自健是我很喜欢的一位美术家,他在长沙洋湖湿地开了一个美术馆,我自知粗鄙,就盼着九妹这样懂诗懂画又能肆意聊天的人一起去,开馆两年后,终于有机会一起在那儿待了一个下

午,分别时,我问她观感,她睁着那双来自天堂的眼睛,很认真地说:艺术家仅次于上帝。她没有笑。

毛九十年的纪念文字,我没有催她,我知道她肯定会写过来,这便有了她的节选:

从长沙回到湘西,也是从城市回到乡下。我继续我的读书写作,也莳花,也习画,安静的日子如同侘寂,山幽水亦僻,生活中只有茂林、深泉、阳光、晨露、晚霞、明月、梅花。胡娟来了见了,丽君姐来了没见,李伟也来了也没见,胡班倒是因了工作的缘故常来湘西,有时见有时也见不到。见,也是在湘西文史书店,三五人清谈,我给一身酒气的胡班沏茶喝,而他往往是喝了几杯茶后又走到楼下去买几本书,翻了几页书后又回来喝几杯茶。有时候,茶倒是也因为这样的情形有着某种程度上的神性未脱,甚至会演变成为一种散发着微光的魅力。

尤其难忘,前不久同学们聚于湘西,从苗寨回来已是晚上八点多钟了,走了路,看了景,唱了歌,喝了酒,大家很开心而又辛苦。人生无常,有时后会无期,于是我提出请大家去书店喝茶,安然坐下喝一杯茶,也挺好。有那么一个夜晚,二十多个同学前前后后辗转寻至乾州古城,陆陆续续走进了文史书店。在二楼茶室里,众人集聚,我奉上的,依旧是茶。我给大家泡保靖黄金茶,大家翻看我的《古画之美》,挤挤挨挨,进进出出,甚至分不清谁用了哪个茶杯,谁

九妹与毛九班同学

又还没得茶喝。胡班来过很多次的，仍旧一身酒气，仍旧挤在大家当中，说着笑着，又喝了几杯茶，又买了几本书。

夜色溶溶如水，大家离开书店前拍摄了一张合影，人手一书，四周也是书，优游的空间，也是心灵腾挪的天地，彼此惺惺相惜来得那么地真实。我顿时想到了一生，读书人的一生，写作者的一生。清代的张潮有一句话："天下一人知己，可以不恨。若得了，光阴且向闲中过，可以请他喝杯茶。而我且以永日。"

正如北大历史文化资料研究室刘墨博士在《不负我心》中描述的那样：无疑，在历史与现实面前，九妹是心潮澎湃的，但她知道如何把控自己的情感，让它在字里行间缓缓地流露，仿佛山间的溪水，虽然有时候不见了踪影，却不知又在何处涌出。

链接："不负我心"

文 / 刘 墨(名学者、艺术家。本文系《古画之美》序)

九妹是一位作家，但艺术——尤其是书画——对她似乎有着更特别的吸引力。

于是，比起上一本《叠梦》来，她虽然依旧写花写草，却因为与书画的关系，这花这草仿佛像画家用笔墨画出来的一样：有的风格像郑板桥，有的风格像金冬心。即使她看梅花看荷花看桃花，也不是"植物学"甚或"文学"地看，而是"笔墨化"地看，于是，除了桃花荷花之外，我们还可以看到柳如是或方婉仪，这花这草里就多了许多故事。

虽然，她原来也是这样。比如她看到古乾州的梅花，会想到她15岁时在凤凰天涛山沈从文墓地第一次看到梅花开始，她就无法拒绝花开时的思念，而且唤起久远的回忆。如今，这回忆延展到过去，一直到三百年前、四百年前、五百年前，甚至更久远！

原来，她爱看沈从文，然后到《红楼梦》，现在，她一路读一路写，文章中的

九妹(前
排右四)的毛
九之夜

书名,给了我们线索:她不单独停留在写作上,也进入了历史的深处。

但她不是学者,学者的长处是挖掘史料,让自己成为历史的发现者与记录者。九妹仍然是作家,历史是她笔下的"佐料",她的笔下时时刻刻有着自己在,文中提到的任何一个地方,都是她要走过的,要仔细观察过的。因而,处处有她的情感与妙悟。

但又因为读史,她的感悟中有着几百年的沉积,她把史料化为茫茫时空中的烟雨,上下纵横,又淡定从容,在叙述史实的同时,轻轻地笔尖一转,就让人在沧海桑田之外,突然站在屋檐下,看一帘烟雨的侵浸。

无疑,在历史与现实面前,九妹是心潮澎湃的,但她知道如何把控自己的情感,让它在字里行间缓缓地流露,仿佛山间的溪水,虽然有时不见了踪影,却不知又在何处涌出。

穿越时空的隧道,她在用心静静地倾听隧道那头的喃喃细语,文字里绽放的陈年的芳香。

九妹也运用考证史料,比如金农,比如苏轼,比如潇湘水云……但她总是能够化知识为情感。

我和一位传媒朋友在聊天时以为,没有细节的文学不是文学,离开日常生活的文学不是文学。它可以说是哲理，但它要见人见物，文学的灵魂也许就是传达某种"哲理"，但文学的魅力又在于精微地描述与刻画："斜生傍枝的枫杨树掩映着一座石桥，古香古色的巷子，古香古色的客栈，黑瓦白檐，雕花门窗，楼上楼下随处可见开满鲜花的土陶罐、扎成灯笼的土花布。我最喜欢的是临江那堵石墙，黄了又青了的苔藓是披在石墙上的岁月，几块老朽木掏空做成的花盆生长着绿萝、兰草、紫罗兰等，下面石墙罅隙恣意滋生着几大篷虎耳草，长长的葡萄茎垂到了水面上，圆圆的厚叶子下细看能瞅出白色的绒绒毛来。那是沈从文先生写在《边城》里的草。"瞧，这就是文学，哲学家的眼中并没有这些琐碎；而文物学家也许会拔掉上面的草和青苔去看那个石罐或石墙的年代！

九妹的着眼点是具体而细微的，比如她从自己珍藏的红豆，想起四百年前常熟的那棵红豆树，想起半个世纪前，已经失明的史学大师陈寅恪，用了10年的心血撰写《柳如是别传》，如今到她灯下夜深人寂时，细细地描写那红豆，花开花落，就像追忆前朝的云雾，在岁月的静默间感悟时空的转换，追怀烟雨打湿你我的梦。

九妹时时不忘她的故乡，时时忆起她路过的每一条江、每一条河，也的确，故乡与一个人的生命是如此息息相关。凤凰、里耶、茶峒、保靖、吉首、古丈、沅陵、浯溪……她几乎不写自己没有到过的地方，故乡是她写作时最丰富的资源，哪怕是一根草、一片叶子、一块石头，都给她灵感，她的文字在笔墨浓淡之间透露出心绪的起伏。

九妹引罗伯特·贝文的话说："摧毁一个人身处的环境，对一个人来说可能就意味着从熟悉的环境所唤起的记忆中被流放并迷失方向。"我经常慨叹自己没有"故乡"，也没有关于故乡的"记忆"，哪怕对我而言这是一种有意无意的自我"流放"。但这种状况对于九妹来说并不存在，一切在她的记忆中，都是温暖的，都是让人迷恋的，有如沈从文笔下的湘西。

九妹的散文是艺术的，同时也是诗意的，古典诗词给了她许多审美意象。一张摄影照片，都让她想起唐诗中的意境：一叶扁舟，山水隐于一片白茫茫间，鸟绝，鱼沉，人无，远远看去，只有一点，清旷孤绝——既像柳宗元的《江雪》，又如张岱的《湖心亭看雪》。

当代散文写作，取法于古典汉语的不多，而她虽然并不是古典文学出身，但她不停地在阅读写作中接近着中国古典审美意象中的天与云、山与水，那一股股不俗的清高志趣充溢在笔端。究其根底，也许，她和中国文人的孤傲性情同出一辙吧。

甚至东瀛文学中的某一部分——生命的脆弱，恍惚的迷茫，无可言喻的生之欢喜和苍凉，也化成了纯洁到令人心痛的一种哀感顽艳——构成了九妹文笔中非常值得回味的一部分，虽然这种审美情趣，仍由中国文学启示而来。

也许，结合古典语言之美和故乡的记忆，正是九妹散文创作的新方向。

在微信里，九妹写过这样一段文字：

她在梦里来到一家清雅的老院子，院子里置有画案，案上有笔墨纸砚，九妹拿起笔在纸上涂抹，画了山水，画了屋舍，画了兰竹以及梅树。

她还清楚地记得是给自己画的一处书屋，也清楚地记得走进来一位老人，搀扶她的女孩说是其外婆，九十八岁了。老人拿起九妹画画的笔说那是她的笔，解释自己是做笔的，家里世代为笔庄，并坐下来双手颤抖地为九妹做了一支笔。

九妹接过那一支笔，指粗，斑管，不知是狼毫还是兔毫。她一激动，梦就醒了。

九妹说，这是她第一次梦见自己在绘画。虽然她强调，她不懂书画。

也许，九妹在文学梦之外，还有一个书画的梦。

梦与现实交替，有以梦为现实者，有以现实为梦者。书画给九妹以灵感，书画也让九妹感受到另外一种不同的艺术世界。她观察，她记录，她感悟，她解读，借一张画，她从南到北，穿行在山林里，穿行在堤岸旁，无论是画幅里一声落叶的叹息，一朵梅蕊的初绽，看到风雪满山或者幽幽的墨光，她的心里都会升起莫名的感动。那时，一张画，就是另外一个世界吧？

对九妹而言，绘画不是技艺，而是生命走过的印迹，在例如苏东坡、徐渭、八大山人、金农们的人生际遇和感动里，回顾过去，看守本心，奇幻又迷离。

"不负我心"。她这样说，也这样写。

写于 2016 年 9 月 3 日黄昏，时有粉色的落日。

03 _____

林琼:崀山的女儿

讲述者:林琼

林琼,湖南省作家协会会员,崀山文艺创作基地负责人。作品散见《散文百家》《青年文学》《湖南文学》《湖南日报》等报刊,出版散文集《她从故乡来》。

2010年5月下旬一个星期天的黄昏,下着大雨。林琼打我的电话,口气是不容商量的那一种:胡班长,麻烦你来接我一下,我刚在佳城大酒店写完稿子,雨太大,我打不到车回毛院。接到她的时候,我有点恼她:学校有现成的学员公寓,什么稿子要到五星级酒店来写呀,钱多发烧呀?她一脸兴奋冲着我傻笑:带钱没有?请我吃一顿好的,我都吃了两天方便面了。

到五星级酒店吃方便面? 这唱的是哪一出呀?我不解。

她一脸认真地说:群言出版社要出版我的散文集《崀山的女儿》,我在做最后的定稿,为了给我家乡最美的山水沾一点贵气,当然要到最好的环境里修改。我很无语,她给我看了著名作家王跃文、肖仁福给她写的推荐语:读崀山怀抱里的她,品她笔下的崀山,就知道她是崀山千年的预约,崀山是她的生死依恋。我似乎得到了注解。

作家班结业后的第一个中秋节,我收到了林琼寄来的一个包裹,里面是一盒绞股蓝手工茶和

林琼出版的书籍

一截腊肉,字条是这么写的:大哥好!岚山绞股蓝手工茶就不介绍了,你懂的,我怕送给你的腊肉味道不正宗,所以切了一点,尝了一下,还不错。中秋节快乐!

也是这一年年底我过生日,她得知我因工作、家庭的一些琐事纠结烦心,便郑重邀请我到岚山过生日,还邀请了毛九几位同学作陪。这是我第一次到岚山。岚山藏在雪峰山脉中:八角寨、辣椒峰、一线天、骆驼峰这些连着杨再兴、洪秀全、艾青名字的景致,美得让我震撼。眼前的林琼,已经是这片景致的导游和作协秘书长,她第一次用文学语言给我解读她此刻的心情:是生命牵引着我,顺乎自然地走进这块天地,因兴趣而由衷地喜欢这个职业本身,感谢岚山,肯与我个性的情趣妥协,宽容我坚持自己,反叛大多数的得失取舍尺度。

她说:在别人眼里,我就是一个不安静、另类、出世的女子,做岚山的导游只不过是为了能够继续享受生活,我并不反感别人对我的这种评价。一路上,岚山的风景,在我们的眼底、在林琼喋喋不休的话语里转动,或委婉或低吟。在岚山,我过了一个非常愉快的生日,来时心中的阴霾也一扫而空,那次我记住了她说的一句话:快乐让人内心变得强大。

后来的一个秋天,我陪中国政法大学博士班的同学到岚山旅游,林琼得知后,放下手中的工作迎接我们一行人,饶有兴趣地给大家介绍着姑娘鸡、香叶茶这些本地好吃好喝的东西。第二天清晨,她专程把我领到了她的母亲河——夫夷江边散步,秋雨不解风情地淋着我们。在江畔一间农舍的屋檐边,我们借两条小凳子坐下躲雨。夫夷江像是蒙娜丽莎身后那一抹婉约的衬景,像莫扎特C小调钢琴幻想曲中通灵走失的音符,陪着我两兄妹天南地北地聊,主题是她这几年的折腾:首先,我在县城买了套房子,把乡镇的家挪到了县城;接着,我盘掉了镇上的超市到县城与人合伙办旅行社做起崀山的旅游;再接着,我把旅行社托付给同事,挤独木桥考进崀山景区,成了第一线的旅游人;然后,我策划了"三湘作家写意崀山放歌南山文艺创作笔会",于是萌生了我要在崀山搞创作基地的念头;再然后,我融资数百万创建了崀山文艺创作基地——崀山玉龙文艺山庄,当时我没想到做一份事业会如此艰难,只想着我们崀山如此绝美的风景,怎么能少了艺术的家园灵魂的栖息地?于是,湖南作家书画院崀山创作基地暨玉龙山庄项目正式启动,接着崀山玉龙山庄范扬艺术工作室写生基地、邵阳市文艺家创作基地、中国当代画湖南分院崀山创作基地、崀山文艺创作基地等先后落户玉龙山庄;再接着,我辞去了景区的工作专心做崀山玉龙文艺山庄的庄主,为我们的艺术家提供后勤服务工作。其间,我们做的邵阳中旅国际旅行社崀山地接人数在全市名列前茅。我写的《她从故乡来》获全市"五个一工程"三等奖。我对景区工作也兢兢业业,玉龙文艺山庄获邵阳市书香企业称号,致力于崀山民俗文化的推广,山庄的迎小年活动更是上了2017年央视新闻联播,同时,玉龙山庄为数千名艺术家提供服务工作,承办文艺沙龙和民俗活动数百场……

那一刻,烟雨中的崀山,就像是削发入山的小尼,在一个花开的黎明,不

崀山晚会

慎坠入我心间,近得比什么都远,远得比什么都近,我想崀山的群峰和眼前这个女子也有可能是上帝失散的一群儿女,美在尘世的对岸。

链接:崀山的女儿

文 / 肖仁福(湖南邵阳人,畅销书作家,已出版《官运》《位置》《仕途》〈三卷本〉等长篇小说七部, 另有小说集和随笔集十余部,有"中国机关小说第一人"之称)

　　只因出版过一堆号称畅销书的玩意儿,在书界浪得虚名,文友们要出书,容易想起我来,希望给写几句什么。我难免惴惴,不敢轻易答应。一是书债高筑,出版人的高额预付款已打到卡上,届时书稿出不来,属违约行为,要负法律责任;二是对文友作品研读不够,没有太多心得,生怕胡言乱语,玷污人家大著。唯有在林琼这里是个例外。得知她要出散文集,主动找她说好话,揽下作序美差。理由也简单,喜欢她那些沾着泥腥味的文字。

　　喜欢林琼的文字,起自与崀山的夙缘。二十年前造访崀山时,就为那方山水深感惊异。如此绝佳的水墨画般的山水,没有匹配的文字,总觉少了点什么。可惜当年林家有女未长成,崀山只能耐心等待。终于等到林琼成人,文笔也日渐老练,崀山才因林文变得更诗意,更灵动,有了体温和性情。读崀山怀抱里的林琼,品林琼笔下的崀山,就知道林琼是崀山的千年预约,崀山是林琼的生死依恋。原来佳山丽水并非仅仅存在于天地间,更存在于文人的浅吟低唱里。庐山没有李诗,山还是山吗?西湖没有苏诗,水还是水吗?再想想崀山如果没有林琼的性情文字,只怕也是山不山,水不水,不忍卒读。

　　崀山人喜欢骄傲地对外人说,诗人艾青到过崀山,写下佳句:桂林山水甲天下,崀山山水赛桂林。艾青诗句确实为崀山增色不少,是崀山第一个文化代言人,这是崀山之大幸。可艾青终究属匆匆过客,不可能永远留在崀山。好在

湖南作家放歌南山

艾青走了,还有林琼。林琼没有艾青的灵气,却生于斯,长于斯,是崀山真正的女儿。崀山生养了林琼,林琼就是崀山的泥土捏成的,她的每一个文字都沾着崀山的泥腥味。文学是有根的,林文的根就扎在崀山的泥土里。她并非着意要当作家,而是生命里有崀山和文学的慧根,才自觉不自觉地拿起了笔杆。崀山是林琼的母亲,文学是林琼的情人,没有母亲和情人,她的生命就会枯萎,失去任何意义。为情而动,林琼用文字修筑起眼中和心中的崀山,才总那么本色纯真,不矫情,不做作,天然去雕饰。就像她笔下那些行走于崀山山水之间的公公婆婆、娘娘崽崽、叔叔侄侄、姑姑姨姨,一个个那么真实鲜活,立体可感,与生活本身毫无二异。这就是崀山对林琼的馈赠,没有崀山的奇山异水,没有崀山山水间的父老乡亲,林琼不可能写出这些带有泥腥味的文字。

　　林琼这带着泥腥味的文字,完全不同于小女子散文和小男子散文。那些小女子小男子远离泥土,不沾地气,一辈子躲在象牙塔里,不谙世情,缺乏生活体验,仅凭纸上和网上得来的东西便敷衍成文,难免轻佻浮躁,虚伪矫情。林琼没有象牙塔可钻,只有崀山可供她枕依,崀山就是她的全部,是她的唯一。崀山有多少山就有多少英雄,这些英雄为家国离开崀山,醉卧沙场,马革裹尸，最后又逆夫夷江而上，葬回崀山，在他们至亲至爱的女人们的悲哭和泪水里，一点点化入泥土，融入崀山。悲哭的女人是英雄的母亲和妻妾，她们流干了泪水，最后还要挺直腰杆，惨笑着面对人生，为英雄守护家业，延续香火，将英雄的故事传诸后世。这些英雄和女人就是林琼的先辈，她的血管里就流着他们刚毅和坚韧的血液。所以林琼也就注定不可能像小女子和小男子那样弱不禁风，细声细气，她讲述崀山英雄以及英雄背后女人们的故事时，饱含深情，却一点不炫耀，显得悲凉而沧桑。这是我最嫉妒林琼的地方，就是我这须眉男子，想写出如此凝重厚实的文字也不可能。没办法，林琼的遗传基因里承传着英雄和英雄女人的血性，而我没有。

林琼将散文集命名为《她从故乡来》。她的故乡就是崀山。她也想走出崀山，走出故乡，到外面去发展。可在外绕上一圈，又绕了回来，做起崀山的旅游。崀山已成为世界自然遗产，崀山是世界的，林琼没有走出崀山，却已走向了世界。包括她独特的沾有崀山泥腥味的文字，也必然是世界的，将为更多人所认识和喜爱。

04 _____

王亚：祝融日

讲述者：王亚

王亚，作家、教育工作者。作品散见于《天涯》《芙蓉》《滇池》《雨花》《湖南文学》《天津文学》等刊物，在国内多家报刊开设专栏。出版散文集《茶烟起》《声色记》《一些闲时》《此岸流水彼岸花》《今生最爱李清照》等。编著《中华优秀传统文化读本》《语文思维阅读指导丛书》等。

2010 年 5 月 18 日晚餐，毛九同学的一次课余聚会，王亚端着一杯白酒，跃上焦玫同学搬来的椅子，高诵《将进酒》，将杯中酒与末了一句的"与尔同销万古愁"一齐吞落肚。

2016 年底，曾令娥被学生故意伤害案迟迟得不到处理，维权组组织全班同学签字上书教育厅领导。大家正考虑王亚在教育行政部门工作，适不适合签字时，她毫不犹豫签下了自己的大名。

许多日子，王亚背一个布包拎一个拖箱就走了。去寻茶，寻瓷，寻张岱的墓地、徐渭的故居、深山里的石窟、川西高原色达的喇嘛庙……从来不走寻常游客路，每到一处都去钻小巷书店乃至菜市场。

这便是毛九代表性的人物，一个教书的先生，一张脸和影星章子怡长得几分像的女子。她出身三代教师家庭，一身书卷气，一手好毛笔字，一手好文章。十年间，她出版了散文集《声色记》《一些闲时》《此岸流水彼岸花》《今生最爱李清照》等。曾受邀在苏州、株洲、郴州等地进行签售

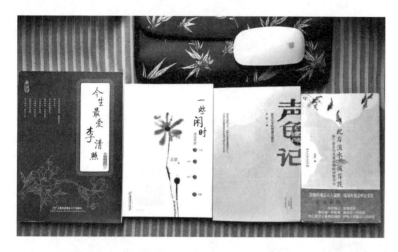

王亚出版的书籍

及举办新书读书沙龙活动,在各地大中学及单位讲座数百场。毛九十年,她写了一篇《祝融曰》,我不舍得删她一字:

出广济寺有一条大道一条小道,大道上祝融峰,小道不知往何处。

人说,大道无形,小道可观。人又说,人法地,地法天,天法道,道法自然。难怪大道通祝融,抬头看,祝融在半天里矗着,日日得千百瞻观。哈,此道彼道各不一道,管他呢。

我们走小道,可观。天将入秋,暮色起时,凉风也起了。着便服的法师走头里,素白僧袍的襟裾走一步曳一下,道旁初泛白的茅草花也微微曳一下。竟让人生出一些恍惚感,人间何处有神仙?大道尽头谒祝融,小道之间,清风自有神仙骨,那么,风里徐行的我们也约等于神仙了。

再往深里走时,遇见黄牛一家三口,上前去同它们说一番话,便辞行。又遇见一只迷糊的小螃蟹,大约寻不见往溪边的路径,慌慌张张横行。我们一堆人围上去,前后左右瞎指一通。小螃蟹必是不懂的,仍旧慌慌张张横行,怎么撵也不往小溪方向去。法师将了阔袖,拈了蟹盖,它兀自在半空里张牙舞爪。终究得偿所愿,也是自然之道。

当"神仙"的这几日,得益于仲衡兄,他"驻守"衡山,算半个槛内接引人。我辈俗人在烟火尘气里打滚久了,他就接引了来,洗洗俗气,待面目不那么可厌时,自行回去便是。

可得解脱处,唯神佛前与山水间。旧年里,他又做了一群俗人的"接引人"。我们文学院同班数十人涌入福严寺,惊得大雁也飞了银杏也黄了。

正是仲秋。

我们在福严寺门口,为那一树金黄一惊一乍,在树下和寺庙"天下法院"的门楼前留影,嬉笑谈天,也叙衷肠。在银杏树下,我还看见了一位妻子和丈夫大半生的爱情,或者深情。她扶着又陷入童真的他上台阶,而我不仅看见她此刻的多方照拂,也看到了他当年的英俊潇洒。显然此刻更让人动情。他是我们口中的胡滨哥,我们管她叫嫂子。

又入院里吃斋,终于走了。怕僧人要念一声阿弥陀佛,一派兵荒马乱。也不对,这座出了七祖怀让的著名寺庙,任是菩萨还是僧侣,都已然修习得诸念不起,八风不动了吧?

这景象若在祝融殿,自然更不在话下,世人来来往往,磕头膜拜,祈求庇佑,祝融早已看惯,或者是厌倦了人们的倾诉,千余年犹兀自冷峻矗立。

冷峻的是祝融殿,祝融是火神,自然是不冷的。水生万物,而火予万物以光和温暖。

辰光倒序,2016 年。看见紫鹊界的火光,时已入冬。紫鹊界的初冬有数个模样。夜晚的寒凉里有数点星光,梯田层层叠叠隐着水光,满晒坪大大小小各色簸箕里的猪血丸子和干牛肉满是湘中的味道,人们讲着带古梅山浓重口音的普通话,紫鹊界这夜的冬天不是冬天,而是梅山之火在严寒里的态度……篝火前,前一个年头里一场大病后的胡滨哥又唱起了当年常唱的《板栗花开》。而还有一个不为人知的事情是,一直为承办聚会奔波的肖云才做完心脏手术,正以一个抱火者的姿势向火微笑,也向我们微笑。

这一年里,还发生了许多事。这一年我的第四本书《声色记》出版,这一年我的本家哥哥天明的小说《沃土》出版,这一年我领着省城知名教育杂志的主编和记者给曾令娥做了专访,她前一年也曾遭际淹蹇……这一群人无法单纯用任何一个词去定义,却总能在天凉时互嘱添衣,天寒了添薪加柴抱火取暖。

倒叙 2015。年初的炉火让最帅的胡滨煤气中毒,加上误诊,差点离开这一群人,直至年会,安化茶马古道上,他终得站在篝火前,给我们唱安化民歌《摸秋》,只是再无当年的神采。

　　"八月十五中秋节节,团团圆圆的月亮亮,有情的哥哥来摸秋秋嘞,躲在后园的篱笆边边……"倒叙 2010,仍旧在茶马古道,胡滨唱《摸秋》时,我们几可见深湛的天里明晃晃的月,可见摸秋的哥哥挑开榨刺刺、掰开枳壳壳、扒开栗球球、揪光竹钉钉,钻过篱笆,叩开妹妹房门门……

　　我们这一群人聚了十年了。十年前,他们都是意气风发的人,我不是,我冷,不是冷峻的冷,是冷漠的冷。数十天后,我也恨不得长亭短亭行行复行行,不舍离别。

　　于山川岁月而言,十载不过一隙,于我们而言,是老去、伤病,是亲人的离殇,于是也筑起壁垒,也浴火重生,也振起羽翼。

　　我依旧冷漠,只将那些火潜藏在心,偶露端倪。赠胡娟的《声色记》扉页,我写道:"在不会哭的时候,真怀念原来相拥而哭的日子。"胡娟是长沙人,说话密不透风,热情也密不透风。丛林亦数年疲病,前几日喝酒,说起当年,我还是偷偷擦了泪。我跟陈科见得最多,也不多,他来株洲时便见了,念起就打个电话。每个人的生活里都有不堪与精彩,而能与人分享的并不多。

　　我呢,在十年里,一步步打怪升级,坚韧度从青铜变为王者。也是这十年,我找到了自己,无论是生活还是文学,都做着一个"旁观者"。年初,因为

毛九作家在紫鹊界

一篇文章的蝴蝶效应,我被"热搜"了,热度几日不降,一时浮嚣尘上,竟至焦虑了。终于在拒绝央视的专题采访后,又回归宁静。我是一个旁观者,安生旁观就好。

我在文学上的修为大概如段誉初修"六脉神剑",时灵时不灵。亦不比段誉终究修炼成功,但与他的"傻气"倒有些相通。我又是个闲散之人,专注闲散日子,连文章也是闲文章。我写了闲书,有人看好,无人翻也好,辰光总一日日过。譬如我现在读张岱,他在地底下肯定是不会在意的。张岱中年之前爱日子超过爱文字,这点我与他相似。他的后半生没有了繁华,便爱文字了。我是半生才过,半生刚启,未曾繁花着锦,就继续散淡着过吧。

彼时正孟夏。《礼记·月令》云:"孟夏之月其帝炎帝,其神祝融。"难怪我们这群人心中的火一直不灭。祝融初始名"重黎",因司火有功,帝喾赐以"祝融","祝"为永远、继续,"融"是光明。

世人上祝融峰入祝融殿谒祝融神,祝融曰:赐众生以光明。

丛林曾说过:如果在古代,像王亚这样的女子,应该给她配一个恣意的江湖的吧!吃茶饮酒,打马天涯,只留下风一样的身影,谜一样的文字,专供世人恋慕与怅惘。

链接:无论文学还是生活,一直做着一个旁观者

文 / 罗小玲(株洲日报记者)

随性的长发、中式的袍子袄子或者大衣、矮筒靴……与普通人相比,王亚的穿着打扮显得有些"异类",或者用当下流行的一个词来说"文艺范"。"家里到单位有三首歌的距离,我摘下触碰到我的第一片银杏叶,将它看作一株隐身草,高高地擎着,梗着脖子,挺直了脊背走路。这是我走路的惯性,仿佛每天擎着一株隐身草,世界与我无关。"这是她朋友圈里对自己的一段描述,我透

过字面看到的是,她在世间行走又与世界隔阂着。

"大致应该是这样吧,如果说非用一个词来概括,我想应该是'旁观者',无论是文学还是生活,我都一直在做着一个旁观者。"她又笑着解释,"不是特立独行,是能力有限。生活中我有些白痴,文学中又还远没有抵达文学的秘境,所以只能做一个旁观者。"

做旁观者,在闲时与忙碌间从容"翻篇"

王亚自称是一个极其"乏味"的人,上班下班两点一线,能不出门就尽量宅着,在家也无非吃饭喝茶看书睡觉写文章。除了偶尔出游,偶尔会会朋友,别无娱乐。但是这样的生活会让人觉得安心,就如同"木栅栏"的"闲",朴素日子,安闲自适。

当被问及如何在工作和生活中寻得"声色"时,她又笑,说:"大概是因为我头脑简单吧,从工作中脱身就像读书'翻篇'一样,很快就翻到生活模式。"

"一些闲时"如何享受?除了读书喝茶,王亚每年都会一个人出游几趟,背一个布包拎一个拖箱就走了,去寻茶、寻瓷,寻张岱的墓地、徐渭的故居、深山里的石窟、川西高原色达的喇嘛庙……从来不走寻常游客路,每到一处都去钻小巷书店乃至菜市场。"这些地方才能看到实实在在的市井人情。"她说。而这些"闲时"所得,都落入了她的笔下,从生活中升华到了文学里。

"去徽州或杭州,走一程便是一座茶山。在路途里远远地看,似乎老天贪玩,随手在山坡地头画了成片青绿青绿的五线谱,穿花衣裳裹头巾的采茶女就是长长短短的音符,从 a 调到 g 调,任意标注。"这是《声色记》里写茶的一段描写,就来源于她多次的寻茶之旅。

《声色记》到底是一本怎样的书?有作家朋友这样评价:这本书虽然是品读中国汉字的情意与温度,却也沉淀出尘世的声色味道。一言一语,时有女心智慧,隐约中还有一股湘女的灵气和狠劲,有三分须眉剑气,气象开阔又跌宕生动,脱尽了脂粉气,一丁点也不输古人的风流蕴藉。可谓真正的文人文章。

底气来源于家学和阅读，也需要自省

真文人的文章必得有许多真底蕴。从《今生最爱李清照》到《此岸流水彼岸花》再到《一些闲时》以及今年出版的《声色记》，王亚的作品大多是古典诗词和国学相关内容，是怎样的机缘让她有如此深厚的古典文化素养？

"祖父是对我人生影响最大的人。"祖父毕业于国立某师范学校，有着清癯的面容和颀长的身材，一派温文尔雅的民国范儿。还在摇头晃脑的孩童时期，她就跟着祖父读书背诗。李白、杜甫、苏轼、李清照成了她儿时就熟知之人。刘姥姥进大观园唱"老刘食量大如牛"，唐敖食蹑空草朱草可负重、跃高，薛丁山娶了樊梨花……祖父像一个书袋子，每天掏出一些来给王亚慢慢咀嚼，反刍，再咀嚼，咽下。从此她便承袭了祖父的"衣钵"，爱阅读，爱讲台。

作为一个作家，王亚并不太认同"灵感"式写作，她一再强调每一个写作者都必须是一位热爱阅读的人。她说，阅读是每个写作者的修行之途，也是提升所谓"灵感"的最行之有效的方式。每一个作家都不能立于半空中，仅仅靠"灵感"或者"直觉"写作。而若要走得更远，则必然需要修为。"修为"二字所包含的东西很广，有你看世界看人生的阅历，有你读过的每一本书，见过的每一个人，你的谦虚，你的自信，你的坚守与淡泊，你的乐观与持重……凡此种种都可影响到你的"灵感"。你可以通过一本书看遍一群人的人生，看清许多哲理，获得诸多阅历，让你直抵经历几辈子都不可能抵达的境地。还有什么比阅读更便捷的呢？将书读"博"读"厚"了，你才能具备对文字拈斤播两的能力，也才有了将文字随意搓接之法度，这些能力和法度是"灵感"吗？还是修为。她很诚挚地说："只是我的'修为'还远远不够，如段誉初修'六脉神剑'，时灵时不灵。我亦必不比段誉终究修炼成功，但与他的'傻'气倒有些相通。"

我赞她谦虚，她却回答——这不算谦虚，是自省，也是一个文学的"旁观者"应该有的态度。

她向我描述了某一年去南京先锋书店的感受。当时她的《此岸流水彼岸花》被放在书店很打眼的"畅销书"架上，旁边有韩少功的《山南水北》。"我真是觉得很羞愧,因为完全不配跟韩少功老师的书放在一起。而且看着先锋书店那浩如烟海的书,真觉得像滴水入海一般,让你自觉渺小到无法言喻,只想哭。还是多读书吧,一个真正的阅读者会懂得如何在生活中又脱身于生活,做一个旁观者。文学亦然。"

看着这样的王亚,我有些理解她的作家朋友丛林说的一句话了——如果在古代,像王亚这样的女子,应该给她配一个恣意的江湖的吧! 吃茶饮酒,打马天涯,只留下风一样的身影,谜一样的文字,专供世人恋慕与怅惘。

对话

记者:你写了大量的古典诗词品读随笔,那么你怎样看待古典诗词和传统文化在今天的作用?

王亚:古典诗词可以让人们在浮躁的社会中寻觅一些平静,传统文化精髓是至美的,无论社会浮躁甚至精神匮乏到何种地步,人们对美的欣赏是永恒的。

记者:在《声色记》这部作品中,你最想传达给读者的是什么?

王亚:中国汉字的情意与温度,可直抵人心的中华民族文字之美。

记者:接下来,你还有什么写作计划?

王亚:我目前写的一些文章大多是关于张岱的,类似于读书随记,执简而读,届时结成集子,大概就叫《执简记》吧。我一直很喜欢张岱的小品文,明清之际真是好时期,文字里老子孟子朱子们几千年的正大端容,到这会儿忽然有些俏皮了,有些性灵了。而张岱是其中最见性情与性灵的一个。他的《西湖梦寻》《陶庵梦忆》《琅嬛文集》《快园道古》《夜航船》种种,我都读过不止一遍。去年暑假,我去了杭州、绍兴,循着张岱文章里写的一些地方走了一遍,做了一回"走读生",边走边再度品读那些文章。我去寻张岱的墓,他《自为墓志铭》里写到曾为自己营造一座"生圹",在绍兴项里的鸡头山。我四处寻访,居然找到了项里村,也找到了离项里不远的鸡头山。那是一座依河的荒山,除了一个老农养了几十头羊和几百只鸭子,还有一条见到我就汪汪直叫的老狗,什么也没有。张岱的墓找不到了,幸而,我们还有他的文字可读。

05 _____

兰心：爱无界，链苍穹

讲述者：兰心

兰心，国际作家，中国作家协会会员，鲁迅文学院和北京师范大学联办研究生班作家，翻译家，中英双语主持人，国家高级心理咨询师。现为香港凤凰FM"兰心说爱"节目主持人，宝宝树"专家答"特邀专家，天下女人研究院特邀导师，兰心文璟传媒创始人。

佛说，万法缘生，皆系缘分，偶然的相遇，蓦然回首，注定了彼此的一生，只为了眼光交会的刹那。每个人所遇早有安排，一切皆是缘。缘起缘灭，缘聚缘散，一切皆天意。

缘分，是偶然中的必然，必然中的偶然。我与毛九作家班的同学们在毛泽东文学院相遇的那一天，我最后一个到课堂，大家对我有些生分，在读的时候由于我每天上完课就走了，没有和大家课下多交流，我们并没有深交。直到举行联欢晚会，我第一次鼓足勇气自编自导跳了一曲古典舞，没想到全场尖叫，得到了同学们莫大的鼓励！

那次是我第一次在公众场合跳古典舞，正因为毛九老师和同学们的肯定，让我在这十年中自创了"心禅舞"，那时怎会想到——2018年参加中国作家协会"第二期国际写作计划"，在北京民俗博物馆主持中外作家雅集，我的随心而舞让国际作家们惊叹，一位法国作家更是感动得数次流泪——这一切都源于当年毛九班的同学们对我的激发！

兰心和莫言合影

读者知道我是修佛之人，常常好奇地问我是如何结佛缘的。因缘际遇，冥冥之中早有注定。十年前，毛九班的进修快要结束时，同桌徐仲衡聊到进修结束后的打算，我说，"我得完成一本新书，但是这本书是合著的，题材并非我擅长的领域，还不知该如何下笔，得找个清静的地方闭关才好。"

徐仲衡同学说："我可以引荐你去南岳衡山的广济禅寺，那里的宗显法师是真正的修行者，新建的寺庙，没有游客，只有少数信徒，很适合你闭关呢。"

此时，回想起那次的聊天，心中仍然充满感恩和欢喜！人生中的因缘际会，何等神奇！

几天后，我在徐仲衡同学的引荐下结识了后来我皈依三宝的师父宗显法师，我在广济禅寺不仅文如泉涌、如有神助地完成了书稿，还结了佛缘，一边闭关写作一边修佛。那本书，就是后来的超级畅销书《小心！男人就这样骗你》，2011 年在当当网两性读物排名第一，连续三年获得"当当网年度畅销书"称号。

这十年里，修佛让我从小女子兰心渐渐成长为心中住着菩萨和众生的超我兰心。追根溯源，感恩毛九帮我结了佛缘。此后，无论我从湖南走向全国，还是从中国走向国际，毛九的老师和同学们都一如既往地站在身后关注我，鼓励我、支持我。每当有什么好消息，我第一时间想到的是要分享给毛九，毛九同学们对我的期待和厚望，也成了我十年来前进的动力——我常常在心里告诉自己：身为毛九一员，一定要为毛九争气，争光。方能对得起大家的厚爱！

对于每一个作家来说，在创作道路上，总有些重要的机遇，于我而言，毛九进修的经历，可以说是我在文学道路上走向畅销书的起点。

自古以来"文人相轻"，而毛九是例外，毛九是"文文相重"。在毛九，每个同学都放下了平时的身份和角色，都只是心性简单、两小无猜的兄弟姐妹而已。我们巴不得其他同学好，真心为每一位同学取得的成就感到高兴和骄傲，也为同学之忧而忧，为同学之痛而痛。

然而，更值得人深思的是：为何毛九可以达到如此境界？这必定不是无缘无故，文文相重的背后有文人相处的真谛所在。

在通讯发达的当下，我们每个人都有各种"圈子"，光是同学圈就有无数个。但是，在众多的"圈子"中，唯有毛九的圈，是我全然自在、放松的后花园。用我们大家的话来说就是——说话可以不经大脑，可以肆无忌惮地脱口而出，真正畅所欲言。这是何等难得呀！哪怕在最亲的人面前，说话都未必能做到如此！为何在毛九可以？因为毛九的同学既如亲人般亲切，包容，又能理解你不经脑子的所有话！于是，无论开玩笑，调侃，哪怕撒气的话，在大家眼里都是可爱的幽默和诙谐。作为社会人，我们每个人平时都要谨言慎行，而在毛九的这种氛围中，我们都可以放下平日的身份和角色，像孩子般童言无忌！

在人生长河里，有的人，走着走着就散了，有的人，走着走着就疏远了。时间就像一个筛子，不断地筛掉孽缘和过客，留下来的是不因时空转换变迁而始终心意相

兰心出版的书籍

兰心主持首届博鳌国际诗歌论坛

通的缘分。真正的缘分,不会因为忙而散了,不会因为计较而疏远了,不会因为有新的因缘际会而替代。我和毛九的作家同学们,正是在时光的筛子中始终如一的亲人。

链接:遇见兰心,遇见更美好的自己

文 /〔土耳其〕纽都然·杜门(Nurduran Duman)

我们为什么在地球上?我们为什么而活着?我们为什么要这样活着?

这是人类一生中至少要问一次的三个问题。事实上,这些是我们所有人都应该问的主要问题。如果你想知道这些问题的答案,如果你觉得在现代繁忙而快速的生活迷雾中迷失了自我,那么,兰心是你可以追随的灯塔。如果你正在寻找更好的生活方式,并希望成为一个健康和平的社会的一分子,你尤其应该阅读她的作品。

有时读者认为他们不应该见他们最喜欢的书的作者，以免失望，因为他们不想认识一个与书截然不同或言行不一的作者而感到悲伤。而在兰心的作品中，她谈到了幸福；在她的日常生活中，她不仅仅在谈论幸福，她还在践行她的话语，不断地为他人创造幸福，成就幸福。她是集"大爱""大慈悲"和"大智慧"的生命的总和——同时也意味着"大美"的总和。

在读者体会到她作品中与美相关的主题之前，他们可以确定——她本身就是美好的生命。如果让我们用一个词来形容兰心，那就是"美"。兰心是集身体、灵魂、心灵美于一身的真实存在。

读者在她书中的字里行间漫步，他们领悟到了智慧、善良、健康、专注和行动。

每天早上，当我们醒来的时候，我们都会做出一个选择：努力活出最好的一天，还是继续活在昨天，或许任其自然发生。我们可以通过自己的选择来创造最美好的一天，或者我们可以等待其他可能会到来或不会到来的事情，让我们的一天不像我们自己一样美好。那些决定过真正美好生活的人，通过我们自己的选择，可以从兰心的话语中找到这种方式。她本身就是美好的生命。

地球上所有的教义都说，无论你走到哪里，你都带着所有你逃离的东西。如果你想过一种美好的生活，你就应该做你自己，这样你就有机会让周遭也变得美好。像兰心一样，她走到哪里，那个地方就变得美丽；谁读了她的文字，谁将变得更美好。让我们在她字里行间美好的世界里漫步吧，去领悟她的智慧，感受她的正能量。

遇见兰心，遇见更美好的自己。

如同地中海岛屿上冬日暖阳的兰心

文 / 〔意大利〕汉学家雪莲（Fiori Picco）

我于 2018 年 4 月在北京的鲁迅文学院认识了兰心。她给我的第一印象是她有着很强的审美观和美感，这不只体现在外表上，更是内心和灵魂上。

兰心整个人都洋溢着尘世女子少有的纯净与优雅。她向周围人传递着内心巨大的平静，让他们感到欢喜和舒服。

她是这个时代一种新的生活理念的象征，致力于身心灵的修炼和提升，追求自我意识的觉醒和真正的幸福。

她的书难能可贵地融合了佛法智慧和哲学、心理学和灵学、对女性纯粹而深厚的大爱。她引导女性走上探索、认识、领悟、觉醒和找到自我的道路。

她对读者强烈的使命感和大爱令人钦佩。她的身心灵修行之道应该成为所有感到失落和生活浮躁的人的楷模。

在她的书中，她用柔和、亲密、深入浅出的言语与读者促膝谈心，娓娓道来。她对我们说话如同生活中的知心姐妹和闺中密友般亲切；她的话语让我们放松，舒畅，温暖，感动，豁然开朗，如同地中海岛屿上冬天的太阳。

集大成者——兰心

文 / 〔智利〕罗伯特·艾多（Roberto）

由于我还看不懂中文，很遗憾我还没读过兰心的书。但在我认识她至今的时间里，通过对文学艺术、中西方文化、日常生活、心灵、思想等各方面的深入交流，我对她有着极好的感知印象。

　　我认为她是一个聪慧、内心非常宽广、敞亮的中国当代女性,同时也是传承中国优秀传统文化的女性代表,她似乎与生俱来就有敏锐的审美观。这几者她融合得非常好。

　　我将永远记得那次的印象:当时应中国作家协会"国际写作计划"邀请来到中国,在北京民俗博物馆东岳庙,那个古老的道教寺庙里,她在中国传统音乐中随心起舞,行云流水般逸美,犹如天地万物中的仙子,当场的每个人都被她震撼了!六十多岁的法国作家和音乐家 Dominique Ottavi 在现场感动得哭了,几度流泪。他对我说:"太美了……真的太美了……我此生都未曾看过如此美好的禅舞!兰心简直是佛的化身……"

　　她可以做一些在西方国家很难融合并存的事情:她是一个畅销书作家,也是一个曾在鲁迅文学院努力进修的研究生;她是一个虔诚的佛教徒,也是某些品牌的代言人;她是爱与幸福讲座的导师,她将佛法智慧与红尘情感完美融合,她又是很多 FM 平台心灵情感节目的特邀主持人。有时她还与来自世界各国的冥想大师和艺术家对话,探讨跨领域的专业知识……她身上既传承了中国的传统文化和美德,又融合了西方先进的哲学思想……难得的是,对兰心来说,所有这些不同维度之间的角色和事情竟然没有冲突或矛盾,在她身上都能和美、优雅地并存。

　　正因为如此,兰心于我而言不仅是一个深爱的朋友,更是一个非常有趣的文化人物,在我看来,兰心体现了当下中国女性多重身份和角色完美转换的认同。

06

张雪云:彼一如是

讲述者:张雪云

张雪云,湖南省报告文学学会副秘书长,供职于毛泽东文学院。有多篇作品发表于各大报刊,出版散文集《蓝渡》,并入选中国作协"21世纪文学之星丛书"。

记得前年,我刚从沅陵县城二中考入文学院那会儿,平溪慧子问,雪云,你每天走进这个大院,有什么感受吗?我记得当时故作轻松地回答,挺好,没什么特别的,有点回家的感觉。

是的,关于内心感受这个问题,我会用不长不短的下半辈子来回答。因为到目前为止,我自己也没有想明白的是,在毛院读书45天,我却把自己的下半辈子都给读了进来。

其实,我只是比一些人幸运了那么一点点,一点点。因为此时彼刻,窗外风竹迎风,绿茵铺碧,银杏绘色,樟弄扶疏,有关这个院子的四时之景,皆可以落在我眼底,藏在我心中。

我当然得心怀感激。因为,从毛泽东文学院毕业的众多学子中,比我优秀的学姐师兄比比皆是,很多都在文学界小有名气,文学事业经营得风生水起。甚至,班主任陈老师说,那时候,我记得好像都没有和你说上过一句话。纪红建老师说,是历史把你推到了我们这里。

是的,所有看似云淡风轻的幸运,背后都得

付出不少的努力。张远文告诉我说，只有加倍努力，才可以让人看起来，幸运了那么一点点。我依然记得，大雪封山绕道大半个湖南赶到长沙考试的经历；我依然记得，在高手如云的面试中我内心的忐忑不安；我依然记得，漫长的焦虑与等待结果中不可名状的滋味。

张雪云出版的书籍

的确，一直以来，我都是那个最普通平凡，不善于表达，喜欢待在安静角落里的低温女子。说得文绉绉一点，我一直在以清风明月的方式，漂洗一个人的沧海桑田，安静在家乡的蒙湖边，在长满紫云英的坡岸，看鱼游枝头鸟宿水，听四周唧唧的虫鸟声，听蓝溪闹腾的生命喧响，度过流年一次又一次的凝眸与陪伴。

此时，我在这一堆枫叶的须臾之间，思考着一些至今还想不明白的问题。我是谁？我从哪里来？要到哪里去？十年了，我们的日子都去哪儿了？此时，夕阳的余晖散落在院子的木樨树上，一点一点，暗下去，沉下去。视线似乎飘忽了，好像在这一瞬间，聚成天上半明半暗的云块，又顷刻之间四散而去。

每天。上班。下班。我一如既往，早起，乘车，穿过一河湘水的时光，抵达一个送别的场面。那个初冬的早晨，十八期中青年作家班和新疆班学员，正恋恋不舍，抱团哭别，作为班主任的我，内心无限触动。十年前的我们，何尝不是如此，601宿舍里，阅江楼门前，我们哭红了一双双眼睛，也似乎哭落了一地栀子花瓣。往后的好多年，我的回忆里，都有一树白色的栀子香。

你们都走了，院子又归于宁静，我又得要重新适应这份宁静。聚合与离别，不断地在这个院子里演绎。不同的是，一样的青春，不一样的故事；一样的出发，不一样的归来。好在，大家留下了友谊，留下了回忆，留下最精彩的自我。

链接：与一条河流有关

文 / 叶梅(中国作协主席团成员,中国少数民族作家学会常务副会长)

　　湘西多河,它们的美丽出现在沈从文的笔下,沅江、沱江、酉水……近水
人家多在桃杏花里,春天时只需注意,凡有桃花处必有人家,凡有人家处必
可沽酒。他在清澈见底的河上荡漾又爱意绵绵:"我行过许多地方的桥,看过
许多次数的云,喝过许多种类的酒,却只爱过一个正当最好年龄的人。"

　　人们从沈从文先生的笔下得知了湘西那些知名的河, 如今我们又从一
个湘西女子的描述中知道了一条小溪,一条叫蓝溪的小溪。蓝溪相对那些知
名的河流,就像环绕大树的藤蔓,小巧但更加缠结多情,也有奇迹,自然的大
胆处与精巧处,使人神往倾心。

　　苗族女子张雪云自幼生长于湘西凤凰山下、蓝溪河畔,她出生的年代正
是改革开放初始的 1979 年。她顺利地毕业于湖南师范大学中文系,在沅陵
县的一所中学从教多年,对读书写作的喜爱成为她最为钟情的选择,渐次在

新晃龙溪书院里的毛九年会

多家报刊上发表诗歌、散文。迄今为止，她的作品多是从她的家乡蓝溪生发开来，感受土地深处的呼吸，体现湘西的脉动与温度，在平常事物与百姓生活之中感悟到诸多深意，以小见大，从乡村到城市，又从城市回望乡村，以对土地与自然的真诚守望而发声，让心灵中的蓝溪奔往大江大河，长流不息。同时，她描绘着有血有肉、阳光明媚又风雨交加、幸福与痛苦同在的乡村地理，勾勒出湘西雾朦胧、湿漉漉的独特山水，以及在那片土地上生生不息的魂魄。她的散文集《蓝渡》入选"21世纪文学之星丛书"，其中的篇章均是她这些年的精心之作，正试图以土地河流为经，以苍生万物为纬，织一幅湘西地域风情的画图，从中显示出其独有的乡土精神和自我意识，表达她对乡村人物骨子里坚韧精神的敬重和承接、对湘西乡村独特风物的呵护、对乡村与城市在现代化进程中的碰撞融合及变迁的个人思考。

显然，一抹乡愁是这幅图画的底色。张雪云以一个灵秀女性的敏感细腻，兼之深情灵动的笔触，浓墨重彩地描绘着自己的家乡。"从蓝溪出发，溯游而下，相望千年的沅江、酉水两岸，如一幅水墨画卷，亦如一部典藏的古籍善本，徐徐展开，直扑人眼，不用泼墨点染，也不用刻意着色，左岸右水的原貌便成了画中的经典，氤氲出一片清澈的云水与禅心。"她小时候日夜相守的蓝溪看着她长大，蓝溪很蓝，她的童年也很蓝。虽然后来的日子里，她走过许多的路，看过许多的风景，但仍然一遍遍梦回那山清水秀、林木繁茂、鱼鲜笋嫩，想象在曲院荷风的葱绿烟霭中，咀嚼银波碧浪的涟漪。从乡愁中寻回祖先、父母传下的魂魄和希望，还有下一代蓝色的梦想，在时光脚步中捕捉到蓝溪深处的生命喧响，从而坚定自己的求索。读者可以从她对乡愁的书写中觉察到当代人的情感诉求，并从中体味到惺惺相惜的精神共鸣。

湘西是一个民族历史文化厚重的地方，张雪云没有忽略得天独厚的文化优势，进行了积极的艺术开掘，穿越时代隧道的屏障，领略到其中意味深长的哲学价值。蓝溪口面对的沅陵位居五溪山水交汇之所、荆南要冲雄峙之地，素有"湘西门户""南天锁钥"之称，所谓"天下积储在楚，楚之咽喉在辰，故辰安则楚安，楚安则天下安"。战国时，楚置黔中郡，屈原曾经来此，面对沅水感叹："沅有芷兮澧有兰……观流水兮潺湲"；展救世安民之略的王阳明

新晃采风

在此留下诗文;大唐而兴的龙兴讲寺的暮鼓晨钟依然在心中日日敲响。古城古寺,即使城墙不再,砖瓦难存,但凝望处蒹葭苍苍,让人获取某种庄严宁静、喜乐和力量。她将常见的水边情形化作心灵的一个渡口,泊在月光下,那月光自然已有千年万年,自然会引人思索:"江畔何人初见月?江月何年初照人?人生代代无穷已,江月年年望相似。不知江月待何人,但见长江送流水。"灵性的山水,即是一本自古而来的大书,于沉默中散发出悠远的气息,给每一个端详的人以尊贵,以气度,以历久弥新的相思相知。

对人性的观照与体贴在《蓝渡》的字里行间比比皆是,体现了作者与周边人彼此相通的温情。人民从来不是一个抽象的符号,而是一个个具体的有血有肉的人。在张雪云的笔下,他们挑担背篓从沅水河边走入读者的视野:"早些年,我窗外的文昌码头处,是沅水流域一个重要的集散中心。周边十里八乡的农民将自己生产的桐油、菜油等农副产品从山里担来,驳船靠岸,到这里倒卖。那些挑油的汉子,穿着对襟布衫,包着白布头帕,脚穿自制的草鞋,从弯弯山道上挥汗如雨而来。妇女梳着粑粑髻,背着大背篓,弯腰蹒跚而来,里面装着板栗、花椒、木耳、黄豆、花生等各种山货。他们打着手势,嚼着土语,彼此交换着各自的生活所需与小小的欢乐……他们起早贪黑、任劳任怨地在水边忙活着简单的日子，所有这些，成为沅水流域独特的一景。"张雪云在多年从教的岁月里，关注的目光除了教室里的孩子们，就是市井百态：卖菜的婶子、摆地摊的小贩、大清早聚集守候雇主光临的中年汉子；在烟雨潇然、人车混杂之间，泥泞湿沥、霉味弥漫的街道，熙熙攘攘的芸芸众生，为生存奔波忙碌，或如蓬草，或如劲竹，却无论多么艰辛困苦，总能度过四季凉热，总有一份朴素的希冀与梦想。她以蓝溪为人生之河，揣摸每个人心中都有一个自己的渡口，如自己的蓝渡。四季一如既往地变迁，流年似水无声无息，然而世间万物皆有自己渴求的境界，一条河有起伏变化的深浅，一朵花有自由开放的姿态，一棵树有别样的风骨，一个人的生命究竟应该赋予怎样的意义，要以怎样的跋涉，才能从自己的渡口抵达彼岸？

张雪云的文笔清婉朴实，恰如湘西山水幽深灵泛，时而若山静穆厚实，时而如水柔和细腻，且又酣畅淋漓，既能蹈大方、观大势，又能凝静气、清气氤氲。作者在书写中不乏对文体的探索，在虚实深浅或轻或重之间反复掂量，并做出了有益的尝试。

张雪云与河流对话，其中的问答汇成了这本散文集《蓝渡》。生活其实没有唯一的答案，所有一切都在不断地摆渡之中，她的文字和思考也因此偶见重复，但愿今后在重复之中更有新的拓展和发现。如此，或许她心中的河流将会更加澎湃，将会描画出更为深刻独到的风景。

07

曾令娥:哭泣的椅子

讲述者:曾令娥

曾令娥,桃江县首届"教学能手",益阳市"教改先进个人",第四届全国校内报刊最佳编辑,"全国中考试题研究员",湖南省作家协会会员;应邀参加第十四届亚洲儿童文学大会。迄今发表散文、诗歌、评论等三十余万字。作品入编《新锐当代网络作家诗人作品精选》《湖湘文学新锐十年短章精选》等文集。

深夜,我在一本书上读到美国作家玛丽·诺伍德的一篇文章《哭泣的椅子》,文中说:"我的家人、朋友和邻居如果想好好地大哭一场,或者希望有人能与他们分担忧愁的时候,他们就会坐在那张椅子上。"读到这里,我的心不由咯噔一下,犹如从"一"字口塞进的硬币,一下掉进了记忆的储蓄罐里。

"哭泣的椅子",我马上想到了我们毛九,班上45位同学,性格迥异,官位有高有低,名气有大有小,但是,自从大家走到一块儿后,所有的这些都被自然虚化,就像无论多美多华贵的椅子,舒适是其第一要义一样,毛九,就是让人感觉十分温馨、舒服。

在毛九这个家里,不得不承认,我是最喜欢哭泣的人。不久前凤凰年会时,勇平哥曾叹息着对我说过这样一句话:"妹呀,你正应了那句'倾国倾城貌,多愁多病身'。"前句显然有谬赞之意,但后者确实一语中的。近十年,我的生活中接二连三发生意外。2012年12月21日下午,当那个

14 岁孩子突如其来的一拳,重重地击向毫无防备的我时,他和我的人生,都开始偏移方向。我从不以恶意去揣测,爱他们像爱自己儿女一样的孩子们,然而,我没有想到,没有丝毫过错的我,竟然挨了我特别关切珍爱的孩子暴力的拳头;我没有想到的是,那男孩的父母,竟能把颠倒黑白、威胁要赖等手段使到淋漓尽致!我更没有想到,长达四年的等待,自己的一再隐忍、退让、信赖,换来的却是施暴者的冷嘲和某些当权者的热讽!身上的伤尚未结痂,心灵已被伤得千疮百孔。万般无奈,我申请去偏僻乡下支教。

教师节前夕,我独自一人乘公交回家。天气阴沉沉的,路旁的梧桐树被大风吹得落叶乱飞。一片片落叶多么像蝴蝶啊!我是否也可以像蝴蝶一样,哪天从高楼一跃而下?……轻风吹到胆瓶梅,心字已成灰。这时,勇平哥的电话来了,"有哥替你撑着,天,塌不下来。"听到这句话,我的泪水夺眶而出。当晚,勇平哥、娟儿、玫姐、肖荣、天明哥等自发组成了维权小组。远文、娟儿帮忙修改公开信,玫姐进行精心的制作,包括谢宗玉老师在内的 38 位作家的声援签名,汇成了一张爱的椅子,我得以坐下,枕着双手,任眼泪恣肆……

我把与毛九在一起的点点滴滴,化成了心空的灿烂星光——刚进毛九不久,当我因不正确配戴隐形眼镜引起眼睛发炎时,丛林、慧子、符勇等把我送进医院;岳阳楼前,我一袭旗袍,领着省内 100 名知名作家齐诵《岳阳楼记》,一不小心竟然上了中国共青团网头条;当我躺在病床孤立无援时,范如虹夫妇驾车来看望我,因高速雪大冰滑,平时两三个小时的车程,他们饥寒交迫,走了整整 15 个小时!小亚了解了我在教育教研上的骄人成绩后,很为我的遭遇不平,把我推荐给省某知名教育杂志,她还陪着编辑、记者来校采访。忽降春雪,在冷得如冰窖一样的会议室,小亚硬挺着陪我接受了近三个小时的采访!燕子给我寄来他们学校的校本教材,稔香、学志跟我交流语文教研教改动向;花岩溪的晨曦,云台山的篝火,新晃的梅子酒,麻阳的冰糖橙,毛院的栀子花,温暖甜蜜芬芳了我的回忆……

慢慢地,我变成了一个快乐的人。就算之后我又遭遇了足月宝宝胎死腹中,自己从鬼门关走了一遭,女儿罹患大病等诸如此类的不幸。这是因为毛九给了我一把"哭泣的椅子",疲惫至极时,我可以伏在椅子上,放下所有的戒备和负累,痛痛快快地哭一场。当然,更多一些时候,我在"哭泣的椅子"上流下的是喜悦的泪水。2015年,轮到我们益阳组织年会。可是,一直到了3月份,仍没有动静。后来,从娟儿处才得知,滨哥得重病了,生命危在旦夕!全班45位同学,以不同的方式表示着对滨哥的关心和慰问。娟儿制作了认字卡,一有空就往医院跑,唤起滨哥的记忆;丽君、勇平哥等专程去医院给滨哥暖寿;大家交错着去看望滨哥,给他放熟悉的《摸秋》《板栗花开》。那天,当我赶到湘雅附二,在病房中见到滨哥时,简直不敢相信自己的眼睛——这就是昔日那位英俊潇洒、幽默诙谐的滨哥?眼前的他,就像一位混沌未开的婴儿,头上、腿上的伤尤其触目惊心!日子一天天过去,在滨嫂的精心照顾下,在毛九同学不间断地陪伴下,滨哥会说话了,滨哥会认人了……那天,我特意跑到麓山寺,为滨哥求来了嵌有他的名字的平安符。我跑到医院,当我把平安符戴在滨哥的脖子上时,他笑了,笑容像湖中的波纹一圈圈荡漾开来,他轻轻地叫了一声:"令

曾令娥带学生参观岳阳楼

娥……"很清晰,也很柔和,像紫茉莉颤颤的花蕊。滨嫂在旁喜极而泣,喃喃道:"他竟然认得你了!"

那年的益阳安化年会,以"陪伴"为主题,以友善班长为代表的班委会给予了大力支持。10月16日晚上,当滨哥滨嫂着红色情侣装出现在大家面前时,同学们欢呼、鼓掌,一个个上前拥抱大难不死、涅槃重生的滨哥!

月卫在文章里说,我把毛九当自己的娘家,把毛九同学当自己的亲人,其实,不单单是我,毛九的同学们哪个又不是呢?大家在群里分享着自己日常生活中的佳音喜讯。兰心读北师大研究生、担任博鳌论坛双语主持了,晓凤姐的小孙孙会背唐诗了,丽君的宝贝

女儿考上同济大学了,梁大哥在与死神的博弈中又一次完胜了,锦芳想念毛院的包子了,正良马拉松又拿奖牌了,益红成得奖专业户了,玫姐坚持冬泳身体棒棒的了,伟哥的《古镇排客》出版了,小亚成网络红人了,燕子"飞"到长沙任教了,雪云荣升毛院老师不知怎么称呼了……毛九亲人的喜怒哀乐牵动着我们每一个人的神经。十年来,我们习惯了慧子每天的"新闻早餐",等待着家富第一时间报告某同学发表佳作的消息,珍藏着娟儿亲手包装邮寄的新年礼物。忘不了小毛九桐桐跟我相处的一千多个日日夜夜,忘不了与德芳姐一起参观怀素笔冢时的倾心交谈,忘不了七匹狼的花边新闻趣事逸闻,忘不了湖平、俊仪深情的情歌对唱,忘不了大雪夜与娟儿一路摔一路大笑的情景,忘不了参观九妹书斋时瓶插的蜡梅,忘不了娇俏能干的林妹妹,忘不了操一口益阳普通话的腼腆的陈老师,忘不了抓砣子的创意班会,忘不了杉木河漂流,忘不了怀化街头的夜宵摊,忘不了凤凰古城的红灯笼……

每次毛九年会,我们都有一个环节——汇报自己一年来的工作、创作成绩。总不能两手空空面对大家吧?就在这样的动力驱使下,我更加勤勉地工作,潜心语文教研教改,获奖不少,小有成就。我荣膺第四届全国校内报刊最佳编辑的称号,是全国中考试题研究员,担任副主编或编委,编辑《网络教育读本》《中考满分作文名师特辑》等书籍二十余本。我担任全国百优十佳文学社"新星文学社"主编 12 年,指导学生发表或获奖作品八百余篇(次),其中国家级获奖 10 人次,多名学生加入省、市作协。

我深深感恩毛泽东文学院为我们提供了相聚机缘,深深感恩自己处在这个和平安宁的社会环境。我不是圣人,不能有"爱到忘情近佛心"的境界,但是"哭泣的椅子"让我可以"藏情",把完成过、失败过的人生经历像卷轴一样卷起来放在"哭泣的椅子"上,让它沉潜,让它褪色,在岁月的足迹走过后打开来,看自己在卷轴空白处的落款,以及鲜明如昔的刻印。而一个个生机勃勃珠圆玉润的文字,帮我渐渐趋近这个也许遥遥难越的心愿。

因我工作环境的性质,我选择专攻儿童文学,《轻轻念你们的名字》一文发表于国家级权威刊物《儿童文学选刊》。2015 年 7 月,我被选送就读于湖南省首届儿童文学作家班,8 月成为湖南省儿童文学协会会员;2018 年 8 月,我应邀参加了第十四届亚洲儿童文学大会。迄今为止,我已在《中国散文家》《美国新大陆诗刊》《儿童文学选刊》《湖南日报》《散文诗》《湖南工人报》《小溪流》《意林作文素材》《作文周刊》《语文报》等报刊发表散文、诗歌、评论等三十余万字。作品入编《新锐当代网络作家诗人作品精选》《湖湘文学新锐十年短章精选》《风从洞庭来》《生活不止眼前的苟且》等文集。

我舍不得每一个与毛九相聚的日子,每次年会分别,回到家后,我都会忍不住掉眼泪,老公笑话我说:"你呀,眼窝子那么浅,活脱脱一个林妹妹。"能怪我吗?从灵魂深处滚下来的就是那一颗颗晶莹的泪珠,生出的就是那滚烫的四个汉字:感恩生活!感恩生活,让我们以更多的积极和更大的坚强去面对生活中的不幸和困难。怀抱一颗体谅和关爱的心,我们在"哭泣的椅子"上坐下,起身时迎面而来的是满目如金的阳光。

链接:我是作家,我这样教语文

文 / 湖南教育杂志:刘良初　熊　妹　等

如果一个语文老师同时也是作家,他(她)的写作经历会给语文教学带来什么影响?他(她)的语文课堂会有什么不一样?他(她)会怎样教阅读、教作文?

曾令娥,桃江县首届"教学能手",益阳市"教改先进个人",第四届全国校内报刊最佳编辑,《语文报》《初中生优秀作文》《中学时代》《初中生辅导》《放学后》《作文周刊》等报刊特约编辑。担任全国百优十佳文学社"新星文学社"主编7年,指导学生发表或获奖作品七百余篇(次),其中全国特等奖3篇,全国一、二等奖五十余篇,多名学生加入省、市作协。

中国散文家协会会员,湖南省作家协会会员,湖南省儿童文学协会会员,迄今已在《中国散文家》《美国新大陆诗刊》《儿童文学选刊》《湖南日报》《散文诗》《辽宁青年》《小溪流》等报刊发表散文、诗歌、评论二十余万字。作品入编《新锐当代网络作家诗人作品精选》《湖湘文学新锐十年短章精选》等文集。

书看得多了，就想写写

曾令娥的父亲曾是印刷厂采购员，经常出差，他在外舍不得用一分钱，每次回来却总是给曾令娥姐妹买几本小人书之类的做礼物。这些小人书像一盏灯，点亮了曾令娥的阅读之旅。"我最喜欢看小人书。有一次，我看《八女投江》的连环画入迷了，当看到八女被逼投江殉国时，竟伤心地哭了起来！"

家庭环境并不宽裕，经常买书是难以实现的奢望，但曾令娥又深深地喜欢上了看书，怎么办？幸而有租书摊，100页以内的书一分钱看一次，100页以上的两分钱看一次。放学后，曾令娥把父母给的早餐钱省下，邀上两三个好朋友一起去书摊看书。但想看的书实在太多，钱总是不够，曾令娥只能趁书摊大爷不注意，偷偷地看完一本又换一本看，往往一分或两分钱看了三四本书。"那位书摊老爷爷肯定看出了我的小动作，但他故意装作没看见。"对默许自己少付钱而多看书的老大爷，曾令娥一直心存感激。

从小学到走上教学岗位，曾令娥一直保持着对书籍的兴趣。"书看得多了，就想写写。"她说。她开始尝试写作，写诗、写散文，也偷偷寄给报刊社，但大多数稿子如石沉大海。有一次，她意外地收到了一位编辑的回复：你的小诗

王丽君母女、范如虹夫妇、胡勇平等探望受伤的曾令娥

已阅,继续努力,你一定会心想事成的!这句话给予曾令娥不小的鼓励,她的写作并未因为不曾发表作品而停止。

其时,曾令娥已在桃花江镇二中教书多年,阅读广泛、颇有些才情的她受到学校领导的赏识,成为学校文学社主编。为了开阔学生视野,丰富写作体验,她常常邀请县里有名的作家给文学社员做讲座。有一回,她请来了县作协主席胡统安。讲座后,曾令娥把自己写的七八篇散文、诗作交给胡老师,请他指教。"一个月后,胡老师来学校找到我,交给我一个信封。打开一看,我顿时感动极了!胡老师仔细评阅了每一篇文章、每一首诗作,还写了整整两页总评!"曾令娥激动地回忆道。

经过胡统安老师的指导、修改,曾令娥的文章陆续变成了铅字,印上了报纸。发表带给曾令娥的刺激着实不小,她开始进入疯狂的创作期,慢慢地,她的作品不止出现在县内、省内的刊物上,全国有名的报刊上也能找到她的名字,她获得了一个新的身份——作家。

阅读,铺垫写作的小径

"书看得多了,就想写写。"曾令娥的作家成长之路上,最重要的莫过于她人生之始的那些阅读了,因而,作为教师的她对阅读格外重视,教起来也自有风格。

"几乎所有老师都不会否认应大力倡导学生阅读,但是,如何阅读?教学时从哪个角度切入才能沟通阅读与作文的关系?如何指导学生把阅读中汲取的文化营养有效地渗入、转换到提高自己作文的素养和能力上来?"曾令娥说,关于阅读与作文的关系,美学家朱光潜有一段著名论述——"最简洁的办法是精选范文百篇左右(能多固好,不能多,百篇就很够),细心研究每篇的命意、布局、分段、造句和用字,务求读懂,不放过一字一句,然后把它熟读成诵,玩味其中的声音节奏与神理气韵,使它不断沉到心灵里去,还须沉到筋肉里去。"

"朱光潜先生谈的阅读与作文的关系是一对一的、非常直接的关系,也就是模仿的关系。阅读与作文还有一种间接关系。这种关系体现在两个方面：一是通过阅读让学生初步领略什么是文学的境界，怎样塑造人物，什么叫写实和虚构，等等；二是通过阅读引导学生开阔胸襟，滋气养神，窥探人类心灵的奥秘，为作文训练提供一个广阔的文化知识背景。"

曾令娥把朱光潜先生的阐述奉为圭臬，严格落实在日常教学活动中。"阅读教材本身就是一篇篇精美的范文，阅读教学就是指导学生学习范文的思想内容和写作方法。因此，在阅读教学中，要特别注意和充分利用教材中的写作因素，及时指导学生领会阅读和写作的对应关系。如在给课文解题时，要联系写作中的命题和审题；在讲解课文的佳词妙句时，要联系写作中的遣词造句；在分析课文的段落篇章时，要联系写作中的布局谋篇；在分析课文的写作特点时，要联系写作的表达技巧等。"

而为了达到"沉到心灵，沉到筋肉"的效果，曾令娥还鼓励学生根据所学文章有重点、有目标地仿写，或学习范文的语言，或学习表现形式，或学习写作技巧，等等。教完八年级下册第四单元关于民俗民风的一组课文后，曾令娥先让学生梳理这一单元四篇课文的不同写作技巧，然后亮出话题——"'百里不同风，千里不同俗'，通过本组课文的学习，你对一些地方的风俗习惯是否有了更多的了解？请将调查了解到的民风民俗加以整理，写成一篇习作"。结果有几个学生的作品被某作文刊物采用刊发了。

当然，美文并不局限于教材，因而，曾令娥还会根据单元教学推荐或主题相关，或写作技巧相类比，或写作风格对比的课外阅读，使学生对文章的写作特色有更丰富的感知和体验。"教了《西部地平线上的落日》《泰山日出》等写景散文后，我找来本土散文名家谢宗玉、著名主持人汪涵的具有乡土风情的大量作品，跟学生一起体会他们对景物个性化的描绘和真情实感的表达。"

"曾老师找来很多名家名作供我们阅读欣赏，扩大了我们的视野，丰富了我们的情感，在写作和阅读方面有很大帮助。"学生文智轩说。

领略文学的境界，开阔胸襟，滋气养神，这是阅读的附加值。它于悄然无声中发生、实现，且表现于无形。实现阅读的附加值并不容易，但并不是束手无策，毕竟阅读也是讲究方法的。

曾令娥给学生列了一长溜必读名著书单，学生对此颇有些抗拒。看都不愿意看，还谈何实现阅读的附加值！怎么办？——丰富读的形式。

"很多学生都断断续续看过《水浒传》里的英雄故事，但看了就看了，仅此而已。我希望他们能深入人物角色，体会他们的性格特点，理顺性格形成的脉络，思考他们为什么会走上梁山。对此，我想了一个法子——让学生演水浒英雄。

"在演之前，先让学生看一看百家讲坛里鲍鹏山的《新说水浒》，然后让他们以小组为单位自选一个英雄人物，按照书中的主要情节去分工、表演。

"为了演好角色，学生们不得不花时间研读书本，联系社会背景分析故事情节，琢磨英雄性格等。在此过程中，他们逐渐加深了对那个时代及英雄的了解，更重要的是，他们慢慢形成了研读书本的习惯，这将是受益终身的财富。"

办班报，让成就感满溢

初中时，有一次，曾令娥的作文写得特别好，被语文老师拿来做范文在班上读。这让她兴奋不已，她忽然觉得自己的作文写得很不错，她甚至认为自己会在这方面小有成就，于是越发爱看书、写作了。"不管是书也好，黑板报也好，就连有字的纸片我都要看一看，读一读，思量一番"。

2006 年，曾令娥的散文《井》第一次被《散文诗》刊发。"我对第一次发表我文章的编辑一直心怀感恩，他对我后来走上写作之路有很大的激励作用。"

过去的经历往往会成为我们现在做某件事的理由。曾经受到的赏识、作品的发表使曾令娥深刻体会到成功的喜悦以及由此产生的极大的进取心，因而，现在她要尽可能地帮助学生在写作上获得成功的兴奋感、成就感。怎么获得呢？——办班报。

"能在公开报刊上发表作品的学生是极少数的，加上校报校刊，一个班一年有十多人发表作品都是罕见的，学生们难免产生怠惰心理。所以，我想办班报以提高学生发表作品的概率，提振他们写作的信心，激发写作欲望。

"班报办出来以后，我还将它们寄给公开的报刊媒体，拓宽作品的发表途径，让孩子们收获更多的幸福感、成就感。而这种幸福感、成就感又推动学生们写出更多的佳作来,形成一种良性循环。"

曾令娥办的班报一学期一张,一张报纸6个版面,每次能刊发二十多篇文章,六十多人的班级,近1/3的学生一学期能发表一篇文章。看起来,这并不是多么宏大、多么难办的事,可是,从选文章到一次次修改,再到排版、印刷,曾令娥需要花费整个学期的时间来做。

首先是选文章。曾令娥从日常作文和周记中发现了优秀的作品就登记在本子上,并迅速拿到学校文印室复印出来,因为作文本和周记本要及时交还给孩子,以方便他们下一次写作。接下来,她要将复印的作品一个字一个字地敲进电脑,在这个过程中她完成了对作品的第一次修改。到学期的最后一个月,她将所有登记的作品再次筛选,请朋友帮忙排版、打印出来。这时她会在纸质稿上再次修改作品,并返回电脑上修改,出样报。在样报上进一步订正完善后,她才到学校文印室打印出报。学生人手一份。

"我们总算有自己的报纸了。"第一份班报拿到手后,学生彭盈棋说,"我们可以和班上作文写得好的同学交流写作经验、探讨写作方面的问题了,我们会更加热爱语文,热爱写作。"

"有些学生的作品确实很赞。"现任校文学社主编张再梅老师说,学生的写作水平一开始并不太高,是曾令娥老师一次次修改,一次次沟通怎么改、为什么这么改,才有了这么好的作品。

语文教研组长李杨波老师说,班报不仅让本班学生获得成就感,激发写作的兴趣,对其他平行班的写作也有推动和促进作用。

"学生们看到自己的作品变成铅字印上了报纸非常开心,'我的文章也能上报纸咯','我要把报纸拿回去给爸妈看'……我很满足,一切付出都是值得的。"曾令娥说。

同题作文,示范零距离

"虽说教材里的文章都是名家名作,但那些名家距离学生较远,与学生缺乏亲近感。我身边有一群作家、刊物主编朋友,何不请他们与学生写同题作文,面对面交流指导学生写作呢?"

从 2010 年开始,曾令娥在校刊上开辟了一个新栏目——作家零距离,邀请文学作家、中学作文刊物主编、中高考命题专家等与学生写同题作文,做文学写作、考场作文等方面的讲座。"这些讲座拉近了名家与学生之间的距离,他们结合自身的写作经历给学生答疑解惑,给学生切实的、针对性很强的指导。"曾令娥说。

去年,曾令娥邀请她在毛泽东文学院的同学、青年作家王亚写了一篇中考同题作文《陶庵有个梦》。王亚说,作为一个有一定阅历和写作经验的成年人,在构思中考作文时,角度更多元,思路更开阔,能带给学生更多启迪。而写作后,她更能了解学生写作的难点在哪儿以及该如何解决这些难题。因而,她建议,不仅要请名家写同题作文,语文老师自己也要写。

事实上,曾令娥与学生写同题作文已经七八年了。她不仅写中考同题作文,每学期 6 次作文训练,她至少写 3 篇下水文。从七年级的写人记事的记叙文,到八年级的说明文,九年级的议论文及应用文,每一种题材她都会写下水文做示范。"我自己下水才能知道学生写作时会遇到什么问题,而且老师也动笔写,学生才不会偷懒,有效消除了他们写作的怠惰心理,毕竟身教重于言教啊。"

到现在,经曾令娥指导发表或获奖的作品已达七百余篇(次),多名学生成了省、市作协会员。

08_____

唐益红：45 个人，书写了一个传奇

讲述者：唐益红

唐益红，中国作家协会会员，湖南省诗歌学会理事，常德市诗歌协会副主席兼秘书长。作品散见于《诗刊》《人民文学》等，入选多种诗歌年度选本。在《人民文学》《诗刊》《青年文学》等举办的全国散文诗歌大赛中获过奖。出版诗集《我要把你的火焰喊出来》《温暖的灰尘》。

2010 年 5 月的时候，还在湖南日报《华声在线》打工的唐益红带着她的诗集《我把你的火焰喊出来》，骑着她那辆小电动车到毛九班读书。我翻开她的诗集，看到了诗刊编审周所同老师为她写的一段话："诗人唐益红是个敢把火焰喊出来的人，那执着、无畏、义无反顾的背影；那衣袂上的风雨，足迹上的泥泞；那发丝上、耳鬓旁一掠而过的万丈红尘；所有这一切，或许是人生更高意义上的完善、提升、进而纯粹的过程；湖南有一只鸟叫杜鹃，她啼血、她唤归、她寻找，她最终被人们记住；从啼血到喊出火焰，我相信，人们也会记住诗人唐益红。"

于是，我记住了唐益红，毛九班全体同学也记住了诗人唐益红。

那一年，我正在办全国最大的文学交友网"边缘文学网"，正在策划一百名先锋诗人在端午节集体跳汨罗江纪念屈原的行为艺术。唐益红在学习打工之余，还帮边缘文学网做义工，帮我组织活动，接待全国诗友。活动中，她那台小电动车都弄

唐益红出版的书籍

丢了，我很是内疚了一番，这次跳汨罗江的行为艺术活动因种种原因没有完成。但我为了表彰她为边缘文学网做出的杰出贡献，奖励了她一台平板电脑，为此，她感动了好几年。

唐益红是这样总结在毛院学习感受的：读毛院之前，我是一个孤单的人，外表开朗，实则内心是孤单的。在毛九待完45天，我就有了44个很亲密的兄弟姐妹，他们分布在湖南省的每一个地州市，有的年纪很大，梁莹玉大哥当时就有五十大几了，而最小的林琼妹妹才二十多岁，他们都是当各地州市作协推荐来的创作尖子，是优中选优的种子选手，我称他们为毛九同学……在毛院度过的日子，现在想来，真是神仙般的日子，不用面对紧张的现实生活，不用忧心繁杂的工作，我们畅游在文学的海洋里，聆听文学名家讲课，宁静地埋头学习，彼此交换对人生理想的看法。这是我们调整心态迎风起飞前的修整，是我们文学路上的满满加油。这样平静的日子真的不多。况且，在学习之余，我们还获得了在现实生活中不可多得的温暖友谊，我们倍加珍惜。

而在诗歌创作道路上，唐益红始终用语言"直译"心灵，接近生命本体的固有状态，不做作、不粉饰、不矫情。她把诗歌创作当成生命中的一部分，目标执着坚持，写作勤奋刻苦，态度严谨治学，她笔下流泻出的每一行文字，都是她心与血的交汇，都是她对生命与生命外观世界的深刻体验。

老槐老师这样评价她的诗歌创作：唐益红已将在第一部诗集《我要把你的火焰喊出来》中那一部分高亢、激昂、奔泻的情绪，那一种灼热的力与躁动，用力按进了水里，又通过第二部诗集《温暖的灰尘》使之消解释放，而在最近的这组新作《狂澜之声》中，对世界的观察视域更加开阔，对现实生活的多元化感受进行了诗性的探索。情感饱满，语言节制而富有张力，词语把从前那一种青春的火热、春天的怒放、夏日的炙烤转换成秋天里辽阔的洞庭湖平原，诗歌情绪在低缓起伏、珠圆玉润、沉稳内敛中得到有力的释放。

她将诗意的目光投向了四处行走的地理中，由此奠定了她开启如山川奔流般的创作新走向和新风格。虽然这组诗歌的标题仍显狂野、虎劲、生猛，但作品中的那种锐利、激越有了很大改观，更为接近大地、接近现实生活，变得更为温暖而绚烂。

与她以前抒写的作品稍做对比，这种爱的灼热与疼痛已时过境迁：她把原来那种"暮色沿着山岭移动像某个男人的背影"转换成了"我喜欢这些细小的事物/它们发着光，像秘密一样明晃晃地存在/——让我们不敢直视"。

我们还可以从她营造的语言，从她关联的词语呈现出来的声音与形象中，找到她当初观看的最初路径，并与之共振；如果再仔细地解剖、剖析，我们也许更能够发掘她诗歌的秘密内核，不难看出，其中匿伏着她一贯的一脉相承的主线——对现实沉静的探究，对生活深情纯粹的热爱，仍然藏匿其中。这源于她善良而容忍的人生态度，她总会对自己受到的伤害不嗔不怒，总会让境由心生的笑意荡漾在与人的交往之中，好像已经练就了一副弥勒佛的面容与肚量，习得了"一笑泯恩仇"的真经。在苦难辗压与生存不易的现实中，依然能保持着这种向上、向善、向美，让人不得不惊叹她内在心灵的强大与韧性。

毛九毕业后不久，益红回到常德工作，担任了《桃花源诗季》编辑部主任。十年间，唐益红的诗歌几乎刊登到了全球所有的华人诗刊上，荣获许多诗歌奖项，后来还加入了中国作协，成了毛九诗歌一姐。

当我写完对益红同学印象的这段文字时，已经是深夜，四周安静得只有风，把尘世吹得如此干净。就像我的同学唐益红，纯粹、沉静，像自由的风。

链接：印象与期待

文／周所同（原《诗刊》社编审，中国诗歌学会副秘书长）

　　第一次见唐益红，是在五年前常德文学笔会上，那么多人，那么多事，一路忙下来，谁是谁就分不清了；约略记得，她像个初中或高中那样的小女生，单纯、稚气、好奇，又爱玩的样子；这最初的印象，也是熟悉之后慢慢明晰、还原的；她那时的作品，语言、技巧、视野与思维还没有打开，显得青涩，似乎"营养"不良；但诗中偶尔一两个句子，电光石火样的光芒，令人欣喜；这是艺术直觉的产物，是有天赋的表征，是可以写诗，也能写出好诗的可能和资质；短短几年，她一路迅跑、冲刺，当这部诗集呈现在读者案头上，唐益红已经是一个相当不错的诗人了。

　　最近，在给我的来信中，诗人唐益红表述了她对诗歌的认识和依恋："只要我爱它，它就会更加爱我，它是精神世界里的火焰，它是微弱的，又是明亮的，它温暖自己也照亮别人，是蛰居在我心里幸福的牵挂"。她的话令人感动，我深信不疑，我甚至想象她说这话时，一定眼睛湿润，轻咬着嘴唇，一定在她租住的小屋内，突然想起"贫穷，但能听到风声也是好的"那句话，她为自己第一部诗集起名为《我要把你的火焰喊出来》，一定也是因了这样的理由。生存不易，活着更难，在人世上走一遭，历练一些磨难，更懂得珍惜，只要内心有爱，精神不泯，那些挫折、困难，也可能变为财富；何况，诗人唐益红是个敢把火焰喊出来的人，那执着、无畏、义无反顾的背影；那衣袂上的风雨，足迹上的泥泞；那发丝上、耳鬓旁一掠而过的万丈红尘；所有这一切，或许是人生更高意义上的完善、提升进而纯粹的过程；湖南有一只鸟叫杜鹃，她啼血、她唤归、她寻找，她最终被人们记住；从啼血到喊出火焰，我相信，人们也会记住诗人唐益红。

关于唐益红的诗歌品质和特点,诗人谈雅丽已做了中肯、精彩的分析、论述;我如若再寻章摘句地"画蛇添足",恐是多余;唐益红在来信中还提到:她现在的诗"不再沉溺于书写自我情感了,开始关注于社会,关注于他人。开始关注着从农村进入城市的这一群人的生活状态"。因为,她目前在长沙一家媒体谦卑地活着,那种异乡人卑微的情绪,她深有体会;我为她的认识和转变而由衷地高兴,十分赞赏她的创作倾向和人生姿态;这是一个好诗人应有的视野和承担的责任;诗人最难得的是,要有位置感,诗人与别人相比,在下而不在上;我曾说过:"俗世谁怜民生苦,布衣从来是诗人。"让自己低些、再低些,才可能写出高些、再高些的作品;这是艺术辩证法,任何艺术的根,都在这里,它的品相、质地、审美的可能,最初,均源于此。唐益红诗人自觉地意识到这一点,并付诸创作实践,实在难能可贵。

先要好好地活着,要有一日三餐,要有衣物遮蔽风寒;还要有个好身体、好心情、好精神、好微笑,直面生活和生命的挑战;这是我最想对唐益红说的话;时间可以忘掉一切,也可以开始一切,就像你身旁流过的湘江或沅水,旧船远去,新帆又来;相信有限中蕴含着无限的可能,相信你会弯下腰劳动,挺起胸做人,相信你渡尽劫波爱还在,相信爱在,一切就还在。

最后,要谢谢你对我的信任,要谢谢你允许我说这些与诗关系不大的话;还要祝贺你的诗集出版,祝福你一路走好;当这些拉杂的文字从长沙的云头上落下来,它可能是雨、是雾、是一片雪花,但愿不要打湿你单薄的衣衫……

2010 年元月 20 日于北京

09_____

李燕子：似曾相识燕归来

讲述者：李燕子

李燕子，中国诗歌学会会员，湖南省散文家协会会员，华容县文联副主席，有散文、诗歌、小说、儿童文学、评论发表于各报刊，出版诗集《奔跑的灵魂》《想这样温暖你》。

我不蠢，曾经有想写的冲动，就一瞬间，还有构思，完了，一下子似乎被扼住了，只剩四个字：毛九，你好！……就像林黛玉临死前的话：宝玉，你好！……哈哈，好生奇怪。

人生是一场梦之旅行。我与毛九这场旅行最是不容错过。

也许从很小的时候起，这颗可以走动的梦之种子就已发芽，直到十年前的那个清朗明媚的四月，那个美得像梦的日子，我们终于相逢！这绝对是一场文学之旅。

来此，即是与文学之物、文学之人、文学之字相逢相知。

我记得第一眼看到毛院时，我的心中充满着崇敬。它仿佛是一代伟人毛泽东落在人世间的另一种文字符号——它是一座圣殿！忽然间它竟接我入室，如久居深宫的宫娥，终于见到了盛世君王，感觉受到了莫大的恩宠，因此，我倍感珍惜，又充满幸福。

在此，我结识了德高望重、谦和而低调的梁

瑞郴院长,亲切而待人温和的陈嵘老师,见到了我心中高大上的杂志编辑老师和优秀的文学作家们。他们的朴实、博学,做人的低调,待人的真诚与热情,让我觉得这一群人是我见到的最可爱可敬的亲人。还有宣传部的领导,以及来自各地的同学,他们又让我感觉到社会是一个大家庭,我是一朵向日葵,被光照着,也被一群向日

李燕子出版的书籍

葵簇拥着。幸福,于是从毛院开始,一步步走入文学世界,即文学人之世界。

十年,与其说收获了一点文学成果:出版了两本诗集,在省国家级刊物也发表了不少作品,又因为文学让我受到了他人的尊敬,工作上更有自信,有了境界,不如说我收获了十年纯真的情。

十年如梦,友情如梦。

当我走向你时,我原以为只是一缕阳光,而你却给了我整个春天。

链接:自由的灵魂与光影

——序李燕子诗集《奔跑的灵魂》

文/李小雨(诗人,中国诗歌学会副会长兼秘书长,原《诗刊》常务副主编)

这是一位女诗人的抒情短诗集,它优雅、敏锐、感性、真挚,同时又不乏性灵、纯粹、浪漫的诗意。

这本诗集共分七个小辑,分别抒写了作者孤独中的冥想、时光的流逝、宇宙与自然、个人情感的起伏、母亲、女儿与爱人、故乡与小城等日常生活的鸿羽爪痕,她"对生活睁大好奇的眼睛",力图用爱、用女性的细腻和智慧解读身

边的一切,用诗意润泽身体,用美纯净灵魂,这些诗,勾画出一个母亲、一个女性隐蔽的心灵史。

读李燕子的诗,能感受到一种强烈的光与影折射出的黑夜意识,灵与肉融合成的生命意识。黑暗、夜雨、星光、灯火……作为背景在诗中多处出现:在黑夜中才有灵魂的奔放,才有流淌的眼泪,才有宣泄的呼喊,才能更深刻地自我袒露,才能抚摸带伤的灵魂。黑暗无边,黑夜的大海令自语者颤抖,临睡前的停顿让世界凝神,似乎只有黑夜,才能给女性以安放灵魂的庇护。暗夜中的光影是骚动的,在以黑色为代表的女性意识中充满了紧张和不安定感:

黑暗中的月亮 / 向外照见黑白有间的世界 / 向内洞彻深深浅浅的疼痛 / (《瞳孔》)

疼痛感是生命的体验,诗是直面心灵的艺术,它是灵魂在人间最高的艺术载体。一首诗一经诞生就充满生命的痛感,散发着灵魂的信息,舞动着自己的旋律。女性诗人对生命的体验尤为真切。一首诗的成败有时就看它能否生动起来,能否走远。请看这首《草叶上的阳光》:

你这冷血动物 / 连乳房也是冰冷的 / 不,活着的! / 它身子在动,优美的 / 弧线,白亮的皮肤 / 在鲜花点缀的嫩草地上 / 晒着阳光 / 别惊吓了它,这冰冷的蛇 / ——它会伤人呢

一条冰冷的蛇躺在那里,作者以为是一条死蛇,但它是活着的!一条美丽的生命,虽然是冷血的,它有晒阳光的方式,它有美丽的乳房,也有自己对生命的哺育,但它对人的生命却有袭击性——一种与生俱来的伤害。一首小诗充满着生命的隐喻、动感、矛盾而不是平面的、静止的抒情或描写。生与死,阴冷与阳光,美丽与丑陋,审丑与审美都在对细节的捕捉中瞬时呈现了,给人回味与想象的空间。

有了肉体才有了灵魂,才有了痛感,一条蛇也有自己的灵魂,有它的冬眠,也有它的春天的复活。而人的灵魂到底又是什么呢?

时间酿成了她 / 有一天 / 也会将她收回 / 喊出的声音 / 落入虚空 / 行走的脚印 / 被尘埃淹没 / 可是亲爱的 / 你还会在吗? / 这些由文字建构的房子 / 是我留给你居住的领地 / 如果有一天我离去 / 我愿向上天祈祷 / 赐予

你新的生命(《致灵魂》)

灵魂对于个体的生命来说也是有生有死、有来有去,自由如风,就像诗人与诗的关系一样,真正诗人写的诗是被活的灵魂充满的;诗人的灵魂就居住在文字的行间中,就像爱情一样,它也是死而复活,它是一种看不见的未来,神,它是形而上的,因此才需要不断地追寻。它为什么一直奔跑?就是因为它无处安放。

诗人写生命、写自然、写追寻,写大地四季循环,有着复活的节奏。基督也会复活,重新出现在人间,这是灵魂的看守者、伟大指引者,也同时是诞生者。

就如看见高处/闪出的上帝的影子 / 黑色礼服外露出 / 阳光一样的脸庞 / 白色衬衣的领子 / 渐渐走进你的眼睛 / 像灵魂的指引者 / 让你越来越清晰地看见 / 山川听到海浪 / 感知到风雨阳光慢慢触摸 / 你的脸颊于是 / 头脑也随之明亮起来(《复活》)

灵魂呈现出两种,一种是邪恶,一种是受神灵护佑的人类健康的灵魂。灵魂的层面非常复杂,充满了不为人知的内心搏斗。诗人对灵魂的指引者务必越来越清晰地看见,这样才能明亮起来,被阳光摸到脸颊。

黑色的洪浪淹灭灵魂 / 一些与光亮有关的影子 / 瞬间熄灭 / 沉寂——沉寂 / 对抗者的战争仍在暗处继续 / 清晨抑或傍晚后　如期而至 / 生命是一位色彩艳丽的鱼 / 海一样莫测的造物主　是它浮现 / 或沉寂的神秘主帅(《隐秘的战争》)

优秀的灵魂在平庸的世俗中有着自己的挣扎,甚至阳光都会被打败、熄灭,人类一再经受黑暗,但生命是莫测的,它有自己神秘的主帅。生命并非一成不变的风平浪静,生命是在搏斗中成长,向诗歌靠拢,向生命的真谛迈进。

黑夜的大地里隐藏着许多光亮,这些光亮在地上就是人的灵魂;在天上就是星星。诗歌的秘密就是在这些光亮中行走,诗人则走向诗歌的光明之晨。

被月光浸泡的枕头 / 跌入梦中的河 / 似远航的风帆 / 在夜风中前进 / 任海浪的声响 / 一阵阵叩打心灵的窗门 / 别睁开眼睛 / 继续前行那彼岸的灯火 / 便在黑夜里也格外明净(《子夜》)

月光浸泡了梦乡,床变成了河床。诗人在一颗自己的心灵中远航,大海,天空,土地,河流,此岸与彼岸,黑夜与光明,全都自然而然地在一首小诗里呈现,这就是诗人营造的意境,这就是属于诗歌的时空。这样的灵魂是奔跑的,因为有距离,因为有追寻,才有奔跑的踪迹,远行之美。

有光就有影。影子是光的体现。灵魂也有影子,谁能写出它的影子呢?

被火焰点燃的时空 / 影子在石板上摇动 / 一起一落的脚步 / 并未在光影里留下踪迹

影子是什么?是往事、旧名片、信件、细细的波浪、是小水漂、背影是时间的休止、是"梦在光影深处舞蹈"、是生命中的碎片。

音乐能把影子在天边划过,高僧能将影子画入石壁,光能把影子呈现。

当叶子晃动在枝头上,就有了叶影,而叶子扑向大地,融入泥土,这枚叶子就和影子永远地重叠在一起,就像爱人永不分离。

身体也许只是灵魂的影子。身体最终像废弃的老房子,而灵魂是永生的,所以它永远是诗人面对的光。

李燕子的诗,写肉体与灵魂、写光与影,似实而虚、虚实结合,实则在写她面对世界的看法,温暖、爱还有红尘中的一些哲思,她其实是在描摹生命。

她的诗,还有许多温暖、明亮的情调,透出女性对万物的关爱,从草叶上的阳光,到带香味儿的春风、晾晒的衣裙、浅笑的人们;从在花中打盹的蜜蜂,到油菜花开、桃李遍地,"微风中一袭红裙在闪动"。

当我坐下来静思的时候 / 我常常会感觉不到我的存在 / 我的身体是虚无的 / 我仅仅能听到世界的声音 / ——但形体真的消失后 / 灵魂又会去向何方呢? / 能感知到我手心的温暖 / 只有个灵魂在说话!(《2011年10月24日》)灵魂不仅开口说话,而且还在舞蹈。

下午四点。天气转凉。/ 空气骤然紧张 / 似争吵与颤抖的声音 / 在钢琴里激烈呼喊 / 坐凳上泛着黑色亮光 / ——无人的高空中 / 有个 / 灵魂在那舞蹈(《下午四点》)

诗歌的触觉无所不在,在灵在肉,在山在水,在天在地,它是属于灵魂的,是快乐的,诗歌也同时是无所不能的,它能让风掀开山的羽裳:

风掀开山的羽衣 / 挠痒痒啦 / 呵呵呵呵 / 你听 / 它忍不住在笑 / 满山

的花草啊 / 笑弯了腰(《触觉》)

这种快乐,是因为有快乐自由的天使在做策划。

一横一撇一捺…… / 每一层建筑 / 你都亲临指导 / 每一个空间 / 你都精心策划 / 你是快乐自由的天使(《灵魂寓所》)

灵魂虽有栖息,但它的疆界是无边无际的,远方之外还有远方。

火车划过无尘的铁轨 / 风一样 远逝 / 切切的声响和长长的影子 / 坠入了湖中 / 一年多了 / 当我激动地来打捞它的时候 / 它那亮着的静静的湖水 / 清澈见底!无尘无痕!(《远处的记忆》)

诗人打捞入湖的车影,湖从而深蓝无底,也有了湖的远方。灵魂、身影都让诗歌贯穿,组成诗人的新的生命。

生命就是一次旅行。包括树都在宇宙间行走。为了测量脚下的土地 / 一棵树在天空招手(《生命的旅行》)

前方和后方永远都有不尽的风景,等待诗人的寻寻觅觅,诗人总是将影子甩在身后,不断追寻着灵魂,更新着、创造着,让光和希望照亮前途。

10

李稔香:共一世风霜

讲述者:李稔香

李稔香,中学高级教师,区教研员,创作散文、小说、教育类作品多篇。2014 年被永定区委办公室、区委政府办公室评为"优秀教育工作者",2015 年被湖南省教育学会评为先进工作者,2011 年—2015 年连续 4 年受到永定区人民政府嘉奖;2015 年"三湘读书月"活动中其家庭被评为湖南省"书香家庭"。

记得我们在毛院学习期间,去贵州杉木河漂流,登山。登山回来,在一家小店里与友善班长、清清一起吃粉丝。友善班长说了一个登山途中的小故事。

一个小男孩背西瓜与他们同行,到达山顶后,友善班长买下那孩子的西瓜,按山顶的价钱还多给了一些钱。友善班长本意是要将多出的钱给那个孩子,不用他找还。可当孩子接钱时,友善班长的内心却又希望那男孩子能对他说:"我要找还你多给的钱,多出的我不能要。"当时,友善班长问:"假如这个小事写成一篇文章,你怎么立意?"我说:"人不能太贪心,不属于自己的不能要,多余的不能要,不能要得太多,比如爱情。"

我话音方落,只见友善班长啪的一声将手拍打在桌面上,吓得我和清清愣在那儿,接着他用难懂的常德方言说:"对头,我期望卖西瓜的那孩子有一个退钱的表示,希望由此看到那份骨子里的干净、善良,却从来没有想到过孩子现实的困境。"友善班长后来并没写这个小小的故事,但他

毛九同学在课堂上

在那年写了《洞庭湖的麻雀》,是关于留守儿童的。

2019 年湘西年会,我们又聊起教育,说起儿童文学作品在小学教材中并不受儿童欢迎。友善班长说起他的《洞庭湖上的麻雀》,关于留守儿童的那部小说。

转眼就十年了,十年我们都没有忘记自己。

儿子十八岁生日,我送一本近十万字的打印稿《爱的理由》,里面记录着我与他的成长。生活不仅有诗和远方,还有眼下的苟且,这就是爱的理由。

生活亦文学,我将生活熬成一锅坚贞的鸡汤,滋补我的孩子、我的家人,也滋补自己的灵魂。孔子困陈蔡,庄子做漆园吏,留世百芳的是他们的灵魂和思想。

我岂敢与孔子、庄子相比?我是在用爱写柴米油盐,用文学的名义生活。

我感谢自己能以文学的名义爱着这个世界!

11

欧阳清清：我是毛九的

讲述者：欧阳清清

欧阳清清，本名欧阳志华，张家界市诗歌学会副秘书长，湖南省作协会员，《诗峰》网刊编辑，诗歌多发表于《湖南文学》《星星诗刊》等，近三年连续入选《中国新诗日历》《中国新诗排行榜》。出版诗集《飞翔的鸽子花》。

这么多年了，还一直记得我们毛九的刘友善班长在毕业典礼晚会时给全班同学说的一句话："将来，无论大家多么富有，多么成功，都不要忘了我们班的欧阳清清哦，她是我们班最清纯的女孩子，别人把她卖了，她可能都还在帮别人数钱。"这是我们毛九班长对我的怜惜和懂得。

以前，我一直写散文，岳阳年会，熊刚同学把唐益红编辑的《桃花源诗季》送给我，还特意选了两首给我诵读。其中有一首写到麻雀和村庄，诗确实写得很美，很有意境，当时就唤醒了我对诗歌的热望。

2019年，我把这八九年创作的诗歌结集出版了，书名为《飞翔的鸽子花》。回想起来，我的诗集起飞的地方就是在岳阳，就是在毛九啊。那次熊刚同学给我读诗的时候，唐益红同学还悄悄拍下了当时的相片，如今亦是珍贵的纪念。

如今，我做张家界诗歌公众平台《诗峰》的编辑，做《诗峰》微信群群主，做张家界市诗歌学会副秘书长，我能有底气和自信去处理好那些日常事务,重要的力量因为:我是毛九的。

我们毛九,有许多诗歌创作者,副班长胡勇平,不仅是诗人,还是有名的律师。因为有律师班长,我们都觉得心里很有力量,一股正气支撑着我们。勇平班长为我们班做了许多出钱又出力的事情,曾为我们全班同学定了好几年《湖南文学》杂志。毛九班我最喜欢的女同学,是兰心。她是主持人,曾主持国际性的诗歌活动。她也是好几个品牌的形象代言人,出了好几本畅销书。最欣赏她的一句话:"做更好的自己,遇见更好的爱情。"这就像从我的心里自然流淌出来的话。记得

欧阳清清出版的书籍

从前,兰心跟我说过一句话:"清清永远有一颗少女心,清清的气质就像外国小说《洛丽塔》主人公的感觉。"2013 年常德年会的时候,我有幸跟她同住一间房,清晨起床,阳光从窗外照进房间的地板上,如今回想起来,都觉得是特别美好的记忆。我在班会发言时说:"我们要一起永远做美丽可爱的女孩子,永远不失去少女心,哪怕老了,我们都是美丽可爱的小老婆婆。"

明代黄凤池辑有《梅竹兰菊四谱》，从此，梅兰竹菊被称为"四君"。毛九杨晓凤、喻俊仪、李映红、徐德芳四位德艺双馨的"60"后女作家，颇有"四君"之风。

肆

毛九四姐

千山万水人海相遇，"缘"来你在这里

01 _____

兰:晓凤姐

讲述者:杨晓凤

杨晓凤,兼任泸溪县文联副主席,泸溪县作家协会副主席,先后当选县第十五届人大代表,第九、十一届党代表。1984年开始发表文学作品,先后在《民族文学》《湖南文学》《团结报》等各级报刊发表诗歌、散文、报告文学百余篇,出版诗集《青春的色彩》。

从晓凤姐发在《新湖南》的《铁凝在泸溪》作品里知道,2019 年 7 月 23 日,中国作家协会主席铁凝到泸溪,晓凤姐作为参加调研活动的成员之一,记录下了铁凝主席这段话,为我们毛九这个基层文学团队也注入了动力,铁凝主席说:"我们这次来泸溪,看到这么多的基层作者,非常好,老实说,泸溪作家的作品,我还没有接触过。中国之大,写作者之多,这是国家之大幸,人才济济,这次我们这个调研小组,希望接近最基层的作者,文学的希望和未来在最基层的作者当中,像我们在座的跃文主席,还有许多大咖,都来自基层,离我们最近的有沈从文,是你们的乡亲,也是我们非常敬仰的前辈,从湘西走出去,走向了世界。我希望在座的各位,第一,不要小看自己,第二,作为中国作家协会会员,要格外的珍爱、善待,看重基层作家群体。如果把中国文学艺术比喻成一座宝塔,宝塔的尖端会有一些大家,但是如果没有强大的坚如磐石的大基座,也就没有中国文学复兴的如今和明天,基层文学这是最宝贵的基座。"

铁凝鼓励大家："在座的各位,不断地努力,不断地自信,不断勤奋地实践,不断地脚踏实地,接地气,也会向着宝塔、向着文学的高原高峰攀登,我祝福大家。"

2019年底,毛九湘西凤凰年会,东道主之一的晓凤姐把可爱的四岁小孙子也带上了,小孙孙颜值甚高,可爱之至,按照晓凤姐的话说,从现在开始就要培养小小毛九,让毛九的文脉延续。五年前,我们一行到湘西出差,路过泸溪,想起了晓凤姐,就打了个问候的电话,那边回应说:"下车吧,来泸溪吃中午饭。"下了高速,晓凤姐和赵哥已经把菜和酒准备到位。

在晓凤姐和赵哥地引领下,我走进如诗如画的泸溪,中国盘瓠文化的发祥地,东方戏曲活化石辰河高腔目连

晓凤姐和中国作协主席铁凝在泸溪

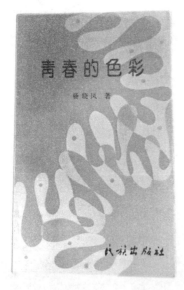

杨晓凤出版的书籍

戏的保留地，屈原流放期间《橘颂》的原创地，沈从文解读上古悬棺之谜的笔耕地，拥有佛道合一的文化圣地天桥山、军亭界原始次森林、沅水风光带。

在老文友泸溪作协主席姚传笑那里得知，在毛九班学习期间异常低调的晓凤姐的神通：泸溪县柑橘研究所党支部书记，泸溪县文联兼职副主席，泸溪县作协副主席。她先后当选县第十五届人大代表，第九、十一届党代表，1984年开始发表文学作品，1993年就在北京民族出版社出版发行《青春的色彩》诗集，给诗集作序的是中国文联原常务副主席尹瘦石之子，中国作家协会的创联部尹汉胤副主任，诗集出版后受到了众多青年朋友的喜欢，甚至有很多读者写信给晓凤姐，说是"读着她的情诗长大的"。晓凤姐在做好本职工作的同时，业余时间还创作不少优秀的文学作品，先后在《民族文学》《湖南文学》《团结报》各级报刊上发表诗歌、散文、报告文学百余篇。其代表作报告文学《一片冰心在玉壶》在民族文学杂志发表，并在省、州、县建党70周年征文中多次获奖。散文《乡恋》，诗歌《等你在夏季》（外一首）选入湘西建州40年优秀文学作品选，散文《寻夫岩》在《贵州民族报》发表后，选入《沅水盘瓠文化游览》，长篇报告文学《大地之子》《中国作家》在新中国成立60周年特辑中刊出，报告文学《椪柑之父的苦乐人生》于2014年荣获沈从文文学奖……

晓凤姐是一位柑橘专家，高级农艺师，还是湖南省政府采购评审专家库专家。从事柑橘理论与技术的科研及技术推广工作39年，多次获省、州，科研成果奖，县人民政府嘉奖、中共泸溪县委"优秀党务工作者"，为泸溪的柑橘产业发展，产业的脱贫致富做出了贡献。

姐姐低调而内涵，很少说自己的成就，她是一个很专一专注的人，因为热爱柑橘事业，年轻时多次放弃了"跳龙门"的调动与升迁，默默地付出，为泸溪的柑橘事业争得了无数荣誉,离开泸溪时,晓凤姐往我车上塞了一个袋子,她说:"是农户家养漫山遍野自己寻食物的正宗山鸡,并在市场宰杀服务点洗得干干净净。"车子开出泸溪的地盘我已经泪目,亲姐姐也不过如此呀,去年,晓凤姐得知我新装修的上书房有一个庭院,特意寄来了四株柑橘苗,一年多了,柑橘苗长成了柑橘树,我想在柑橘树挂果的时候,一定把晓凤姐和赵哥请到上书房来。从年龄来说晓凤姐是毛九四姐中的二姐,如兰般淡泊而清雅。

链接:尹汉胤笔下的杨晓凤

文 / 刘渐娥

我曾三次到过湘西,却依然被那块土地深深吸引着。尤使我向往的,是那条蜿蜒流经这块土地的沅水。千百年来,她滋润哺育着这片多情的土地,同时也记载着这块热土的历史沧桑。

凭流水上,两岸青山村寨如画,往来舟舸木排如诗。而当面对着"一道残阳铺水中,半江瑟瑟半江红"的壮景时,就更加令人心情激动,浮想联翩。

半个多世纪前,这条水上一叶小舟载着一位苗族青年悄声而去,不久,他便在中国文坛掀起一股新风。沈从文,这位湘西人,他笔下沅水两岸美丽动人的故事,不知倾倒了多少人。是这条沅水孕育出了湘西人的聪慧才华,给予这块土地强劲的生命力、创造力。

或许是爱屋及乌的情感吧,在我做文学编辑这些年,对于湘西的文学创作和这里的少数民族作者,便多了一分注意。去年到泸溪时,我结识了杨晓凤,在此之前,她曾给我寄过稿,她主要写诗,也写散文和报告文学,今年夏天当她将这本编好的诗集寄我,说准备出书要我为其写篇序时,我才知道她已发表了不少的诗。

读过她的这本诗稿,我更深地认识了她和湘西人。诗贵真,晓凤的诗,或直抒胸臆讴歌自己的故乡；或浅吟低唱，吐露自己生活中的喜怒哀乐，诚实真挚如将一颗心捧在手上给人看，没有虚饰，没有造作，如同一道清纯透明的小溪，自山间无畏地淌出。

我曾有过带泪的历史 / 也有过深深的悲哀 / 长长的寒夜里 / 曾有过多少期待 / 当寒风抖落一片枯叶 / 我却把一个沉重的音符拣起 / 于是 / 我试着拨动生命的琴弦

面对生活，晓凤是勇敢的，尽管她也遇到过坎坷挫折，但她始终以一颗童心去拥抱生活，"为拥有而创造，为收获而付出，为无悔而求索"，在诗中营造着她的世界。如今商品经济对文学创作冲击很大，不少作者不再醉心于文学，而晓凤不为所动，依然执着地跋涉在文学路上。她曾发自内心地说："写诗能使人进入到一种'无我'的境界，可以给人创造一个超越自我的境界。"可见晓凤写诗是在追求着一个灵魂净化、人格升华、充实完善自己的过程。文学创作的确是一种既令人兴奋感到神圣，又使人痛苦寂寞的过程。人在这一过程中不同程度地都在进行着自身灵魂的拷问与拯救，没有这种心灵的搏斗和苦痛，很难想象会产生好作品。只有那些耐得寂寞，甘于清贫，忍得痛苦，无畏、博爱、具有责任感的人，才可能真正走入辉煌的文学殿堂。

别看我容颜憔悴 / 久久的沉默 / 一个美丽的梦 / 孕育在我的心海 / 漫天的飞雪 / 那是我 / 纯洁的情怀 / 珍藏着春的信念

我相信晓凤诗的春天会到来，因为她不仅有纯洁的心灵，更有勇气经受炼狱。或许这就是千百年来延续着的湘西人的性格吧。

对故乡的爱，对朋友的真，对未来的憧憬，是晓凤诗的源泉。虽然她现在还显得涓细，走不多远，就会断流，需要重新积蓄水量，但当它一旦迸发出来，谁会怀疑她不会走出大山，汇入沅水，带着湘西不尽的生命力闯入洞庭，冲进长江，奔向大海呢。

我以极大的热情期待着湘西，期待着晓凤！

02 _____

梅：喻俊仪

讲述者：喻俊仪

喻俊仪，中国散文学会、湖南散文学会会员，安化县作协副主席兼秘书长；2011年与《读者》杂志签约，多次获各类文学征文奖，入围首届"湘江散文奖"。在《读者》《散文选刊》《湖南文学》等报刊发表散文、随笔二百余篇，在报刊开设专栏，多篇文章被《读者》《今日文摘》《晚报文萃》等报刊转载，入选多种文集。

"曾经，在一个晴朗的日子，站在柘溪水库的岸边，一位库区移民指着水中露出的一截木桩说：那个地方，埋葬着我们家族的先人，因为库区蓄水被淹没，水位高时什么都看不到，水位下降，我就到水边来看看那截木桩。

"又一个晴朗的日子，我坐在家里，看着窗外的阳光，那片湖水、那截木桩就出现了，同时出现的，还有某些在我心里搁了许多年的东西。于是，我写下了这篇关于清明的文章。"这是俊仪姐一部重要作品《清明，一种暗疾定期复发》的题记，此刻，有一种极为清晰的画面感：她看着那位库区移民，我看着她，像极了钱红丽的《独自美好》中说的——翻开旧年日记，漫漶的情绪之水淹过过往年月。

俊仪姐清秀，漂亮，高挑，属于典型的兰花气质，歌唱得好，与毛九砣子张湖平搭档的男女声，是毛九班文娱活动的保留节目。毛九基层作协主席多，俊仪姐也属于其中一位。担任安化县作协副主席兼秘书长，《读者》杂志签约作家，多次获各类文学征文奖，入围首届"湘江散文奖"。在《读者》《湖南文学》等报刊发表散文、随笔二百余篇，在报刊开设专栏，多篇文章被《读者》《今日文摘》《晚报文萃》等报刊转载，入选多种文集，编入中小学教辅资料及中学语文考试习题。

　　毛九毕业的第二年，她担任湖南企业文联《湖南新时期文学作品选》的组稿编辑，发信息给我，点名要我写纪念杨开慧烈士一百周年的组诗《骄杨，在一切玫瑰之上》，我的这组诗虽然得了全国征文大奖，但毕竟是十几年以前的事了，我搞不清她怎么会记得起这部作品，再说那会儿我们也不认识呀，我问起究竟，她很神秘地说：不告诉你。毛九十年，她写了篇纪念文章《一起美好》，文中她很唯美地写道：金秋十月，安化年会如期举行。10月16日，令娥、符勇在同学们之前赶到安化，与滨哥和我一起迎接同学们的到来。同学们从各地向安化聚集，班委会成员赶来了，焦玫从麻阳骑着摩托车赶来了，王家富手臂受伤绑着纱带赶来了，身患重病尚在恢复的梁莹玉、肖荣赶来了……大家握手、问候、拥抱，大厅里的同学越聚越多，而我却忍不住跑到旁边抹起了眼泪。我太激动了，这是我特别期待的时刻。还有，让我特别感动的，是安化年会的主题：陪伴。同学们从三湘四水赶到安化，陪伴正在康复的滨哥。但是我知道，那一刻，也是我们毛九所有同学在时光流逝中的互相陪伴。这种陪伴，是长久的，在毛九，任何时候，都会彼此牵扶，一起前行。

毛九作家安化年会压黑茶

云台山的夜晚,被熊熊燃烧的篝火点亮。勇平班长和丽君、胡娟、兰心、李伟表演了先锋诗剧《我爱毛九》:我爱毛院,我爱2010,我爱2010年5月的阳光雨露二十一世纪美丽的三湘四水,我爱2010年5月开始的时间、地点、人物、事件……我爱毛九方向明,我爱毛九感情深……

友善班长平时不苟言笑,那一晚,也没憋住朗诵了自己即兴创作的诗歌:我想,从今晚开始变坏,回乡霸占一些良田,为毛九四十五个同学,划出一人一亩三分地,种下花草,插上水稻,挖好鱼塘,和同学们一起耕读,当半介农夫,半介渔郎。

那一晚,我与九妹、湖平一起拥着滨哥,又一次唱起了安化山歌。地坪里篝火正旺,同学们的情绪再一次被点燃,即使有磨难,只要我们在一起,就有一份笃定的快乐与喜悦。歌声中,有一些东西在羽化、在新生,生命的格局似乎一下子就打开了。

链接:喻俊仪的阳光

文 / 邱 籽

这是一个雨声不断的下午,因了喻俊仪笔下的一片阳光,我从雨季的灰暗中摆脱出来,进入到光影闪烁的文字之中,极其意外地开始了一次美好而难得的精神行走。

喻俊仪文字的特性,首先在于她诗性的敏感,让她总能在日常中发现深刻,细微处看见宏大,寒凉中感知温暖,晦暗中发现光芒,麻木处感受疼痛。

在散发着陈年气息的档案室里,那一小片阳光,在暗黄的档案卷宗的比照下,如同一个隐喻,也如同一个启示,温暖,新鲜,明亮,充满生命的意味。最为难得的是,她没有让这片阳光一闪而过,她在感知,感受,并享受。她要"赖在这一小片阳光里,不想回家去,想着要搬一个电饭煲来,放到窗台上,用太阳煮一锅米饭,或者,蒸几个红薯"。(《太阳煮饭》)她不想有丁点浪费,希望自

安化云台山上的篝火

己的领口、袖管和口袋都装满阳光。喻俊仪对阳光的珍爱，几乎到了深入骨髓的程度。在阳光中，档案室尘封的事物以另外一种表情呈现。"翻到某一页，我要查找的那桩事件，就被呈现在光亮中。"这些事件，由于阳光的照耀，就有了体温，有了呼吸，有了曲折生动的过程，让人生发出无限的感慨。在这里，阳光完成了一次超越，从庸常变得奇异，从平淡变得诗性。

这样的阳光，让我确信自己最初的直觉，这个女子是明亮的，她在明亮地工作，明亮地生活，即使是在阴霾的天气里，她也顽强地保持并珍藏着这份明亮。可是，这个温暖明亮的女子，却从小感知命运的凄怆。所幸，她有一个睿智的外公。她的外公，是她生命中最温暖的光。

这一束光，引导她穿过幽暗的隧洞，走向开阔之境。"宽厚的桥板上，布满风雨蚀穿的洞眼，而我，正无视岁月的存在，盘坐在这些时光留下的标记上。桥下流水从大大小小的洞眼中缓缓流过，那情形，恰似眼睛里涌出来又竭力忍回去的眼泪。""惶惶中，无数蝙蝠嘶叫着从洞顶压下来，它们用翅膀组成坚实的壁垒，把我当成一只过大的昆虫展开了围攻。"在《蛹变》中，喻俊仪借助流水、蝴蝶、峭壁、隧洞、蝙蝠等事物，来表现自己的情绪起宕与释放。站在隧道出口，"头上的草帽随风飘入水潭，在翻滚的浪涛中浮起又沉没。俯视它徒劳的挣扎，我想起了外公家土院墙下那些幼虫蛹化后留下的惨金亮壳。"她将落水的草帽想象成蛹壳，暗示自己也经历了一场心理蜕变。在这里，喻俊仪对生命有了深沉的感悟，也因感悟而生发了自我超越。同时，我也感受到了其文字散发出来的成熟气息。

一切优秀的散文都有一个共同的特征，就是"在场感"和"亲历性"。只有体验和亲历，作品才会有真实的痛感，深刻的思想，切实的温度，以及人性的光芒。喻俊仪的文字，就像她一直深爱的韭菜，深深植根于生活的泥土，从鲜活的现实中吸收营养，于存在的刀锋下承受疼痛，在时间的流转中参与轮回，从而生生不息，郁郁葱葱，意味深长。《清明，一种暗疾定期复发》是一篇让我疼痛不已的散文。文字深处，呈现着这么多的坟墓，这么多的泪水，这么多的暗疾！无法想象，这篇文字，喻俊仪是如何写出来的。我似乎看到了这样一个画面：泪雨中的韭菜，被锋利的刀刃，贴地割了一次，又倔强地长了一次。然后，又割，又长。伤口还没愈合，又被剥开。反反复复，痛，又痛！

但正是这种疼痛，让喻俊仪的文字抵达了一种生命与人性的高度，并在承受命运的荒谬中获得了一种耀眼的光芒。"每次说起那座山峰，依据它的名字读音，我都会想到极为恐怖的三个字：造骨塬。随着这几个字的出现，整座山头的表层就被骤然刨去，露出土层深处的森森白骨。""等到墓穴重新掘好，艳丽的花圈已经被雨水淋洗得发白，四周的黄土地上，掺杂着暗红惨绿，人世的悲哀离疼，在那一刻演绎得分外惨烈、沉痛，扎进身体的利刺，远远不止一根。那一天，我的身心，每一处，都在承受剧烈的疼痛。"我实在无法形容，这些文字带给我的震动和震惊！

喻俊仪对生命的洞察与感悟是敏锐细腻的。她希望响铃草能够长进父亲的身体治好咳嗽的顽疾，希望母亲从山顶小路去另一个山头与外婆叙话。每一天，她都在恐惧，半夜醒来看到棺材的暗影才略为心安，因为"它在，外公就在"。外公午睡时，她会"蹑手蹑脚走进房间，在床边静静站一会儿，看看他是否呼吸均匀"。

这些几近压抑的文字里，掩藏着一颗战战兢兢的心。扎进她身体的利刺，远远不止一根，她的暗疾，也不止一处，但她仍然记得外公生前用草木灰给新割的春韭敷伤，于是，她心里就想，"或者，人也应该试一试，给自己的伤口敷一把草木灰。"她眼中的韭菜不只是韭菜,是"生之翠绿",是抚慰,是力量,也是一种哲学,一种信仰。

草木灰敷好了韭菜的伤,而喻俊仪,也在疼痛中蛹变。她参照一棵葵花的样子长大,感受世间小而圆的美满,聆听清溪的叙说,在煮一碗白粥的时光里读诗歌,记录女儿带给她的惊喜与快乐,与木槿约定开花的日期。她所热爱的事物,都能追溯到光的源头,这让她的文字有了温暖的底色。她用灵性的叙述,赋予想象力以飞升的翅膀,虚拟和现实交织,细微和博大印证,短暂和永恒融合,在别人不经意的事物和场景之间,给人意外的激动和惊喜,看似随意为之,实刚透出内力与锋芒,现出诗性或禅意。

一些普通的事物,在喻俊仪的文字中也有着特别的意味。风中的茶亭是一个可以减轻伤痛的地方,地震期间的鸽子花寄托着她的悲怀与希望,白饭菜蔬里的栀子花香也让人感念、让人珍惜。她看到的石头"有波浪冲出的水纹,起伏,卷曲,是柔亮的白,是一河江水,涌起春的潮汛。像一个女子,羞怯地别转脸去,只将飘卷的长发,拂在爱人胸上"。另一块石头因为圆得不够饱满,"像今夜的月,离十五,还差两天"(《在月光下寻找一块石头》)。这样的文字,就像镂空的雕花窗,简丽,通透,又有着隐约的奢华。

她淡定地生活,从容地讲述,其文字始终是明亮清澈的,而这种明亮和清澈,又来自她对人的信心、对生活的信仰和对价值、意义的坚守。

当然,面对现实,她也会忧愁、无奈,但没有怀疑,或者放弃。她在寻找,姿态是前行的,也是朝上的!《去找一个神》是喻俊仪另一篇思想厚重的佳作,在其笔墨间,我看到了时代的荒芜,人性的荒凉,以及价值的缺失和信仰之必需。面对形形色色前来申领低保的人,喻俊仪的目光是悲凉的:"申报过程中,不断有人员加入。"有的人,言辞里就含了骄蛮:"这是谁谁答应了的!这是某某的亲戚!还有的人,搬不出"谁谁"与"某某",却更有办法……"喻俊仪的笔,很不情愿地剖开了一个真实的截面,让读者由此看到一个人性的伤口。太真实的事物总是太残酷,此刻的目光,还能投向何处?

"我的目光,转而投向教堂的玻璃窗。"毫无疑问,这个转向,是悲悯的,也是睿智的。这样的目光,也让思想穿过纷纷扬扬的尘埃,从而走向清明神圣之地。"教堂就在办公楼后,只隔一条消防通道。我在这条道上来来回回,可是,除了那次同行,我却再也没有遇到过牧师了。真是有些奇怪。有时候,我正在工作,眼前突然就亮了。我往窗外一看,就看到一缕光束,从教堂的玻璃窗上,轻柔地折射进来,暖住我握笔的手。红色的教堂,在阳光下,熠熠生辉。""那一刻,我就会想起:神说,要有光,就有了光。可是,我又存有疑虑,神在哪里呢?"

我不得不承认,我是被这样缓慢的叙述给感动了,被这样带有神性的文字给感动了!有了信仰,文字是可以飞到高处的,可以像晚祷的钟声一样,带着玫瑰花瓣的光芒,提升人的灵魂。而光,在曲曲折折后,终于照射过来,一直照到眼睛里,心里!

"教堂的门,亦被轻轻地关上。可是,隔得这么近,我却没有看清,那个关门的人,是谁?"

是啊,门关上了,但是聪明的作者却留下了一个问题:那个关门的人,是谁?是阳光?是神灵?还是我们自己?

03 _____

竹：李映红

讲述者：李映红

李映红，湘潭市三中高级语文教师，湘潭市女作协荣誉主席，岳塘区作协常务副主席，《岳塘文艺》执行主编。作品先后在《钟山》《湖南文学》《文学界》《理论与创作》《新创作》《湖南作家网》等刊物及媒体发表。《一面之缘》等多篇散文作品先后获全国、省、市各类文学奖项。出版散文集《情愿做条快乐的鱼》。

我是在《给最美逆行者鞠躬》这篇文章中，得知了映红姐的女儿上了抗击新型冠状病毒性肺炎最前线。同为父母，我能深深体会到文中的那一份担心和骄傲。映红姐是湘潭市三中高级语文老师，湘潭市女作协荣誉主席，岳塘区作协常务副主席，《岳塘文艺》执行主编，教师、作家、编辑三个身份构成了她团结紧张、严肃活泼的内涵和外延。

映红姐在毛九学习期间的遭遇挺囧的，帮扶结对子、摸砣子的时候摸到她的居然是班主任陈嵘老师，被我等好事者冠了一个外号"师母"。母仪毛九可不是件轻松事，常德年会上，她自嘲地对大家说：这啥也没干，白得了个名声，能够娱乐大家，也是一件难得的事情。陈嵘老师得知以后还挺不好意思的，说道：有机会，我们要组织几个同学一起到湘潭去看望一下李老师。切，我们才不去当电灯泡呢，一场哄笑，我们的李老师，我们的映红姐就这么万般无奈挺拔着，像一根顶风冒雨的竹子。

尽管如此，映红姐还是深情写道：

李映红出版的书籍

感谢命运，让我与毛九结缘，让我不仅在 2010 年集中培训的 45 天时间里感受到毛九大家庭般的温暖，分别之后，依然获得其力量，感动其懂得。即便在毕业十年后的今天，只要想到毛九，一幅美好的画面便历历于我的眼前，一件件美好的事情也如雨后春笋般从记忆深处倏地冒出来。

基于年龄偏大、生性爱静、教学工作繁忙等方方面面原因，自毛泽东文学院毕业后，我参加毛九的活动并不多，即便是每年一次热热闹闹、精彩纷呈、被同学们视为毛九过年的年会，我仅去常德参加了一次。尽管如此，以刘友善和胡勇平为首的班委会却有办法和能力将我和毛九紧紧地维系在一起，让我相见不如想念，从未感觉到分离。

自 2010 年下半年至今，我于教学之余，还负责一本由湘潭市岳塘区委宣传部主管、区文体广电局和区文联主办的文艺内刊《岳塘文艺》编辑工作，担任其执行主编。因为是季刊，一年四本，每本至少有十万字的文学内容，又必须保证质量，我便经常找同学们救急。大家总是有求必应，将自己最新最好最有分量的文稿发给我，让我在倍感班级团结的力量之时，还深受激励与鼓舞。十年来，我得到过刘友善、胡勇平、湖滨、袁敏、王家富、刘慧、陈应时、胡娟、符勇、吴志保、王丽君、张湖平、李稔香等同学的鼎力相助。尤其难忘的是 2018 年 4 月，因种种原因使然，临到编辑当年第二期《岳塘文艺》的时候，我才发现"诗歌"栏目缺少一个担纲者，于是一个电话打给老家就在湘潭的律师诗人胡勇平，请他务必发一组以湘潭为内容的诗歌给我。他想也没想就答应了，并于当天下午发来题为"灵魂的故乡"组诗。以其视角独特，意象丰盈，文质兼美，组诗不仅当时打动了我，刊发后还打动了湘潭所有读者。听说，他是特地为我写的，为湘潭写的。这让我特别开心，并感动于他对家乡对毛九同学的深情厚谊。

链接：悠游尘世，心自清扬

——读李映红散文集《情愿做条快乐的鱼》

文／李　薇

《情愿做条快乐的鱼》是湘潭市女作家协会副主席李映红在 2008 年的时候由作家出版社出版的散文专集，收集她各类散文作品六十余篇，近五十万字。我与她并不熟悉，听说她是湘潭市文学界有名的"四红一娟"之一，并在时任市文联主席赵志超（现为中共湘潭市委副秘书长）一篇介绍市女作家的文章里被称为"大姐大"，不由让我对她产生了浓厚兴趣。文如其人，虽然无缘见到她本人，但最近我却设法弄到了她的这部散文集，如果认真细读，我想与结识她本人应该是有异曲同工之妙的。

果不其然，在这多雨深秋的一个双休日，本该轻染秋愁，我一口气读完了她的散文集，不但感觉与作者神交已久，还从中找到了一种积极的人生态度。庄子曰"子非鱼，安之鱼之乐"；而鱼非我，又安知我读书之乐矣。

本书分为四卷，第一卷"其乐融融"，是作者分享生活中快乐积极的感受；第二卷"品味人生"，则多了对人生的哲思和苦涩体验；第三卷"亲情无限"，在对至亲的点滴刻画中，最打动我的是作者对女儿的满怀深情；最后一卷"友爱常青"，则是对好友的怀念或感动。

行到水穷处，坐看云起时

生活本是一条沉静的河流，有过波澜四起，叱咤风云，但最后总会归于平静。沉静才是生活的真实。我们要做的，就是在这有限的生命河流中，绕过汹涌的急流，做条优游自在的鱼。

　　《平淡也快乐》一文，作者叙述在韶山大坪的一次春游经历。因为听说大坪是韶山最偏远的一个小山村，禁不住对这贫瘠的地方生出些许不屑；然而当作者真正踏入这个小村之后，才发觉"眼前的景象完全超出我的想象，尤其摘到久违的乌泡子之后，更是开心惬意，仿佛吃了仙丹回到少年"。童年是一生中最美最纯的时光，看到童年时代的最爱乌泡子，被尘封已久的记忆又鲜活起来；"我"童心大发，生怕错过这次机会，竟然尝起传说中有毒的蛇乌泡来！多久没有干过这样的傻事？心中竟然还浮起阿Q式的张狂与得意……平淡的生活，使得人失去了热情，快乐也变得迟钝起来，然而平淡才是生活的本质，保持一颗柔软的心，就会在平淡中找到快乐。

　　有一种快乐是不期而遇的，转过下一个街角，你永远不知道等待着你的是什么。《一元钱的享受》就是这样。某个夏日的傍晚，"我"和一个朋友一道，想寻一个可以纳凉歇脚的地方，然而"我们"在蒸笼般的街道上跋涉了三个多小时，却一无所获，气馁至极。最后来到新建成的三大桥，这里的桥墩下居然有一排排凉椅供人纳凉聊天，并且还提供茶水，你只需支付一元钱，就可以享用这无限美好的夜晚。之前所有的煎熬仿佛就是为了等待这一刻的到来："我们"在靠近水边的两张凉椅上躺了下来，一人捧上了一杯清茶，将自己融入这

毛九班班母李映红和班嫂袁敏

静谧的黑色之中。躺在朴实的竹椅上,就像躺在母亲的怀抱里,给人一种返璞归真的惬意,"似水流年,往事如歌,都静静地荡漾在眼前这波澜不兴的水面上"……美丽的事物难以避逅,美好的场景也难再重演,那次一元钱的经历就这样在忙碌的生活里成了唯一。当然,美好的回忆是不能用金钱来衡量的,它值得我们永久珍藏,历久弥新。有一种快乐近在咫尺,无需长途跋涉,它就像一扇深绿的百叶窗,只需你轻轻一拉,阳光就透了进来。

教师这门职业,重复的讲义,流水的学生,生活仿佛一堵厚厚的围墙,若是不凿个洞开扇窗,就会窒息而亡。《课余》讲述的就是办公室里的课余生活:为着学生的表现"窃窃私语者有之,眉飞色舞者有之,唉声叹气者有之,义愤填膺者亦有之,总之胸中块垒,一吐为快";或是玩笑态度插科打诨,大到国计民生,小到家庭琐碎,议论纷纷,乐在其中。

另外,《钓龙虾》中屡屡得胜的钓虾人,《独自登山》中超然物外的登山者,《情愿做条快乐的鱼》中尽情舒展的美人鱼……斗转星移,白驹过隙,在生活的海洋里,无时无刻不在翻涌着急流,我们要做的是,任其自然,随心而活。

露从今夜白,月是故乡明

这一卷以亲情为主题,细节往往最能打动人心。作者用细腻的笔调,将至亲的一幅幅肖像画展现于我的眼前。

父亲是位教书先生,一支粉笔,两袖清风,三尺讲台送流水书生,从来都是淡泊名利。在《悬画的空白》里,父亲退休后转而向画坛修行,扬言要在"我"的新居里挂上一幅自己的得意之作。如今父亲的作画水平虽然已经大有提高,并且屡有画作发表,然而"我"的新居墙上却仍是空白;不是父亲食言,却是爱女情深,一直在追求更高的作画境界,方能将之赠送。父亲是个严肃认真的人,"我"虽已挑中好几幅画作,却都被父亲拒绝了。而"我"也明白,这是父爱的一种表达方式。都说父爱是深远的海,愈深愈无声,悬画的空白处,填满的,正是这深深的父爱。

在《灯笼似的眼睛》中,毕业于湖南第一师范的母亲形象靓丽,有对灯笼似的大眼睛,能歌善舞,热情大方;对于小眼睛小鼻子小嘴巴文文弱弱柔柔顺顺的"我",一直关爱有加,苦心教导。无奈女儿总不能朝母亲期望的方向发展,"我都会把摇曳多姿的京剧唱得催眠曲一样直白平淡""我身上的活力与朝气如何激发得起";于是,母亲只好改变自己,最大的心愿就是让自己的女儿每天都开开心心,快快乐乐。看到年已花甲的母亲想尽办法带动"我"热爱生活创造生活,"我"又有什么理由拒绝呢?世上唯一没有被污染的爱,便是母爱。每个母亲对女儿都极为相似,都有着一颗纯真的赤子之心。

杨晓凤(中)在凤凰沱江

在《金口玉言的女儿》中,我感动于作者在提到女儿时的那种深情。"也许,女儿当当生下来便睁一只眼闭一只眼,一副看透世态炎凉的神态决定了她以后的行为与个性",女儿对人的清高、冷漠,在外人看来是自闭或不通人情,别人常开玩笑说"当当不理老百姓",言笑之间多少有些埋怨;但"我却不以为然,正如鲜花,牡丹固然艳丽,野菊花亦自有它的魅力"。

交心不交面,从此重相忆

墙角的岁月剥落,那泛黄的记忆,穿越了时光的空隙出现在我眼前,往事历历而现,仿佛观看一场老电影。

关乎友情。

深秋已至,又到了柚子成熟的季节,若是再闻到那幽幽柚香,怕仍是会止

杨晓凤和本文作者在岳阳三江口

不住地回忆满天。

在回忆性散文《柚香悠悠》中，我惊奇地发现了我们湖南科技大学刘德顺校长（编者注：现为党委书记）的身影。那个印象中温文尔雅的校长，曾因一篇演讲稿《我们的学生是最好的》让我倍受感动的校长，原来他和作者是高中同学。他和作者一道，同是作者父亲的弟子。文章中，他聪慧过人，"不止被我们同学视为不可思议，父亲也多次在班上表达过自己的诧异和惊喜"；同时，他还是一个运动健儿。原来他喜欢大柚子的原因就是用它来投篮，并"出手不凡，十投九中"。午休抑或放学之后，有一个明朗、阳光、青春飞扬的少年在乡村学校土坪操场上投掷柚子，这就是我们三十余年前的校长。透过作者的文字，我为窥见一个不为大众所知的校长形象而欣喜不已。

在这一卷散文中，让我印象颇深的一篇是《良师益友》，主角是江立仁老师。江老师虽是湘潭市作协的名誉主席，既是编辑又是作家，还曾是教书育人的老师，却没有半点架子。当作者寄作品求其指点时，都是有求必应，有问必答，"甚至有一天，非常寒冷，我上完课后顶着北风走向办公室，却发现江老师戴着绒线帽、围着长围巾正儒雅地站在我的办公室门口"，原来是有篇文章他想当面与作者谈谈想法，得老师如此，夫复何求！

文因有情才动人，我被《好人就是天堂》的开头所吸引："也许，心境被太多的乖戾与困厄涂抹过，便特别能够感悟平常生活中每一次人性的闪烁"，是什么样的经历让作者有如此感慨？生命总有那么几次紧要关头，熬过来了就继续走下去；熬不过，人生的足迹就在此终止。"怎么也不能忘记那个非同寻常的日子"，1996年腊月二十一日，这一日，"我"与死神擦肩而过，是生命中的一些好心人，将"我"从鬼门关拉回。怎能忘怀，在"我"因剧痛而寒战不止时，学校女工委员宋新莲毅然用体温来温暖我冰凉的身体，而她温暖的，又岂止是身体呢？正如作者所言，好人就是天堂。

有一种友情，叫君子之交淡如水，萍水相逢，各自为家。像《意外》一文中，首先遇到韩国人郑先生，就是一个意外；为他补习了 35 天汉语，是意外中的意外；后来，师生居然结下了深厚的友谊，更是意外中的意外了。然而生活就是如此不可预料，转一个弯，可能是一片荒漠，也可能是一片绿洲。

读完这本散文集，我为作者的行文方式所倾倒，于抒情中兼带哲理思考，沉静的气质轻透纸背。清静如水的心态，在当今繁杂的社会中，不失为一种独特的风景。而我也明白，人生在世，不如意之事十有八九，何不潇洒自在地活这短短几十年，有道是千磨万击还坚劲，任尔东西南北风！

04

菊:德锦二芳

讲述者:徐德芳、杨锦芳

徐德芳,永州市义工协会骨干成员。喜爱文学、摄影。文学作品《爱的传承》获全国"芙蓉杯"赛三等奖,摄影作品《龙腾虎啸庆丰年》获湖南省"欢乐潇湘"二等奖,在省级以上报刊发表各类文学作品二十余篇。

早几天夜里接到德芳姐的一个微信:胡班,晚上好,借林妹妹大婚机会,可将长沙年会到邵阳崀山林妹妹玉龙山庄办怎样?一、代表毛九娘家人的集体祝愿。二、可以照顾她的生意。三、活动和费用会比长沙办好洽谈些。我好无语,毛九10年庆,申办权由长沙取得,怎么可能去邵阳办?我不但不恼,反而心生一丝敬意。

当年,德芳姐为响应企业改革的号召,从中烟集团零陵卷烟厂办理了内退手续。退下来后,不再忙碌的日子让她很不适应,一位领导对她说:"你还年轻,爱好也不少,选择做一些自己喜欢的事情,岂不是很好?"她细细体会着领导的话,忽然想到,自己在岗时可是厂里有名的"笔杆子",做了多年的厂报特约记者,还有很多文章发表在各种刊物上。内退了并不代表就不能写作了,于是,徐德芳重新拿起了笔,为了更好地写作,徐德芳还学习了电脑知识。她将文章发表在网上后,一些知名报刊主动与她联系约稿,她的写作生活迎来了新的起点。

江华瑶族自治县成立五十五周年庆祝大会

杨锦芳、徐德芳与毛九同学出席瑶王节

　　在毛九学习期间,徐德芳已经竞岗到永州零陵区朝阳办事处工作,任社区副主任,她用一段很形象的文字比喻我们毛九:在寒冷的冬天,蜂箱里所有的蜜蜂会紧密地团在一起,形成一个球形,这个球形一直在移动,球形表面的蜜蜂,不停地向球心移动,球心的蜜蜂则不停地向球形表面移动,循环往复,周而复始。原来冬天蜂箱里的温度只有几度,而球形中心内部的温度却有 24℃左右,为了抵御严寒,聪明而勤劳的蜜蜂,便用抱团取暖、互换位置的方法不停运动,为的是每一只蜜蜂都不挨冻。

　　2016 辞去了社区副主任,参与永州市义工协会,帮扶、助学困难儿童,义务助学。业余时间写作和摄影,两项都有不俗成绩,文学作品《爱的传承》获全国"芙蓉杯"赛三等奖,报告文学《浪尖上的踏歌》刊登于《莲开潇湘》杂志。系列散文刊登于《湖南工人报》《文学风》《潇湘晨报》《东方新报》等报刊。摄影作品《龙腾虎啸庆丰年》获湖南省"欢乐潇湘"二等奖,获永州市一等奖、摄影作品《像蝴蝶一样飞》《火花人生》《人面桃花春茶香》等摄影作品,多刊发于《东方烟草报》《永州日报》《长沙晚报》等刊物。

　　毛九还有一位从永州来的女作家杨锦芳。她和徐德芳一样都是佛性人,在毛九同学中,她们俩真的像极了自己的家姐家妹,我们真的好喜欢看她们各穿一套运动服,举个相机给大家拍照的样子,我和德芳姐有一个约会一直未能成行,那就是去看蓝山民俗文化协会主席杨锦芳,想到锦芳那里去找点民俗故事做写作素材,都被这个事那个事活生生耽误了,前不久,在微信里看到了杨锦芳关于毛九的讲述:

　　每年在毛九年会上,同学们照例是要向全班同学汇报工作、生活(包括感情生活),今年湘西凤凰年会最让人记忆深刻的是我们的胡滨哥,早在两个月之前就在群里问何时开年会,今年他拿起话筒就说:"我一年有300天假,还有65天自由安排。"今年他又唱起了他的经典曲目《摸秋》,昔日的滨哥仿佛又回来了。滨嫂感叹道:"滨哥健康人时,他是公家的,只有1%属于我,现在病了,才100%归我。"滨哥本是一个风流倜傥的大才子,大前年因为煤气中毒,加上误诊,几乎成了半植物人,失语,失忆,行动不便,多亏了滨嫂的精心照料如今才恢复成这样子,医生说这几乎是医学上的奇迹了。他在长沙医院里的那段日子,也是毛九最揪心的日子,群里天天在讨论该怎么办,隔三岔五有人煲汤送去,有人去给他按摩,45个毛九同学,有多半的人上医院去看望过他。现如今滨哥在滨嫂的照顾下,过得很是逍遥自在,天天在群里发些花花草草和旅游的照片。

杨锦芳,七十年代生人,供职于蓝山县政协,现任社会法制和民族宗教委主任,蓝山县第七、八、九届政协委员,现任第九届政协常委。湖南省作家协会会员、市摄影家协会会员、县民间文艺家协会主席。

　　今年胡娟没来,少了好些热闹。人都说好看的皮囊千篇一律,有趣的灵魂万里挑一,毛九属她最热心、最有趣。天天在群里看她同人斗嘴,看她朋友圈晒南瓜、晒豆角、晒妹妹狗、晒小灰狼(她儿子),热热闹闹的充满人间烟火气息。每次去长沙都喜欢找她玩,两个人去坡子街吃臭豆腐,去湘江边看夕阳,顺便八卦下

毛九的新闻。

年会中,大家对 14 个州市轮完一圈之后的年会如何继续又有了新的想法,湖南开完了,我们到全国各省开,全国开完了,我们出国开,甚至还想到了抱团养老的问题,毛九人一起养老。十年之前,我不认识你,你不属于我,十年之后,我们成了相亲相爱的一家人。如今我们便先说好,今生,永远不散。

狼在中国的传统文化中一直被赋予贬义。狼性凶残也,俗语豺狼虎豹,让人想起面目狰狞、嗜血成性这类词汇。近年来刮起一股对狼性大加颂美之风,似乎中国积贫积弱,是因为缺了狼性。自《狼图腾》开此先河以来,狼在国人心目中的地位,便有扶摇之(应为"直")上之势。毛泽东文学院第九期作家班中,便出现了"七匹狼"之谓。起初,吾心并不认可,觉得有盲目追风之嫌,若是"戏称",又何必非要以狼命之?然而不久,我便不断读到"七匹狼"的作品,虽然他们各自的成就不一,但其作品都有一共同的特点:植根故土,源于生活,感于时势,直面人生。他们以文会友,因文结谊,他们像狼一样"群居一室""目标一致",基层的生活经历,曲折的人生道路,共同的志趣爱好,文学院的因缘际会,使他们结下了深厚的文学之谊。

伍

七匹狼与毛九文学现象

千山万水人海相遇，"缘"来你在这里

梁瑞郴:"七匹狼"——文学的挚子

自古文人相轻,易散难聚,文学史上虽有"建安七子""初唐四杰"等文坛佳话,然而文人不团结的这种积习,弥久不消。

"七匹狼"是我从内心喜欢的一种文学现象,重情有义,有理想有追求,在今天如此物欲异化的现实生活环境中,保持内心世界的一份恬静,视文学为生命的一部分,由此把持住精神的高贵和人格的尊严,他们既不玩伪清高、伪深沉、伪孤独,也不玩假超越、假小资、假无谓。他们对生活,对创作,都坚持自己的正途。吴志保是凤凰小城之子,他既保持苗族汉子的血性,又充满对这片土地及其先贤的敬畏与追慕,他的笔下,永远是那样彪悍、温暖与真诚;陈永祥则是瑶山的儿子,他对瑶山及其瑶民的描摹,永远让你充满新鲜的感觉,他坚持在这片土地耕耘,让人有无限的期待;陈应时生活在湘东(应为"桂东")大山之中,他既有山民的不屈与豪爽,又有山石般的诚信与守诺,他总是直面曾经的生活,敢于触怒权势者,读他的作品,犹见投枪与匕首;王天明是在基层干部岗位上历练,修得三昧真火的人物。他表面憨厚,但内心缜密、周致,他的作品总是以自己独有的生活经验,展示许多鲜为人知的世界,在平实之中见出作品的风骨;邓道理从表面上看,憨厚而有些腼腆,但张家界的山水涵养了他内心的机巧与智慧,他的笔下永远是张家界奇山秀水的精魂,奇幻而美丽;周正良可谓洞庭湖的"老麻雀",他沉稳而厚实,但内心却无比恣意与放纵,读他的充满湖乡情绪的诗歌,你会感受到洞庭湖涌起的波浪;而张湖平可谓湘南临武的才子,他永远是那样不疾不徐,但他的散文则是那样徐疾有致,张弛有度,他善于从"方志"中化出文学的素材,培植于家乡的土壤,于是开出一朵朵青翠欲滴的小花。

虽说他们并未取得很高的文学成就,但他们的执着,他们永远让自己的文学是"有土栽培",这是值得赞赏的。我以为,保不准哪一天,"七匹狼"中会有惊世之作出现,我期待!

我还看到了一种现象,就是本职工作做得很好,平常文学作品不多,也不靠创作解决生存问题,但是内心深处对文学炽热,很忠诚,让他们的人生多了一份精彩。毛九学员中如陈永祥、张湖平、吴志保、陈科、孙祝君、梁莹玉、徐仲衡、肖云、郑学志、胡滨、郑安戈、符勇,都在本职工作中取得了较好的成绩,虽然创作不可避免地存在着局限性,但都能从其已有的作品中看到他们的文学修养和人性的光芒。

荣誉证书

第九期作家班502寝室吴志保、陈应时、张湖平、陈永祥、周正良、王天明、邓道理共七位学员尊师爱友，团结勤备，被誉为"七匹狼"，经民主评定为优秀团队。

特发此证，以资鼓励。

毛泽东文学院
二〇一〇年六月二十日

01

七匹狼

讲述者：吴志保、陈永祥、周正良、张湖平、邓道理、陈应时

引言：2010年6月20日，毛泽东文学院颁发了一张很特殊的荣誉证书，内容是这样的：第九期作家班502寝室吴志保、陈应时、张湖平、陈永祥、周正良、王天明、邓道理共七位学员尊师爱友、团结勤奋，被誉为"七匹狼"，经民主评定为优秀团队。

　　苍狼吴志保,笔名江凌先生、江林等,湘西自治州作家协会副主席,湘西自治州教育考试院副院长。参加工作以来先后两次受到教育部考试中心表彰。2009年任湖南作家网湘西分站散文、小说等多个版面版主,作品散见各文学网站和期刊,长篇小说《垂钓江湖》《青春的阳光》(暂名)、中篇小说《太阳风》出版中。

　　走进同一间宿舍,王天明、邓道理、陈应时、周正良、陈永祥、张湖平和我一开始就进入了兄弟模式。有酒同醉,有茶共饮,有盐同咸。然而在文学上他们几个的造诣让我难以望其项背。王天明、陈应时很早就出了小说集、散文集,当时的陈应时《官险》还在热卖中。邓道理、张湖平、陈永祥虽然年纪不大,可都是资深的散文老手,散文集也是一本一本地出。周正良当时还是名声正劲的诗人。和这帮人在一起,耳闻目染,就算我水平再低,也能浸到一些咸淡。我们私下里自称七匹狼,周正良喜欢拨弄相机,自领色狼,王天明鼾声嘹亮,

毛九湘西凤凰年会在听涛山

公推为夜狼,我居大山深处,难得一见勉为其难,暂叫苍狼,邓道理面对夜狼的嚎叫,一点意见也不提,搬被子到客厅倒头就睡,属典型闷骚型,就叫闷狼,陈应时才高官险,叫豺狼,张湖平帅气冲天,女人缘好,叫花狼,陈永祥半夜不归,不是花间喝酒,就是近看湘江,是野狼。

　　这些狼,把整个寝室当作道场,毛九的同学一个个都是得道高人,在这个道场传经论道,高兴不高兴都来,满意不满意都归。这个道场率性而为,各取所需,物竞天择,适者生存。

　　在这种传经论道中,升华自己,也感动他人。

　　野狼陈永祥,江华瑶族自治县文化馆副研究馆员,江华诗词协会副主席,江华音乐家协会副主席,出版专集《江华民族民间故事集》(2011年获首届永州文艺奖),《山里那些嫂子》,《六月六的传说》(获省文艺家协会评奖一等奖),《香草,香草》(2009年获散文百家优秀奖),歌曲《瑶山追梦》在(2016)潇湘好歌传天下征集中获银奖,被湖南省文联、省音协评为湖南十大金曲之一。

　　总镜像:2010年6月20日,毛九毕业聚餐,七匹狼提议毛九25个男同学平均白酒每人半斤,不够再加,25个半斤装的玻璃杯,满满地摆在一张桌子上,大家排着队端自己的那一杯,没有一个装怂的,参加我们聚餐的《文学风》编辑张吉安老师,伸出大拇指,说了两个字:梁山。

　　镜像1:2012年12月12日傍晚,张远文出差怀化需从吉首转车,告知吴志保途经贵地,报个到,志保一问,离远文上车总共还有一个小时多一点,出来吃饭显然不可能了,于是请食堂大师傅炒了两个菜,拎了一瓶酒直奔火车站,在候车室找了一个地方,铺了一张报纸就喝上了,临上车,也没有什么诗情画意,志保冲着远文直嚷嚷:酒没喝好,下次早点。

镜像 2:2013 年仲夏，陈应时邀班主任陈嵘和七匹狼到桂东小聚，桂东县城悬着大幅横幅：欢迎湖南知名作家莅临桂东，当地报纸、电视台的记者蜂拥而上。晚宴，陈应时私人掏腰包请大家喝酒，后来统计，那晚喝掉的土酒大概四十斤，陈部长第二天喜气洋洋地说：这么多大作家到桂东来，不让大家

陈永祥出版的书籍

把酒喝好，留点诗文，我怎么对得起桂东父老？

镜像 3:2011 年永州江华瑶族盘王节，我请了几位毛九作家助兴，上一届师兄对七匹狼出言不逊，引发两个班师兄弟长达两年酒战，最后师兄们向七匹狼求和，媾和的条件是：如果毛九的哪一位师弟看上了上一届哪一位师姐，上一届师兄们绝不干预。2015 年安化云台山年会，云台山风景区的老总几个人酒桌上开始挑战胡勇平，他是晚会总指挥，怎么敢接，顺势叫七匹狼出场。东道主令娥的先生刘剑文本来就对七匹狼不服气，说了一句：什么七匹狼？七

毛九的酒

只老鼠,谁怕?我在一旁听得真真的,端了一杯酒就过去了,不到半小时,刘剑文先生跌跌撞撞走出来了,我后面还有一位开始口吐白沫,毛九的年会上第一次响起了救护车的警报声。

中国自古就流传着"无酒不成礼""无酒不成席"的规矩,也形成了中国别具一格的酒文化。"朋友来了有好酒,敌人来了有猎枪"用在毛九人身上也许再合适不过了。毛九人喝酒喝的是豪气与侠气,喝的是一生不变的情感。毛九人有个不成文的规定,不赌博,不攀比,不欺诈。同学见面,有朋自远方来,开口就是"上酒来!"有酒就有故事,毛九的酒故事就这样开始了。从 2010 年毛九开学到 2015 年云台山响起救护车报警声,毛九的兄弟们几乎喝翻了所有的毛院师兄,下几届的师弟几乎是望风而逃。十八大以后,中央对公务人员的禁酒令下来了,岁月不饶人,毛九女同学胡娟也发起了毛九限酒运动,大家聚会,白酒不超过 2 两已成新的班规,毛九十年年会要开始了,兰心的先生一年前就在茅台酒厂封缸了 100 公斤茅台,还特意请水运宪老师题了字。再怎么说,毛九的酒故事已经成了传说,酒香飘在毛九作家的诗文里,在三湘四水作家的故事中。

链接:瑶族文学的两朵奇葩

——读《山里那些嫂子》

文 / 杨金砖(著名学者,编审,主要研究潇湘文学与潇湘文化)

(一)

瑶都江华的确是一个人杰地灵的地方。

自从唐元结以来,江华就成为文学艺术的一片热土,阳华岩石刻保存之完好今已成为中国石刻文化中的一绝。

其实,在瑶民族中,从来就不乏文学高手。他们文学细胞丰富,艺术感悟力强,凡是能说话的都能喊歌,凡是能喊歌的无一不会文学。因为在瑶山里喊山歌,从来就是自编自唱、现编即唱的,或粗犷、或细腻、或婉转、或幽丽,打情骂俏、喜怒哀乐,唱来或如泣般的凄婉,或如火般的辛辣,或如诗般的悠扬。

也正是因为江华的神奇与美丽,在20世纪80年代初期,我记得市文联的李青老师时常带领文学青年,走进瑶都,或名曰文学采风,或称之体验生活,或标称创作辅导,其实,无非就是来江华沾一点这里的灵气,从瑶民族的古朴与热情中获取创作的灵感。

江华的山山水水,不仅滋养了一批又一批文人墨客,更是孕育了一批又一批有影响的文艺作品,培育了一代又一代文艺新人。

如叶蔚林的《没有航标的河流》《蓝蓝的木兰溪》,连续两次荣获全国大奖,这在中国当代文学史上是极为罕见的。叶蔚林从此而成为文坛湘军中的一位虎将,并穷其一生也无法淡忘瑶山的一往情深,这就是瑶都江华的魅力所在。

在这片土地上走出了如江南雨、黄爱平、李长红、周生来、周龙江等一批本土作家,更是培育了如陈茂智、陈永祥、郑万生、唐崇慧、文霖、孙春涛、刘朝善、唐自水等一大批文学香客,当然,这里离不开众多文学爱好者的顽强拼搏,离不开叶蔚林等前辈的引领和耕耘。

江华是一个文学大县。每年出版的文艺作品不仅数量丰硕,而且还相当有品位和特色。譬如,新近我所拜读的陈永祥的《山里那些嫂子》与彭式昆老先生的《漕滩露宿》,就是两部很有特色与分量的散文集。

(二)

陈永祥是一位有后劲的作家。他说他是一匹"野狼",但是,从他的作品里所读到的不是"狼"的野性,而是"狼"的内秀和柔情。这正如其新作《山里那些嫂子》一样,我不时翻阅,每次收获的都是浓浓的"故乡情"与别致的"瑶山韵",而山里嫂子的野性与婀娜,我读遍全书,才只发现一篇不足2000字的小文章,并且这 2000 字的文章里也不见半点山里的野与"狼"性的"狼"。他的文章,给我们带入到了一个真切的瑶山世界,带入到了一种自然的山水之美与民族风情之中,陈永祥君的这种匠心独运体现他的审美追求与写作理念。

他的"故乡情"里,所描述所书写的是一种浓烈而感人的亲情乡意,文章虽不多,但每一篇都很耐读,读后给人许多回味。仿若那些迷失已久的童年生活又鲜活地飘忽在我们的眼前,勾起我们深深地追忆和怀想。在那个吃不饱饭的年代,生活的艰辛与内心的苦楚的确是不堪回首,但劳作之苦一旦过去,而留在心里的却是一种人间真情的愉悦。

如陈永祥的《故乡的油榨坊》,其情其景仿若就是自己亲历过的一样。读着它,不时闻到童年的油香,回到当年榨油的场景。在我的印象里,宁静的山村,寒冬的夜晚,油榨坊是最为热闹的一个去处。这里温暖而温馨,这里不仅有叙说不尽的奇闻趣事,更是聚集了一批体魄健壮的汉子,在铿锵的碰撞与号子声中,热腾的茶饼中汩汩地冒出金黄的油来,给人以希望和力量,给人以喜悦和兴奋。当然,这里也不乏男女之间的打闹与调笑。陈永祥在文中这样写道:"有时,一些年轻姑嫂或劳作、或串门打从油榨坊路过,闻到油香味,也打个横脚拐进去看看热闹,总会引来榨油汉子一阵打闹、一番调笑。这时,榨油汉子的一身寒气、疲乏烟消云散……做起事来更加来劲。或许,这一冬,那榨油汉子不再清冷、不再寂寞……"

这种古老的土法榨油坊,已随现代科技的发展而成为历史的记忆。今天,我们即便是走进更深的大山深处,也难以去寻获这种吱呀作响的往昔情景。我们从对古老榨油坊的怀想中发现,我们固有的文化基因在时代的前进步伐中消逝得太快,湮灭得过于干净。

著名作家阎真大师认为乡土作家中都有这样一种现象,即对苦难往昔的眷恋与对现代文明的惶恐。这是人之为人的一种矛盾,是人的复杂情感的使然。人们一方面对现代文明紧追不舍,另一方面又对苦难的过去万分憧憬,这是一种二律背反。在陈永祥的许多作品中都表现了这种心灵深处的矛盾和思维情感的纠结。如《故乡》《儿时家园》《父亲》《母亲》《又闻故乡桂花香》等篇什中,对过去的清贫生活和艰苦日子进行了大量回忆与控诉,但字里行间又不无流露出一种对过去平淡生活的追忆与留念。这就是矛盾所在，谁都不愿意回到过去那种清贫之中，但清贫日子一旦过去，而痛苦的磨难则成了一种珍贵的阅历和美好的幻境，反而有些难舍起来。其实，我认真琢磨这内心的纠结，发现我们所憧憬的并不是昔日那种困苦与清贫的生活，而是过往的那种根植于骨髓与灵魂的文化，而这种融入血脉的文化正在遭受现代文明的重创。

时代的车轮不可能停息，过去的日子只能成为日渐荡远的记忆，过往的文化也必将被今天的文明所取代，这就是新陈代谢，或说吐故纳新。玩穿越时空的游戏那只是一种痴人梦呓，而于现实毫无意义。但是，在多大程度和范围中去保持一种新旧文化的平衡，即在何种程度上去有目的地保留那些稍纵即逝的濒危文明，这则需要我们必须要有一种文化自觉与文化责任。在现代文明的进程途中，要有计划有意识地保留一些固有的文化传统和一些标志性的文化符号，发扬其光大，使其融入现代文明的洪流之中。同时，这也是文化的保持地域特质和固有特性唯一出路。

谈及文化的地域性和特色性。在文化的国际化、大众化、普适化的进程中，文学的同质化现象非常严重。这就犹如我们的城镇化与都市化建设的过程中，不再有地域性视角区别。如进入北京，若不去故宫，不去天坛、地坛，不去陶然亭，在街道上行走，无论是王府井，抑或是西单，都无法想象它与其他城市的商铺有何区别。无论我们身在何处，心中都无法产生古人那种"今夕何夕""家园何处"的惆怅。想家的时候，有在线 QQ，有可视电话。出行有高铁和飞机。在"坐地日行八万里"的梦呓与现实中，曾经偌大的世界今已成为一个"小小寰球"，乃至成一个村落。因此，尽管我们人在天涯，却怎么也找不到半点背井离乡的愁情别绪；尽管我们踽踽孤行，也很难回过头来望一望心中的故土。我们一路高歌豪情万丈地融入世界的时潮之中，蓦然回首发现自己已不再是原来那个有个性的"我"。

在 20 世纪，我们读鲁迅、胡适、沈从文等大师的文章，发觉他们的写作都彰显着自己的道义，他们文字都有鲜活而灵动的个性。但是，网络化与城镇化的结果，过去的那种民族差异日趋淡化，地域文化不断迷失，家园情结愈益邈远,同质化日趋严重。由同质化而带来的审美疲劳与视觉痛苦,已成为当代文学的最大隐痛,它不仅磨灭了文学创作的灵性,更是磨灭了人们阅读的快感。于此,我们庆幸的是,在瑶都江华这片土地上,还能有人坚守民族文学的阵地,充满对本民族原生态生活的激情与憧憬,这是令我们万分欣喜的。陈永祥先生的《山里那些嫂子》给我们保存了许多瑶民的原始记忆与文化符号,记录了许多湮灭不再的故事,如《瑶人圣地千家峒》《盘王的故事》《香草、香草》《瑶家老鼠嫁女节》《勾蓝瑶洗泥节》《阿妹节》等等,这些精美别致的故事,不仅让我们对瑶民族的风土人情与历史掌故有了更深更系统的了解,让我们看到了瑶民族的可亲可爱与勤劳朴实的生活状态,更让我们被其文学之美的感染和艺术之力的震撼。

于此,我不由得想起天上的那轮明月来。我们之所以对天上的那轮明月感兴趣,是因为有曹操、张若虚、李白、杜甫、苏东坡等代不乏人的吟咏、描摹和渲染,才使我们心灵深处有了与生俱来的月亮情结。假若在我们的文学作品中,没有张若虚的"春江花月夜",没有李白的"床前明月光",没有杜甫的"今夜鄜州月",没有苏东坡的"明月几时有",我很难想象今天有谁能从这轮照彻千古的明月中读出"寄盼故土""怅望家园""感伤身世""悲叹人生"的愁绪与忧思来。

陈永祥君的"瑶家韵"系列散文,恰恰以细腻的笔触和灵动的文字为我们很好地勾勒和描绘出了瑶民族那轮让人眷顾与不舍的心灵之月。瑶民族千百年来以大山为家,四处飘荡,他们勤劳而智慧,果敢而善良。恬淡简朴的生活使他们形成了本民族特有的风格与气质。永祥君的文章对此进行了自己的开掘和整理,为我们留下了许多弥足珍贵的民族故事和诗一样的文化篇章。

诚然,陈永祥君的文章在许多地方还只是给我们呈现了一个大概,如《瑶家的婚嫁歌堂》《瑶家血泪凝固的长鼓舞》等篇章,完全可以继续深化,将其写成像余秋雨式的或李元洛式的大文化散文,而陈永祥君则多是戛然而止,未能写出其本来的厚重和丰富。又如在部分散文的结尾处变化不大,读来给人有一种模式化的印象。在个别散文中对事情的记述有余,而个人情感融入得不足,给人一种干涩的感觉。因此,建议陈永祥君在今后的创作中,尽量再"野性"一点,再纵横驰骋一些,凭借现有的天赋与才情,定会创作出更有分量、更有力度的作品来。

摄狼周正良,1987年底入伍,2008年退役,陆军中校,现供职于岳阳市人民防空办公室。马拉松国家二级运动员,中国民俗摄影家协会会员。1988年开始文学创作,军旅诗人,系湖南新乡土诗派早期主创诗人,并参与《诗歌导报》创编。早期作品散见于《解放军报》《南方文学》《战士报》等军地报刊。参与《湘江颂》《榜样的力量》等大型诗歌创作活动。作品入选多种文学读本。

那就从今年毛九班委会的新年贺信说起吧。

"毛九是我们人生之中可遇不可求的礼物,然而我们却都在其中了。任何时候一呼唤,必有回应;任何时候一招手,必有温暖;任何时候一抬头,必有关注。这是一群只管耕耘只管付出只管贡献的同学,然后必将引来满满的亲情和友情。"说得真好!是啊,不知从什么时候开始,不知不觉间,我们将班的概念已经悄悄转换成了家的概念。这每年家书的起草,凝聚了毛九班委会的智慧,凝聚了长沙周边几位同学的心血,家书写出了我们全体同学的心声,将毛九同学一年的情况告知,将大家聚集的温情,分别注入在三湘四水的每一位同学心里。

不久前的湘西年会,好多同学都说,我们来过年了!是毛九的年。毛九每年一度的欢聚,就是这个家的每年一度最大的事情,就是我们的大年!我们畅所欲言,汇报文学成绩,抒发思念情怀,感慨人生无常。十年走来,很不容易,有同学边说边激动得流泪,我们以文学为系,却以亲情为续,要将这份亲情一直延续下去,每年的年会,让我们都能相聚,一个都不少,这就是我们这个大家庭最幸福的事了!

毛九同学在岳阳君山

存储卡里的好多好多照片，记录着有我在现场的所有同学活动。我按照时间顺序用文件夹保存着，每一张照片，就是一次感动，每一点滴往事，就是一次快乐的回味。平时常常翻看，不经意间，成了我偷空闲时的主要动作习惯，我会在这习惯中感受别样的亲情和温馨。

湘西的九妹酷爱古画和艺术。那年，我允诺九妹同学，替她找寻一支斑竹笛子。斑竹笛子，是要用洞庭湖心君山岛上的那片湘妃斑竹做的。九妹说，若是帮寻到一支湘妃斑竹笛子，就专门送我一篇文字。九妹的文字那可是珍宝一样的，温润绵长，婉约清脆，她是我们同学公认的才女，这么多年来我一直心存渴望，我找遍了街头古坊、山村乡野，却怎么也没能找到斑竹笛子，像丢了什么似的，或是做错了什么事儿一样，再怕见到九妹。2014年深秋，我作为岳阳自行车俱乐部的一名运动员参加了那次矮寨自行车赛，待收拾好赛事装备准备歇息，天已经很晚了。那日天边下着细细的雨，有深深的凉意，九妹突然出现在我的面前，她身后站着她的先生！我真的不知道他俩是从哪里跋涉多长的路程翻过多少山头冒雨来到我借居的地方的。我们相互深情拥抱，我的眼圈潮湿了。九妹，你还记得么？你还记得我允诺过替你找寻一支湘妃竹做的笛子么？

是啊，大湘西总是这么淳朴热烈。由于我喜爱上了运动，所以有了去各地参赛的机会,湘西,正是运动人的乐途天堂,我当然也不例外,随流其中。前年9月,我与岳阳的几个跑友参加了天门山100公里越野赛,安顿完后告诉道理同学,他急着一定要接待我们,问我时间安排。因为我们几个跑友参加的项目不一样,时间无法确定,他硬是在武陵源候了我们整整一天,由于比赛发生了一点点意外,因为我们的原因终没能见着。2019年同样是9月,我一个人悄悄地参加天门山102公里越野赛,我不想惊动我湘西的同学,只想跑完了就撤回,不知道李稳香同学从哪儿知道了我来了天门山,硬是在跑完赛后拉着我,在她老公和小孩的陪同下狠狠地犒劳了我一番。

我少有的一次缺席年会,是2015年在益阳安化相聚。年会的那天,正好是首届长沙马拉松赛的日子,也是我有生以来第一次参加马拉松赛。同学们从安化云台山班会现场给我发来集体视频,全班同学在东道主胡滨班长和勇平班长的带领下替我加油!那场面,在我心里,绝不亚于2008年在北京举办那场旷世绝响的奥运会来得震撼!

花狼张湖平,供职于临武县委统战部,在多家省市报刊发表散文多篇,出版有散文集《清明雨》。

2012年,出于毛九的集体荣誉感,出于"七匹狼"的狼性,我和桂东的豺狼果断接过了举办第二次年会的大旗。这次年会以"湖南作家临武行"为主题,安排在临武举行。为了不掉链子,本花狼和豺狼动用了我们能够利用的所有资源,得到参加活动的同学们以及省作家协会、毛泽东文学院各位领导和老

张湖平出版的书籍

师的高度肯定。大家慷慨赐稿,《文学风》杂志出版专刊,登载了这次采风活动的创作成果。

接下来的七个年份,我们走马崀山,漫步花岩溪,赏黔阳古韵,品安化黑茶,紫鹊界上话农桑,南岳山头听梵音,而后,拜谒沈从文故乡,重温那份对文学的坚守。

如果说毛九的年会是一种被推动的串门,那么,"想了,串个门儿吧",一声简单的招呼过后说到就到的即兴串门,就更能体现同学间的深情厚谊。

去桂东的时候,正是盛夏。相邀同去的同学们虽然都是省作协会员,但这也都是不秘也不宣的身份,没想到搞外宣出身的豺狼将我们的小串门做成了"湖南著名作家空降桂东"的采风活动,电视台跟踪报道,使我们在领略天然氧吧的清凉之余,领受了桂东山区炙热的好客之风。

每次去长沙,只要与老师或同学联系,总会被他们的盛情弄得受宠若惊。以陈嵘老师和胡勇平副班长为核心,在长沙的所有同学齐集,免不了不醉不归。最后,是与陈老师"亲密"共眠。老师健谈,精力旺盛,他彻夜不休劈头盖脸的狂"侃"过后,我总要经过几天的"将养"才能修复元气。

有一年,我随队去岳阳,参加全省少数民族运动会。耐不住对狼兄弟的想念,一个电话,夜狼、色狼高调接待。我当然"兄弟不言谢",我的同事们却真是感动得不行。

闷狼邓道理低调寡言,凭借一支笔和一份敬业,获得了省劳模的称号。他多次因工作之故缺席串门活动。当我带着家人去张家界串门的时候,他却没忘记遵循国际惯例,携夫人与我的一家相聚,并充当向导,带我们游历张家界的山川美景。

苍狼吴志保身有贵恙,但为了不辜负爹妈给他的好酒量,常常与兄弟们"作死"地搞酒。被他感染,我们在吉首串门那天,连平常惯于"端老师架子",

少见放量的陈嵘老师,都一个劲地嚷嚷——志保,没酒了!

郴州、永州是近邻,因为野狼,因为杨锦芳,我成了江华和蓝山的常客,想了,就串个门儿,常来常往……

亲戚要走,越走越亲。你来我往,是串门的必要前提。我愿意敞开胸怀,欢迎毛九的每一个同学"串上门来"。不一定有高档次的接待,必定有至诚的心意。十年来,年会之外来临武串门的,除了狼族兄弟,有班主任陈嵘、班长友善,还有锦芳、俊仪、丽君、九妹,我一直把他们的到来,当作我的荣幸。令娥来郴州时,我去见了一面,却没能邀她前往临武;还有同学告知"将抵临武",最后却"中途有变",未能成行。这些,都算是我的一点小小的遗憾吧。

需要特别一提的,是在特殊时节,通过串门传达的具有特殊意义的问候。在毛九,如有同学遭遇伤病或同学家有亲人亡故,班委会一定会委托同学前往慰问。不拘礼数轻重,皆见情意满满。2013年,我遭遇车祸住院,志保及永祥一家先后到临武探视,很多同学通过电话表达关爱,这种胜似兄弟姐妹的情义,使我终生难忘。

在你来我往的串门中,十年只在恍惚间。尽管,男同学童心未泯,女同胞风韵依旧,莹玉兄的眼袋,胡勇平的白发,胡滨和肖荣的蹒跚步履,却让我看到了岁月刻下的痕迹。它提醒我,生理年龄上,我们正一天天告别年轻。值得

张湖平和
同学在一起

欣慰的是,在永不倒下的毛九班旗下,我原有的那份疑虑,已属多余——串个门儿算什么?毛九的情,足以战胜一切困难!

在毛九即将开启下一个十年的时候,在此向同学们捎个话儿:同学之间,情意难舍。想了,就串个门儿吧!

闷狼邓道理,张家界武陵源区新闻网络信息中心任职,在全国各级报刊媒体发表新闻、文艺作品六千余件,有多件作品获得国家、省、市奖励,曾连续 16 年获得"武陵源旅游宣传贡献奖",被评为张家界市"第五届十大杰出青年",先后出版作品集《见证张家界》《情牵张家界》《博客张家界》,2010 年获评湖南省劳动模范称号,2016 年入围张家界市第六届拔尖人才。

举办毛九年会,是文学的号召,是毛九人的心愿。每次年会,除了饱览主办地的自然人文美景,就是所有毛九人相聚畅饮、开怀畅谈,畅饮之后作诗,畅谈之后撰文。因此有人戏称,凡是举办过毛九年会的市州,总是留下一地"骚"味。这"骚"味,源于毛九人对生活的热爱,对文学的执着。

十年下来,风雨无阻。从岳阳楼发令,经过郴州、桃花源、崀山、安化,辗转新化、怀化、南岳,走进凤凰城,毛九年会穿越了三湘大地的山水名胜,让毛九人更加钟情脚下的生养之地。遗憾的是,我由于诸多原因没能参加所有的年会,也因为杂事缠身在文学上少有造诣。

但是,我追求文学的梦想从未改变,我喜爱毛九大家庭的情感从未改变。所以,我和张家界的两名同学商议并承诺,在中国共产党诞生 100 周年之际,张家界承办 2021 年毛九年会。

最让我感动的是毛九班主任陈嵘老师,几乎每一年我都会接到他打来嘘寒问暖的电话。对于陈老师,我实在感到愧疚,因为没有什么重要的事情很少主动打电话给他，更主要的原因是自己在文学创作方面成绩太少不敢跟他联系。然而陈老师从不计较，经常主动来电，关心工作是否顺利，身体是否健康，询问文学创作是否有计划，还鼓励毛九"七匹狼"之间要多走动多出作品形成合力，打造湖南文学界的新品牌。每每听到陈老师的这些贴心话语，我总是感到深受鼓舞。尽管文学路上暂时毫无建树，我依然从未放弃文学梦，只因为初心不改，只因为一路上有包括陈老师在一起的毛九人相伴。

邓道理出版的书籍

君子之交淡如水，毛九之往情更深。十年来，有不少毛九同学来到张家界旅游度假，只要是我知道的，我都会尽地主之谊热情接待。而我若到省内某个城市出差，我也会骚扰当地的毛九同学，与他们一起小聚谈天论地聊人生。今年"五一"假期，我和妻子首次自驾车出外郊游，目的地为沅陵，不仅是因为这里有着闻名遐迩的二酉山和风景秀丽的凤凰山、借母溪，更因为这里有我的毛九同学……

毛九，不再是一个作家班的简称，早已成为我人生路上一道迷人的风景，与家乡张家界山水同美。

七匹狼在镇远

豺狼陈应时，中共桂东县委宣传部常务副部长、桂东县新闻出版局局长，出版文学作品选《遥远的姑娘》，官场系列长篇小说《官险》《色险》《商险》，引起社会强烈反响。

开学那天，班主任陈老师告诉我，我是被学院钦点的"纪律委员"。我忍俊不禁却暗自一惊，应该是沾了我是来自第一军规《三大纪律、八项注意》故乡的光吧。在桂东几十年如一日，我都是用桂东方言，第一次开班委会，我拼老命用普通话与他们几个交流，可无论我怎么努力，他们都竖起耳朵用怪怪的眼神看着我的嘴巴，云里雾里不知所措。陈老师笑呵呵地对我说："应时，你能否对我们讲普通话呢？"

陈老师一句话搞得我无地自容，原来我拼命讲的桂东塑料普通话离标准普通话竟还相差十万八千里。以至于我在班上第一次宣布纪律时，同学张远文把"毛九作家间绝对不容许钱权交易"听成了"人狗交易"，并常常用这个拿我开涮。

毛九十年，除了喝酒以外，其中三大纪律遵守得很好，风正气清得让人妒忌。2012年，就震惊全国的扑杀候鸟的事情，三联生活周刊两位记者给桂东

陈应时出版的书籍

做了一些不实的报道，胡勇平帮我们发律师函，我还想到县里面帮他申请一点维权费，没承想他大手一挥，我们毛九有纪律的，何况桂东是个老区，贫困县。在长沙读书，胡勇平拉我喝酒喝到把酒往头上倒，他到桂东来出差，我也真正让他喝趴下了，当然这都是十八大以前的事情。他喝醉的那一次，我把珍藏了好久的一块可以做砚台的青石送给了他，他笑嘻嘻捧着走了。我们桂东文化底蕴不像其他地方那么深，毛九同学可都是各地各行业有建树的作家，所以每当有同学来，我都会安排电视台采访，想办法让他们把酒喝好，为我们桂东写点什么。

链接：跳跃灵动　雅俗共赏
——评陈应时长篇小说的语言特点
文／梁莹玉

　　湖南桂东作家陈应时，从 2008 年 12 月开始到 2011 年 5 月，连续推出长篇小说《官险》《色险》《商险》三部现实主义作品（均由作家出版社出版）。作家以无畏的勇气，饱满的激情，横溢的才华，对官场、情场、名利场等社会弊端进行了外科手术式的解剖和无情的鞭挞，直抵心灵深处，其批判的锋芒剑指官场痼疾——假伪劣，丑恶贪。读完关于权、色、利"三险"洋洋洒洒 66 万多字的三部长篇小说之后，有一种畅快淋漓之感。其思想意义毋庸置疑是深刻的积极的（思想意义不在本文分析讨论之列）。就文本而言，笔者只对作家陈应时长篇小说的语言艺术特点做浅陋的、挂一漏万的分析，愿与广大读者一起交流读后感想。

　　一、立足本土，情溢山乡，乡土气息浓郁。桂东偏隔湘南一方，地处罗霄山脉中段，是湘、粤、赣三省边境，山高林密，河沟纵横，瑶汉杂居，其语言属客家一支，但十里不同音，八里不同调，由于高山沟壑阻隔的原因，与外界交流相对较少，其居民民风古朴、纯厚，其当地方言词汇中至今还残留着古汉语的许多发音特征。作家陈应时从小生长在桂东流源乡一个小山村，他在这样的环境里长大，大学之后又回这里工作了二十多年，从未离开过这片生他养他的土地，可以说他是大山之子，他深情地热爱眷恋着这片土地。他的三部长篇小说在山风雨露的孕育下，闪亮登场亮相。无论是《官险》中的凤岭县，还是《色险》柳叶县的柳树湾，《商险》中的商观县城关镇东街，在陈应时绘形绘色地描述下，显得湘南韵味十足，字里行间山风习习，流水潺潺，乡土气息浓郁。在《官险》第 19 章中，作家是这样描述凤岭的："车子向凤岭县最边远的乡西山乡出发，一出城便钻进大山。已是深秋公路两旁的桐子树一排排向列队的士兵往车后闪过，树上挂满了桐子。偶尔看到有些妇女带着小孩用竹子在敲打着树上的桐子。""南方的凤岭之秋，草木凋得慢，空气仍然润，天的颜色显得淡，且常多雨而少风，因此，举目望去，秋木、山峦、田野，尽是金子般的黄，翡翠般的绿，宛若板画家精心绘制的色块。秋天的凤岭好美哟！"这样的秋天，黄与绿并存交融，只有湘南深处大山之中的桂东才有，陈应时发现了它的唯一、用很简洁的文字表述了大山的秋之美，秋之韵。在《官险》第 10 章夜访中，作

胡勇平与陈应时一家子

者是这样描述大山夜幕降临的瞬间景象的："夕阳带着柔和的余晖,沉到了远处的山后。大山里的天黑得早,也黑得快,太阳一落山,天倏然间就黑了,夜色像一层淡淡的薄纱,将远山近村全遮了,眼前的一切顷刻间变得莽莽苍苍,朦朦胧胧。"村民劳累一天后,各家各户的灯火亮了起来,村前那条河还在哗哗流淌,发出音乐般的声音,像一支永远不停的交响曲。这段几十个字的描述,集视觉、听觉、感觉、动感体验于一身,动静结合,色彩对比强烈,很清新自然,很美。莽莽苍苍这样的叠加词应为苍苍莽莽,有"暮色苍苍"之说,但作者颠倒词序并不影响语境意义的表达。这是幅夕阳图,是首交响曲,一支山乡牧歌,展现了乡情山韵的独特美景,唯湘南大山中的桂东才有。

跟随陈应时的文字走进"三险",本是揣着一种随心所欲的心情在山间小道上"散步",他有意隐去时间概念,用梦境、意象、意识流手法,甚至调动一些粗鄙的乡间俚语、对联、顺口溜去描述要表达和反映的事件、人物,在不经意间乍起惊鸿,往往收到意料之外情理之中的效果。在《官险》第53章天怒中,县委书记龙上凯由清官变贪官被囚,一出租车司机说,人到了那个位子就有点那个,你书记姓龙就在广场雕条龙,下次来个姓朱的书记,又要雕塑个猪?司机还说:"人到了大把的钱来撞你的手,扯着丝线儿的美女来撞你的卵时,恐怕谁也躲不掉。"这种看上去随意的表述,"那个""猪""扯丝线儿撞卵"等词汇,既符合出租车司机身份职业特征,又有一种山民野性趣味,乡土气息扑面而来。

二、叙述人的语言个性化非常突出。文学常识告诉我们,文学是语言的艺术,尤其在长篇小说的叙事中,除了书中人物语言以外,叙事人的语言占有非常重要的地位。叙事人对书中人物性格、肖像、动作进行描述,对人物心理活动进行展示,对环境场景气氛进行烘托渲染,以及对生活现象看法与评价,都显示出作者个性特征。陈应时在《官险》《色险》《商险》三部作品中使用的都是第三人称进行介入叙事,这个人虽不是事件的参加者,但又无处不在,形魂不离,凸出陈应时语言的独特个性:

(一)语言急促,滔滔不绝,跳跃异常。陈应时在作品中,习惯以第三人称叙述,滔滔不绝演绎事件,经流之处呈波涌连天之形,必见汪洋肆恣之态。例

如,《官险》第20章酒趣中,从"酒里乾坤大,杯中日月长"为发端,大量的议论介入,滔滔不绝纵向扯出曹操与刘备煮酒论英雄的典故,横向描述书中人物安伦、龙上凯、李强等人对喝酒的心理活动和行为态势。语言速度极快转换、跳跃。一会儿谁挽起袖子干杯;一会儿谁又放下身段俯首说包涵包涵;一会儿又扯出老农家两母猪发情配种的笑话和弟嫂偷情的故事。整个篇章不容你喘气,陈应时还在欲说还不休。在《官险》32章中关于"打鸟术"即对巧言令色溜须拍马者的阐述,捭阖纵横,如江河直下,汪洋肆恣。连贯急促的语速,跳跃灵动的语意,信息密集的语境,确实有水银泻地之感。又如在《商险》第27章起大痧中,以中医称"因感受风寒暑湿之气,或因接触疫,秽浊之邪,出现头昏脑涨、心烦胸闷、腰酸腿痛、四肢无力等症状叫痧气,商观人叫那种突然发生不好收场的棘手事叫起大痧"开始,叙事者引入人与畜之分,男女之分,把偷情者城关镇镇长官卫权的老婆赵雅玲带出,在老公官卫权升任书记这个关节点上,赵雅玲心理备受煎熬,官卫权在玩弄木匠之妻商慕花之后,又去上歌厅,转而又有关于鱼与熊掌,家花与野花的叹喟,同样语速节奏变化快捷、跳跃,令人目不暇接。

(二)语锋犀利,机敏突兀,入木三分。在《色险》第15章美梦成真中,大学生柳一江参加人生第一次大考,面试时,作者设计了四个论题:(1)玉有瑕疵题;(2)阳光政府遇到玻璃门题;(3)士为知己死题;(4)医生手术成功率题。书中人物柳一江一一作答,逻辑清晰,论点鲜明,论据有力,语锋犀利,机敏洒脱。尤其是第3题"士为知己者死,你对此有何看法?"本是一道陷阱题,但柳一江以"不能盲目地提倡士为知己者死"作答为转折契机,机敏成功地逆转了陷阱,跃出深坑。毫无疑问,柳一江的辩驳成功,既体现了书中人物的刻画成功,又体现了叙事者操控语言的能力和智慧。在《官险》第28章训干中,叙事者在议论城建街道由14米因一个领导一句话改成7米之后,叙事者说:"殊不知,中国的许多事情多半是那些迈着方步倒背双手自命不凡颐指气使趾高气扬飞扬跋扈的人办坏了。"作者一连用了四句成语无标点隔断对瞎指挥的官僚作风进行有力的痛斥、摒击,正义感油然而生,语锋之犀利,形象之逼真,入木三分。《官险》第53章,贪官龙上凯身陷囹圄,他身边的工作人员文秀与柳桂花双双辞职远走他乡,他们突然觉得,"历史给凤岭开了一个很大的玩笑,龙上凯被关进了他亲自兴建的凤岭监狱。""现实如此的残酷和惨烈,凤岭的山山水水竟埋藏了太多太多令人感慨的悲壮与惋惜……"作家写得机敏而又突兀,有一步三叹之韵味。

(三)雅俗共赏,开合有致,风趣幽默。在"三险"作品中,作者运用了大量的古典诗文警句和民间俗语、俚语、顺口溜、笑话来强化要表述的事件、人物对象。将其嵌入其中,雅俗共享,收放自如,情趣盎然。先说雅,《官险》第23章,关于组织部长选人用人之议论,引经据典,由"居而视其所""富而视其予""达而视其举""窘而视其所为""贫而视其所取"到"人以类聚,物以群分"(通常的习惯用法应为:物以类聚,人以群分),再到韩信"狡兔死、走狗烹",再到唐太宗李世明的"直者以为辕,曲者以为轮"之说,已雅到家了。饱读四书五经的学究,也不过如此的古典文学信息量。再说俗,如《商险》中的目录用词:"拐经客、叽咕钻、阿基脑、搞屎棍",《色险》第1章中的"卵子打得板凳"等,这些当地的土话,土得掉渣,俗得透顶了,经作者一番加工搞鼓,使它们鲜活起来,堂而皇之地走进文学的大雅之堂。还有"会犁田的牛谁都想牵""骏马驮着痴汉走,美妻伴着拙夫眠""走狗屎运,肥的都往身上赶""童子打桐子,桐子不落,童子不乐。富人嫖妇人,富人要前,妇人要钱"等等,这些俗语、顺口溜运用

毛九女作家与王跃文老师在郴州龙归坪

得好，既风趣又幽默，可捧腹，可闷笑，大大增强了作品的艺术感染力。

这一语言现象，再次证明，作家要沉浸生活之中，向人民群众学习语言。人民群众的口头语言，是直接与生产、生活紧密相连的，是生气勃勃、有声有色、富有生命力和感染力的。当然，社会生活不断向前发展，必然会出现大量的新鲜词汇，这些新鲜词语词汇首先活在人们的口头上。人类语言发展的过程也是不断吐故纳新的过程，一些旧的词汇"报废""死亡"了，一些新鲜词汇发芽生长出来。当前网络语言的勃然兴起，有人欢喜有人忧。我个人对此现象比较乐观，因为汉语有强大的吐故纳新功能。陈应时能就地取材，吸收本地方言俚语进行文学创作，也是他创作成功的特色之一。

与作家陈应时交流，他性格率真，为人热情豪爽，但他的桂东普通话口音你得仔细辨清。文如其人，读他的作品同样可读出他不畏权势，疾恶如仇的

"霸蛮"性格特点。《官险》第5章中,有副对联对"摩托书记""烟筒乡长"飘浮作风进行嘲讽:"摩托书记带女人,城里来乡里去,威风凛凛;烟筒乡长下村组,东家进西家出,喜气洋洋。"嘲笑胜过揶揄,讥讽胜过挖苦。"阿基脑"这个词如不看解释,谁也看不懂它是什么意思,一经解释,不禁哑然失笑,啊!原来是个关鸡的平顶笼子。方言俚语的娴熟运用,使作品可读性、感染力大为增强是不言而喻的。

总之,陈应时的创作,关注现实,关切人生,在挥洒他复杂多变的人生体验的同时,透露他追求公平正义的正直、善良的情怀。在语言运用方面有他独特的机敏、急促、多变,大雅大俗交融,时而异峰突起、时而平铺直叙的个性。如果他在今后的创作中能强化"这一个"的优势,那么,"应乎其理,操之在时",他收获更加喜人的文学成果则指日可待!我期待着。诺奖的获得者莫言先生也不就是在山东高密乡的泥土里掘出的一桶黄金么?嘻嘻!哈哈!

02

范如虹:风雪桃江行

讲述者:范如虹

范如虹,湖南省武术协会宣传部部长,《武术世界》杂志总编辑。出版人物传记、长篇小说、散文诗集6部,主编"索桥丛书",大型作品集《大事小说》,参与编辑《新时期三十年湖南文学精品典藏》,获湖南省第十二届青年自学成长奖、湖南省书香之家荣誉称号。

2013年元旦,心里居然是灰蒙蒙的,我和夫人、胡勇平、王丽君母女一行驱车到桃江县城看因公负伤的曾令娥同学时,天已经临近黄昏,下起了小雪。

曾令娥上课期间,学生打架,劝架时,受到学生攻击被打断鼻梁,事情发生以后,学生家长交了部分药费后,以孩子离家出走为由不再付医药费,还威胁老师,孩子如果没回家,你们看着办,当时医院还需五千多的医疗费,而学校做出的决定:自行垫付,事后处理。

得此消息,毛九同学伸出援手相助。我应邀去桃江探望,夫人听说我是去帮毛九同学,提出也要去,我说好,就开车走省道,开了2个多小时车。到桃江以后,我们以同学名义与有关方面交涉,胡勇平是律师,懂法,很快学校就同意以借支的形式先解决医疗费用的问题。

我开车往回赶。高速路上积雪厚,车只能慢慢开。到湘潭地段,路况很不乐观,由于气温低,路面结冰,高速路上出了许多车祸。

车子过湘乡后，再也开不动，高速路全部被堵了。天已经黑下来，这时我才发现犯了一个大错误：车上没有备水，没有备吃的。我和夫人只能干瞪着眼睛，干饿着。

幸好，去桃江时加满了汽油，车子停在原地不动，也必须开空调才行。车子好不容易开几步，又长时间停住，实在口渴，实在饿，饿得眼冒金星。可是高速公路两边黑茫茫一片。偶然见一些村民爬在路边的护栏外叫卖方便面，还提供开水泡，一盒方便面卖 30 元、50 元的，可正好车子在

范如虹出版的书籍

移动，无法停车去买。而车子停住时，路边又没有卖方便面的。

又冷又饿又口渴，在高速上堵了近十五个小时，终于平平安安回到涟钢，我们在涟钢体育馆旁边的早餐店各吃了一碗热气腾腾的面条。我问夫人：以后遇上这样的事，还去不？夫人回答：只要是与你们毛院同学有关的事，我都去。

范如虹
与毛九女诗
人在一起

03————

李伟的砣子故事

讲述者：李伟

李伟，望城区文化馆文学专干，有公路诗集《橙色的音符》，中短篇小说集《古镇排客》出版，并编辑有地域文化研究《望城非物质文化遗产概览》。

毛九组织去贵州镇远采风我非常想去，当时群里面说镇远的山水好，还有古苗寨和迥异的风土人情，这次不去的话很可能这辈子再难得去了。只是镇远一去几天，不像毛九读书期间去韶山，一天能打回转。

我和老婆商量，老婆也不说不肯，只说，你去啥。平常又听她的同事们说，文人们很容易动感情，甚至有点混乱。有一段时间我痴迷网络游戏，那时家里还没有电脑，一下班我就守到了网吧，周末甚至早晨带几个馒头，一直玩到半夜。有一次，实在是玩得太累了，伸腰一回头，才发现老婆站在身后，吓了一大跳，不晓得她站了多久了，估计绝不少于半个小时。原来有人说痴迷网络的，一定是搞了网恋。那时我玩《西游伏魔录》上瘾，老婆忧郁和怨恨的眼神这一辈子我都记得，好在不是网恋。去镇远，老婆的目光是不情愿的，我也下定决心不去了。

接着又错过了毛九一周年的岳阳聚会。基于同样的原因，老婆同样口里同意，心里不愿意，我发脾气说不去了,或许老婆也并不全部反对,但终究没有去成。

接下来,是毛九临武聚会,网络上经年不息的热聊和同学的熟络,我觉得我过于冷漠无情,对不住同学们的盛情邀请和为我出谋划策。我决定开车去,也做通了老婆的工作,老婆孩子同车抵达。

张湖平同学主导的郴州临武聚会,带我们参观了闻名天下的舜华鸭

望城伟哥出版的书籍

业,看到干净整洁的车间和令人叹为观止的散养鸭群,到了龙归坪古村,小河奔腾绕村而过,巨大的古樟横着伸向河面,还领略到了珠江和湘江水系的分水岭纯自然美景。更为重要的是,湖南的"作家头子"王跃文主席也和大家一样乐乐呵呵地说笑和游戏,偶像近在咫尺,大哥哥一般的可亲可敬,我们全家还和主席一起在分水岭合影留念。

临武年会果真是一个分水岭。

隔年毛九崀山聚会,老婆已经同意我去了,她说她不去,我觉得崀山好玩,而且还会去在广告里经常看到的那个南山牧场,东道主林妹妹也一再热烈欢迎家属同行。最后又是我们一家三口开车到了崀山,照了大量的照片回来。

接下来的毛九聚会,无论怎么做工作,老婆都不参加了,她说,你们同学聚会家属不在场,玩得自由些,老是占毛九的便宜不好。她还让我开新车参加了接下来的常德、安化、新化的毛九聚会,她也知道车上坐满了毛九女同学。我发的毛九聚会朋友圈她都点赞,聚会间隙,我也打回电话,跟老婆聊一聊聚会的情况。

毛九同学的孩子们大家取名叫作"小毛九",不管是梁大哥家三十多岁的儿子,还是兰心同学家四岁的骆小宝,统称小毛九。毛九是纯粹的也是包容的,毛九的家属和小毛九一样重要,只要聚会的目的地想去玩有时间,随时可以加入。和牛顿万有引力定律相反,错过的活动和年会所拉开的距离,让毛九

之情的引力形成平方,打通了我老婆的情绪,也浓缩了我对毛九的热爱之情。我得以不再缺席之后任何的毛九年会。

文章还没有结束,下面还有我的错过。

贵州镇远因为山水繁复,有一定的不安全性,于是让男同学一对一地照顾女同学,结果产生了"砣子",当然砣子的后续效用有很多有趣故事,但初衷是为了保证参观的安全性。据说当初有个不是毛九班的路人甲拈走了刘慧同学的纸砣子,然后一倒无风,用望城俗话叫作"谢满嗲解手一溜烟"。某次年会,胡勇平同学看到慧子在声讨他,便劝我做候补队员,莫浪费了这个砣子。我心里其实是拒绝的,因为怕同学们开玩笑,万一家属不知道这只是个玩笑,到时候又说不清,可这毕竟只是同学们好玩,过于敏感推脱可能会显得我情商太低,于是我便不说好也不说不好。

刘慧是一个出道很早的邵阳作家,正是她的帮助才让我认识了所有毛九的同学。在毛院读书的时候我下午都不在,交流活动也没有参加,加之记人记性差和近视眼,到毛九崀山年会,有些同学我还不认识,显得特别尴尬,关键是对不住同学们的一份真情。于是慧子把毛九的毕业集体照,截图成一行行的,按顺序配上同学的名字,让我去记。果然,等到新化年会我已经全部熟悉了大家。有缺哪样说哪样的味道,以后年会每次见面,我总会抢先喊出同学的名字。如果说对毛九最有愧的一个人,那就是我,好在有慧子的帮助。后来慧子在剧本小说写作,甚至报告文学写作的方面,都给了我不少帮助。

毛十九班学员刘心雨、李洲姝

如果不是错过贵州镇远,可能我就不会有

这个"半路砣子"。不是我胆子有点肥,而是毛九心怀坦荡,砣子的实质是毛九的友谊之光。

后来我才知道,老婆的理解是真心的信任,她不一定是信任我,但她信任毛九。

2020 年,我的闺女李洲姝和曾令娥的闺女刘心雨成为了毛十九班的一员。整整十年,还是九,毛九、毛十九,多巧,多好!有理由相信,会有更多的小毛九走向灯光璀璨的舞台,抒写更美的文学故事、毛院情缘。

链接:看这个文字排客潇洒出湖

文 / 邓建华(中国作家协会会员,社会生态长篇小说作家)

李伟,很一般,中年男人,普通职业,平常家庭。他戴一副眼镜,不爱俯视,也不爱仰视。他像邻家小哥。他开一般的车,住一般的房,做一般的事。他想发财,想悠闲,想高雅,有点不如愿,但无愤世嫉俗,大不了冲上网络,在游戏里干些杀人越货的勾当。完了,倒头就睡。睡醒,再抽一般的烟,喝一般的酒,和一般的人问候吃了没喝了没有。遇事占点便宜吃点亏,都无所谓,该做什么还做什么。

李伟,很不一般。一般人不可能做的事,他做。比如写诗,养护了几十年的公路,就写了几十年公路诗。写了一堆橙色的句子,出了一本诗集。居然让省、市、县的公路局长说了一堆好话。居然说动了大家何立伟,为他的作品讨论会举旗定调。所谓湖南第一位公路诗人,就这样被文学界叫着,听起来很吓唬人的。比如写小说,他是看出来写诗歌"发迹"不大,就想要玩玩小说,甚至想将来出版长篇小说的。只有写长篇,才有可能拍电影。他就希望有天看见自己的故事上宽银幕。他读了一堆小说,先看看别人怎么玩的。然后就手痒,说来神就来神,一不小心,鸡婆生蛋一样,一串接一串。有的获了大奖,有的上了省

毛九作家在上书房

刊,有的被出版社选进书本。眼下,说是要出版中短篇小说集。李伟写小说,有点不一般的功夫:一是善于盘活累积的底层生活,这叫有底。地气接得很足,故事就好看。他将普罗大众共识的善恶观与伦理观,独辟蹊径地尽情演绎。三分调皮,七分诡异。二是善于调动旁人参与策划。让大家顺着某一个点来侃故事。这本小说集,我之所以眼熟,有大部分的故事,就是他在斑马湖陪我散步时"策"出来的。只是我有一搭没一搭地扯,他却打理得有板有眼。假假真真,根缠枝绕。弄点小玄虚,就像那么回事了。明知他在捣弄,文章读三遍,竟也信他。前一段时间,莫言获奖,老爷子是玩技巧的高手。弄了一本他早年的小说一读,好像与李伟写的也差不蛮多。哈哈,好玩。就这么写下去,迟早要写出个大买卖来。

　　这个一般人写的不一般的中短篇小说集,要交给中国文联出版社出版了,是一件可喜可贺的事。望城的出版物,大多是凑热闹的,少有几本像样的小说集,希望他在本土能够竖起纯文学的一杆旗。他要我这个一般的人来写几句话,以佐证他的文字不一般。我决定不上当,冷静地提醒准备读这部书的朋友:第一,相信可能真有这样的事。生活往往比艺术更精彩。在生活的角角落落里,李伟只是捉蛇一样,背个蛇皮袋子,捕获奇思妙想,驱赶精巧的句子。第二,大家不要相信,世界上也可能没有这样的事。虽然,他用了许多真地名、真人名,甚至看来看去就像在写望城某个古镇,但绝对虚构。有些故事,甚至还不是特别能自圆其说。不要以为贴一个"旺仔"的食品就是"旺旺"。

湖南省作家协会会员李伟,这个特殊低调的文字客,不玩花拳绣腿,苦练真功夫。在长沙的作家群里,属于实力派。我始终相信他有这种功力,会抵达他自己都以为不可能的目标。如同他笔下的"排客",以一枝青篙,逼退莽阔江河,潇洒出湖!

04

肖荣:在文学之外

讲述者:肖荣

肖荣,笔名肖云,法官,诗人,新化县作家协会秘书长。作品散见于《诗刊》《人民文学》《湖南文学》等报刊。

没想到,2020 年是在被胡勇平催稿的状态下悄然来到的。

昨天结了一个酒驾的案子,把那个脸色苍白的少年送到看守所拘役两个月,为 2019 年画上了句号。整个 12 月,我每个工作日结案一件。而在 2019 年,作为一名刑事员法官,我审结的案件是 101 件。

这是我原谅自己没有在 2019 年动笔写《我与毛九十年》的理由之一。还有一个理由,是因为女儿笑笑拒绝配合我,毛九毕业十年,笑笑从十岁长到二十岁。近段时间,她害怕找不到男朋友谈恋爱,没有一点心情去想她是一名"小毛九"的事情。

而我却清晰地记得,在毛九,笑笑比我有名气多了,她写的每一篇文章,都有很多人阅读。在笑笑读初中的时候,编辑胡娟从笑笑的博客里找文章发表,每期新杂志出来,会从省会长沙寄过来还散着油墨香的杂志给笑笑阅读,鼓励孩子写作。范如虹、刘慧也采用和推荐过笑笑的诗歌。在

法律诗人肖云和胡勇平

2018 年湘西笔会，毛九的班主任陈嵘老师还多次和我提起笑笑，认为她文字好，有希望到毛 29、毛 39 做我的师妹。这个创意让我心动，父和女同在毛泽东文学院进修和培训，也算一段文坛佳话吧。

我从毛九毕业就很少动笔创作作品。十年时间，写了一个小中篇，给易清华看过，得到了他的青睐却最终没有发表。这个小说就和我在毛九混日子一样一起收藏在与同学们的相聚里。还是在凤凰，陈嵘老师在大巴车上批评我，说要肖云交稿子，催个一年半年都没结果，但只要是毛九的年会，你都会一次不落地准时出现。全车大笑。我却知道，在毛九十年，和我一样混日子的很多，我们为文学创作取得丰收的王亚、江月卫、兰心、九妹、益红、丽君等同学鼓掌，更为自己能留在这个团队找无数个说服单位和家人的理由！

毛九十年的九次聚会我不是一次没落下。2013 年 7 月的邵阳年会，我带着笑笑跑北京参加叶圣陶杯中学生作文竞赛，并接着又去了重庆参加全国中学生演讲比赛，虽然笑笑都获得了一等奖，但我的心还是早就飞到了新宁，飞到了毛九每年必开的班会上，听同学们说过去一年来的收获与遗憾。看着王家富一笔一笔记录毛九琐事，我突然想起来，这每年的年会都是我们独一无二的相聚，缺了谁都是遗憾。所以，我们都争取一次不落！

毛九的娄底新化年会

　　再次提到邵阳，还因为想起东道主林琼同学。在毛泽东文学院学习的某一天中午，我们诗歌组与《文学界》的编辑在阅江楼吃饭。林琼不知道为什么突然觉得她在诗歌组找不到合适的位置了。她对我们说，散文组叫她一起去午餐呢。于是匆匆忙忙离开阅江楼，横跨岳麓大道去追赶散文组。易清华老师还说我们这位女同学是个叛徒。结果易老师的话音刚落下，我们的电话就响了：说林琼在横穿岳麓大道时被车刮倒。

　　于是大家赶紧去了现场，林琼没大事，只是被吓得话都不能说出口来。拦车，送医院检查，散文组组长胡娟也挤在车上。她是长沙人。可能她觉得这么大大咧咧地横穿岳麓大道是件匪夷所思的事情，但她还是热心地为受伤的林琼东奔西跑。当时我确实是这样想的。

　　现在回望，十年似乎很遥远了。而在十年以后，我们这群来自湖南十四个地州市的资深作家，已经完全褪去了当初的青涩与懵懂。

05 _____

梁莹玉：我与毛九十年

讲述者：梁莹玉

梁莹玉，对越自卫还击战老兵。供职于耒阳市税务局，耒阳作家协会理事，耒阳市民间文学艺术协会副会长，著有短篇小说《乌纱店》《龟兔的第二次赛跑》《石厅长》《古董》《曹雪芹下岗》《麻峰正传》等37篇。出版文集《生活的印痕》，长篇小说《沧桑税月》。2015年获耒阳市宣传部、耒阳市文联文学艺术优秀奖。

2010年6月20日中午，正是盛夏。毛泽东文学院第九期中青作家班学员结业礼成。中餐过后，45名学员各奔东西。餐桌上已有同学醉了。我不敢与同学道别，不想说再见，怕伤感的情绪再度失控。胡乱吃了几口饭菜，丢下碗筷，回到寝室，收拾行李，背着拟写好的长篇小说《沧桑税月》前七章初稿及后面章节的提纲，独自悄悄地向公交站走去。蓦然回首，眺望艳阳高照下毛泽东文学院的白墙灰瓦，绿荫小道，美丽的粉色蔷薇和那火红的石榴，不禁潸然泪下。相见时难别亦难，惆怅之心起波澜。好在是烈日炎炎的盛夏时分，路上行人依稀，无人窥见一个大男人洒下的几行热泪。

十年前，我能成为毛泽东文学院中青年作家班第九期学员，与同学们追逐文学梦想，也算是三生有幸。我们全班45名同学来自三湘四水不同的地方，不同的岗位，不同的职业，有教师、警察、公务员、文化工作者、律师、法官、税官、个体工商业者等等，因有一个共同的文学爱好而聚集毛院学习，结成这样一个特殊的基层文学群体毛九。

梁莹玉出版的书籍

我们这些上有老下有小在单位又有一份工作责任的文学追梦人,能有几十天的净身离岗学习,又有名师大咖授业解惑,同学之间相互交流学习心得,彼此谈文论诗,已是天赐良机。我们都倍加珍惜学习机会,如饥似渴,不敢松懈。上午听老师授课,下午整理笔记,晚上或集中或分组进行讨论。

班上组织较严,有班长、副班长、学习委员、文娱委员、纪检委员、生活委员。学习上分成四个小组:小说组、散文组、诗歌组、评论组。各组选出小组长,负责组织学习讨论记录、收交作业等事宜。各组人员可以根据自己的兴趣爱好互相流动,生动灵活,不拘一格。我参加了小说组和诗歌组的学习讨论。

在一次诗歌创作的交流会上,我把我创作的一首小诗《在那坡烈士陵园墓碑前》念给大家听,然后上台谈创作体会及背景。这首诗是为了纪念我亲爱的战友唐旭华烈士而写的。

1979年2月17日凌晨4点50分,我所在部队奉命对越自卫反击,保卫边疆战斗打响。2月23日,我连掩护师前指(前线指挥部)经胡志明展览馆到达朔江县的敦张。敦张有一座桥是通往我国广西靖西县的必经之路,我连负责守卫。桥之南三公里处有一条小溪,小溪宽不到15米。2月26日上午,我连接到师作战科命令,要我连派一辆车配合工兵营去小溪上架一木桥,让坦克装甲车通过。连长派出技术最好的司机班副班长唐旭华同志执行这一任务,临走前唐旭华叫我一起去,我当时是连队文书兼军械员,正要向师直工科报送连队人员、武器装备、弹药消耗的报表,并将25日晚我连在3号哨位上击伤敌特工一名,缴获56式冲锋枪一支的情况向师直工科汇报,没有时间去。他微笑地朝我挥挥手,跃上战车,奔赴战场。下午,前线传来噩耗,唐旭华同志牺牲了,同时牺牲的还有工兵营的何营长。他们是在将架桥的木头运到溪边,从车上跳下来的一瞬间,遭对面悬岩上的一个隐蔽山洞里的敌人突然用高射机枪袭击而牺牲的。师长得知损失工兵营一营长时,震怒,急令我连调双管 37 高炮一门,在侦察连一排的掩护下,对敌隐蔽火力点进行火力打击。十分钟炮击后,敌火力点被摧毁。侦察兵入洞查看,毙敌三名,摧毁高射机枪一挺、轻机一挺、重机枪一挺。缴获火箭筒三具、冲锋枪两支、手枪一支、手榴弹两箱。十分可气的是,这些武器弹药全是我国援越物资。唐旭华牺牲后,上级命令我、卫生员和另两名战士把烈士遗体从战场上接回,运往那坡烈士陵园。唐旭华是被敌人高射机枪弹击中左肩胛贯穿胸膛而牺牲的,在陡峭崎岖的山路上,他安详地躺在担架上,原青春焕发的脸庞显得苍白,沉静。他的左手被打断,撂在担架外沿,不时地随着战士高低不平的步伐而晃动,他的生命定格在二十六岁的年华里。我与唐旭华同蹲一个猫儿洞,同睡一个车厢(他驾驶的炮车),彼此亲密无间,无话不说。他没来得及兑现承诺,战后请我吃他的婚礼酒和喜糖,我也永远无法实现为他写一副婚庆对联的夙愿。2002 年清明节,我只身前往广西那坡烈士陵园,为他扫墓,寄托哀思。在回程的车上写下《在那坡烈士陵园墓碑前》这首小诗。谈到此情此景,我能忍住泪水吗?"男儿有泪不轻弹,只是未到伤心处",我当着全班同学的面情不自禁地泪如泉涌,失声痛哭。这是我成年以来第一次当众哭泣。我不知道我是怎样走下讲台结束那尴尬失

毕业晚餐

态的交流活动的。我心底里只是把同学们当作亲兄弟姐妹,敞开心扉,尽情抒怀,真心倾诉思念战友之情。

　　十年来,毛九班的同学以文学为元素,用时间谱写出友谊之歌,优美动人,情深谊长。无市侩污染,无名利争夺,无钱权勾兑,同学之友谊纯洁干净,十分可贵。之所以可贵,还在于同学之间交往中,我们坚持"三不言",即不言钱,不言权,不言官。平等相待,真诚相见。在此基础上,切磋文艺,砥砺前行。毛九班的同学在文学的道路上都在默默地奋力前行,有的已取得不俗的成就,我为他们感到骄傲与自豪。每当有同学新作问世,因兴趣使然,我会秉笔直写己见,权当学习心得体会进行交流,并为同学们取得文学成就鼓与呼。我先后为刘友善的长篇小说《田二要田记》写了书评《田二形象分析》,为陈应时的长篇小说三部曲即《官险》《商险》《色险》写了述评《跳跃灵动　雅俗共赏》,为江月卫的长篇小说《御用文人》写了书评《不囿传统另辟蹊径　结构别致推陈出新》,为丛林的散文集《水流林静是故乡》写了读后感《穿破群山的啸声自有回响》,为胡勇平的散文集《信用战争》写了书评《血,总是热的》,为李伟的短篇小说集《古镇排客》写了读后感《古镇排客赏析》,都发表在《边缘文学》文学评论专栏里。同时,还将在毛院日常学习、生活上的点点滴滴用《戏说毛纠》和《这个班,那些事》两篇文章发在网站上。《戏说毛纠》采用章回记叙形式,用诙谐调侃之笔触,写至第五回,因工作与身体的缘故未能继续写下去,文学编辑一再催稿未能如期完愿,《戏说毛纠》是个半拉子工程,也算欠了一笔文债。我原打算将毛九班同学写的有关父亲的文章或诗歌放在一起进行比较研究学习,先后收集了陈永祥、陈应时、张湖平、张远文、丛林、胡勇平等同学关于描写父亲的有关文字,后因身体出现状况也导致搁浅。

　　相聚毛九,是我人生驿站中一个重要的节点,这个节点,点亮的是我心中的一盏文学之灯,温暖的是一个文学之梦,构筑的是一座友谊之桥。她给了我太多的情牵与梦幻,太多的回味与遐想。亲爱的毛九,我不想对你说再见,真的不想说再见!

06

熊刚：泪水是最好的惜别

讲述者：熊刚

熊刚，笔名"掩帘听雨"。戒毒警察，二等功臣，中华诗词学会会员、湖南省作家协会会员、常德市诗歌协会理事，五百余篇诗歌散文发表在《诗刊》《星星》《读者》等二百余种刊物上，获全国诗歌散文征文奖多项，出版诗集《掩帘听雨》。

常德晚报记者刘凌是这样描述毛九的戒毒警察诗人熊刚的：

办公桌前，这个身材单薄的民警不苟言笑，心思如窗外的夜色般深沉。

办公桌上，单色的报告文件和鲜艳的文学杂志夹杂堆放在一起，仿佛是他人生状态的隐喻。

不忘初心，坚守的力量让他收获了攀缘途中最美的风景。

特殊的职业，铸就了特殊的性格，也开启了诗歌之路。

2002 年至 2004 年，熊刚在市劳教所德山分所工作，那是一段紧张而又孤寂的日子，他遇到了警察诗人廖学斌，和廖学斌的诗集《风从远方来》。在那些彻夜难眠的夜晚，诗歌带给了他完全不同的生命感受，创作开始萌发。2008 年北京奥运会期间，他在博客里写给刘翔的小诗《你的伤痛更牵肠》，被慧眼识珠的编辑发表在当年的《桃花源》文学杂志上。从此，熊刚的业余生活彻底颠覆，写诗变得一发不可收拾，2009 年他的诗被《诗

毛九同学在花岩溪

潮》《读者》选用，2010 年他在全国各大报刊公开发表诗歌二百多次。

　　写诗对熊刚来说是幸福感最强的事。写完一首诗，当着妻子的面摇头晃脑朗诵一遍，那眉飞色舞之间是幸福；诗歌发表，被人认同，那是一种如愿以偿的幸福；收到的稿费尽管微薄，那种油然而生的价值感就是幸福。后来，在人群中寻找那些值得被书写的人，也成为一种幸福。2012 年，熊刚开始思考诗歌的社会责任，把笔触伸向底层劳动者，送水的小伙子、戴安全帽的建筑工人、卖西瓜的老农……相继出现在他的诗中。不久，这组充斥着浓重汗味的诗，和熊刚的名字一起，出现在《诗刊》上。

　　事实上，人生的两面很难准确地分割开来。当写作从一种生活的调剂慢慢走向一种人生的追求时，融合就那么自然而然地发生了。

　　为了让自己的写作服务于工作，2009 年，熊刚主动申请到宣传岗位上去。几年来，他撰写的 30 余篇经验材料和理论文章，获中央、省、市推介，300 余篇信息动态被各级报刊和网站采用；他倡导并成立由民警和戒毒人员组成的

"春晓文苑"文学社,积极开展读书活动、文学创作和学习交流,激发了一大批爱读书、爱写作的文学爱好者;他牵线搭桥,邀请市诗歌协会等文艺界人士来所捐赠图书、传播文化、促进警营文化建设,为失足者重新点亮生命的航灯;他倾力促成常德日报传媒集团小记者法制教育基地在市强戒所挂牌,通过3000名小记者,让禁毒宣传走进了千家万户。

职业上多年来始终如一的坚守,文字带来的惊喜与愉悦,在熊刚的身上汇集成一种强大的力量。这种力量,让他不管在多大的压力之下,都能微笑着面对前路上的困境,都能看到其他人看不到的风景。正如他的诗集《掩帘听雨》向我们传递的诗意:生活就是一支温度计,你给予它怎样的热情,它就回报你怎样的刻度。

疫情期间,短信采访他。

他这样回的:

班长:我现在和同事们从2月11号开始,一直在单位防疫封闭隔离值班,不能离开单位走出高墙回家,还要一直坚持到下个月。在特殊岗位防疫封闭隔离值班连续一个多月来,虽然口罩遮住了同事们一张张憔悴的面容,但藏不住那一双双肿胀的眼袋。在这个与世隔绝、不为人知的高墙之内,有多少执着和坚守,有多少平凡和感动!这期间我写了很多抗疫的诗作,节选一首诗的精彩部分发给你吧:其实,袋子里装的远不止这些/还有一颗忠诚的初心/一双无畏的眼神/一副担当的肩膀/和一个坚守的姿势/如果需要/它随时可以装进/一名人民警察的血肉和生命(《这双眼袋——写给防疫封闭值班的战友们》节选)。

07

郑学志:一种很让人惊讶的存在

讲述者:郑学志

郑学志,现任郑州市创新实验学校执行校长、郑中国际学校德育校长。湖南省教师教育学会班主任专业委员会常务副理事长、西南大学等院校特聘讲师,《教师》等五家媒体封面人物,著有报告文学《发现天才》和《爱的建议》等三十余部作品。

坦白说,四十五天毛院学习,给我的感觉并不太好。原因很简单,就是入学之初,文学院在安排班委干部、老师在介绍成员时,居然是谁谁谁在哪儿担任什么官方职务!确实让我很惊讶。一个文学院,介绍资历的时候,不是介绍谁的创作成绩,而是谁的官大!我觉得意外。

我向往的文学院,应该是像路遥一样的,傻乎乎的,只有狂热的梦想和追求。很多作家是不知人情世故的,但是,恰好是不知人情世故,保护了他那颗淳朴善良的心,保护了他内心忠于真挚的灵魂,这样才写出了旷世之作。一个讲究官阶高低的文学院,能够给我带来什么呢?第一次相见,确实让我有些失望。

好在学院的条件还不错。吃饭在长沙市政府食堂,住宿也还不错,一室三厅的大房间,每个人一个小房间,还有一个大客厅,让我很快忘记了这个小插曲。学院安排孙祝君、符勇、我,三个人住一个大套间,也还是很方便。符勇的笔名很有意思,叫无那曲,让人很容易联想起那个著名的词人纳兰性德,因为他的"故园无此声",一下就让我记住"无那曲"。无那曲是一个专门写诗的人,高高的帅小伙,眼睛很大,满脸阳光的味道;我知道他的单位,但是我更喜欢他的诗歌,很现代,有直击心灵的感觉。

同房间,还有一个矮矮墩墩、很憨厚的孙祝君,当时是茶陵的一个乡镇干部,说起诗歌来,很有激情。无那曲离长沙近,工作也很忙,经常不在宿舍住,宿舍里就是我和孙祝君。有一天,无那曲突然来了,弄了一套茶具喝茶,还很热情地招呼大家喝。

我从小身体不好,尤其是胃,对茶碱过敏,红茶能够喝那么一点点,绿茶就只能够闻闻气味。好在无那曲从不勉强,我喝我的白开水,他喝他的茶。满脸笑容,像干净的天空,阳光开朗。

我喜欢无那曲,但是我更喜欢他不常来。因为那段时间,妻子身体出了问题,在下面县级医院检查的时候,医生怀疑是乳腺癌。我来毛院学习,求学和帮妻子治病,本来就是两种打算。所以,我很高兴他经常不来。这样,就能够让妻子没有住进病房之前,能够在毛院蹭上几天。

那段时间的毛九,是同学们的毛九。他们一起活动,还互相取名字,七匹狼,听着名字就觉得有趣。后来我们的班徽,就是一匹狼的造型。估计,那些狼们是活跃分子。我十分羡慕,可是分身无术,他们出去的那几天,我带着十岁的孩子,在长沙照顾手术的妻子。他们回来的时候,医院的切片结果也出来了,纤维瘤,良性的。我们悬着的心,终于放下来了。

我在医院的故事,只有偶尔一次,对同室的孙祝君说过,班上的人一概不知。他们组织这个活动,那个活动,只要是和文学无关的,我只有抱歉。唯一参加的是胡娟组织的去长沙福利院看望老人,去孤儿院陪伴孩子。这个活动,我很乐意,挤出时间也要参加。作家是一个社会的良知,作家自己对别人没有悲悯,哪来的人性和温暖?无论多忙,我也要挤出时间参加。

我不太喜欢参与同学聚会,因为历次同学会,都让我觉得不舒服。要么成了攀比炫富的场所,要么成了吃喝玩乐的聚会,甚至还有些同学,只索取,不回应,因此相继退了好多同学群。

但是,毛九是我唯一没有退的群。为什么毛九没有退?因为这个群做了很多事情,确实让人感动。一是班上有大事记,大家每年发表了什么文章,都会记录在班级大事记里。文人相轻,在毛九感觉不到。别的不说,光看看大家的大事记,都倍觉激动和惊喜。二是每年春节,不管你为班级做了多少贡献,都会收到班委会寄送的礼物。有时候是一幅台历,有时候是一组筷子,还有时候是一双鞋垫……让您觉得这个团队很温暖。三是胡娟这个女神,还记得每个人的生日,不管她多忙,一到你的生日到了,就在群里发红包,吆喝大家祝福。有时候在凌晨,群里叮咚响,赶紧连夜起来抢红包。我手脚慢,经常看到一地红包皮。可是,这种红包皮也很让人快乐了,红红的,十分喜庆。开个玩笑,有时候,我抢不到了,就发一个红包,自己不抢,看大家在群里抢,那种氛围,格外温暖。

一个多月的缘分,居然十多年不散?像我这样的落后分子,都对班级越来越喜欢,我真心佩服毛九的凝聚力。这已经超出了很多人的想象力了。在这种背景之下,当林妹子和刘慧说,该我们邵阳地区的同学承办同学会了,我立即推掉了很多讲课邀请,专门把那段时间留出来,而且全程参与陪同。虽然身体不行,崀山爬不上去了,哪怕在山脚下等,我也等得心甘情愿,等得满心欢喜。

人是有感情的动物,毛九同学体现出来的感情,让人感动。我印象很深刻的几件事情,一是胡滨煤气中毒差点丢了命,全班同学关心慰问,胡勇平的母亲居然熬了鸡汤去探望;一件事是前不久,班上一位女同学住院,大家在群里关心、惦记,让人觉得很温暖。人吃五谷杂粮,哪能不生病。作家又心地柔软,敏感,更需要这种精神上的温暖和鼓励。

高尔基曾经说过一句话:文学是人学。人的真善美,决定了作品的真善美。

08 _____

焦玫:灿烂途中姐,寂寞醒后佛

讲述者:焦玫

焦玫,怀化市作协理事、麻阳苗族自治县作协主席,怀化作家网站长。多篇作品发表于各级文学刊物,作品多次入选国内公开出版的各种选本,出版散文集《在路上》,诗集《诗意地生活》。

我一直弄不懂胡娟同学为什么会给长得五大三粗的大男人焦玫取一个"玫姐"的雅号,在毛院九期同窗的日子里,请三个怀化来的男同学:焦玫、江月卫、张远文吃饭时,我仔细打量了一下焦玫,这浑身上下没有一点姐的感觉呀,闲聊中得知,玫姐工作的怀化麻阳有两个我大学同学,他都认识,这样一来,关系自然亲近了许多。

那一年我重病住院,玫姐从麻阳过来,和丽君、胡娟等同学到医院看我,送了一本他的散文随笔新书《在路上》,这本书以及中央电视台播放的励志电视连续剧《野鸭子》陪我度过了那人生中最灰暗的十天,玫姐书里面那段年少家穷时关于吃肉的描述、电视里面那个无家可归的野鸭子对于吃肉的渴望让我和玫姐关于肉有了共同的话题。

我做炒辣椒炒肉的水平可是一流,玫姐总是感慨,看着胡勇平炒肉那么好吃,照着做,就是做不出那个味道。每每我都笑着不语,做神秘状。其实想把肉炒得好吃,就一个诀窍:盐什么时候放!

焦玫编著的书籍

瘦肉下锅时,肉色发白的时候,把辣椒放进去盖在肉上不翻炒五到十秒,然后把盐撒到辣椒上一起翻炒,放味精酱油以后,周围稍微放一点点水起锅就行了,千万不要肉下锅就放盐,盐下去肉老了,辣椒味就入不到肉里面去了,胡氏加工法,学走不要钱。

玫姐嘴里吃着肉,心里藏着佛,将赠人玫瑰,手留余香作为自己的人生信条,桃花诗人、毛七师兄张铧病倒在床,无钱医治,是他发动以毛九为首的毛院学员捐款近三万元;毛院师兄,诗人湖南蝈蝈从生病到去世,都是他代表毛九探望,最后送一程。毛九曾令娥同学因公负伤却受到不公正待遇,是他连夜奋笔疾书,带头维权。他身患高血压、心脏病多种疾病,他坚持冬泳三年,骑摩托车锻炼,硬是把一身的病痛扔到了江里。担任麻阳作协主席期间,创办《长河》杂志,首开"名家讲堂",展开"作家写麻阳"采风活动,把毛九作家和麻阳紧紧连在了一起。近年来,他得了另外一个外号:菩萨。

说到毛九,他有这样一段话:你有过在荒郊野外走夜路的体验吗?一个人在漆黑的夜里,伸手不见五指,刚开始一股雄心,但走着走着,便觉得头皮发麻,背脊发凉,只渴望远远来一束光,身子未动,心却雀跃起来,等那灯光近了,又恰好是同路,一种不可名状的喜悦在五脏六腑荡漾,早就忘了走夜路的害怕,如果同行的人多,走夜路就成了难得的享受。毛九班的同学与我,恰似走夜路的伴,在文学的道路上走着走着,我们就走成了最亲的亲人。

链接：笔端有情自温馨
—— 焦玫散文集《在路上》序
文 / 姚筱琼

认识焦玫五六年了，他给我的印象是身材适中，性格开朗，见人乐呵呵的，一副慈眉善目弥勒相。

我知道他出身农家，现在是麻阳苗族自治县委农村工作部副部长兼县作协主席。他在工作时勤于调研、勤于思考、勤于写作，长期用博客的形式不倦地拍摄和描绘社会主义新农村建设方面的壮丽图景，写下了许多工作消息、通讯和特写，具有良好的职业道德和敬业精神，深受领导和同事的欢迎，也为写作同行所称道。同时，他还是一个多面手，小说、散文、诗歌都能写，并且写得劲道和不俗，这是值得称道的一种能力和精神。

2011 年 8 月，刚刚出版了诗集《诗意地生活》，接着，他又拿出早已整理好的散文集书稿，说将在近期出版一本散文集，让我为这集子写序，相知数年，却之不恭，便答应下来了。

散文集名叫《在路上》。看书名，让我联想人生就是一场永无止境的跋涉，每个人都行走在路上，不能停止，也无法停止。停止就意味着倒下，意味着被淘汰，为这个社会和时代所抛弃。

《在路上》共分四辑，第一辑往事如风，第二辑行走四方，第三辑家乡如歌，第四辑人生随想，收入 33 篇文章，其中包括游记、特写、随笔等，从广义上讲，这些都叫散文。它们汇集起来就像生活中的一条长河，无论是晴空下的美丽浪花，风雨中的汹涌波涛，还是夜幕下的粼粼波光，无不展示人生的波澜壮阔，揭示社会和人生的深刻意义。阅读此书，可使人领略到生活与生命的本真，因为作者写的就是自己的生活，或与生活有关的东西。所见，所闻，所感，所思,真诚地发自肺腑,没有丝毫矫揉造作,尤其是作者浓墨重彩所描述的对亲人的怀念,对故乡山水田园的眷恋,文字鲜活而又激情饱满,就像一首首温馨的抒情诗,很能引起人的共鸣。

　　第一辑往事如风。他朴实地叙述身世、家庭、童年、亲人,回忆中带点淡淡忧伤,那是对流失的岁月,逝去的亲人抱着深深的怀念。"我记得外婆只要是来我家,从不空手的。她总是随手从路上捡些枝枝丫丫,到了我家,就一大捆了。兜里还总有些山里的特产,茶范、三月范、地枇杷、枇杷、柑橘、梨、李子、栗子、葡萄等等,外婆来我家或者我去外婆家就是我们的节日。记忆中,外婆好像没有歇息的时候,除了出生产队的工外,她与外公就是在自己的三分自留地里打转,天黑了还在忙碌。屋前屋后的空隙,她全栽了果树,她说我们这些伢崽'馋肚',要这些果果治我们的馋虫……外公患病去了,这对于年迈的外婆而言,是精神支柱的倾斜。她在那段时间明显的消瘦且变得沉默。但过了不久,她却自己从这种沉寂中振作起来。依旧是一日三餐、一餐两大碗,依旧是一天几个哈哈。就这样,她走到了百岁高龄,到了我想起来都非常漫长并且不

毛九怀化年会长龙宴

可思议的一个年龄。""爷爷再一次拥有木仓,是责任田到户以后的事。这次爷爷不顾我们的反对,执意把木仓直接建在自己的睡房里。偌大个木仓,小小的房门,要把木仓搬出去根本不可能,我想他老人家是怕又来一次人民公社,公了他的木仓吧。好在那几年风调雨顺,木仓年年装得满满的,爷爷再一次有了笑容。原来,仓廪实、衣食足才是老百姓最大的期盼。""最可怜的是姨,据说她死后连棺木也没有,是用水缸装着安葬的。有人说,这种安葬方法和安葬尼姑一样。我却宁愿相信她是佛,涅槃后坐着莲花去了天堂。"在他笔下,《温暖的外婆》《爷爷的木仓》《埋在心底的记忆》中明理的爷爷、乐观的奶奶、勤劳的外婆、无私的姨,代表了中华民族最优秀的人物群像,是他引为骄傲的榜样,努力奋进的动力。他从这些人物的身上吸取山魂水魂,获得自立自强、不息进取的精神力量。

第二辑行走四方。他宁静地讲述行走的故事。焦玫是一个喜欢独行的人,喜欢那种不张不扬、轻松随意四处行走的方式。有时候在他心情不好的时候,独自悄悄去到一个城市,什么景点也不看,就为了在那个城市的雨中走一走,便满载着安宁回家了。有时候简单到就是为了在某个城市的某个角落找寻一家自己爱吃的粉馆,吃上一碗记忆中的牛肉粉,让那股浓浓的香气迷醉,让那一碗汤暖暖自己的胃,使自己全身的毛孔都张开,浑身上下充满了精气神。"记得我年轻时爬张家界,也是像比赛似地往山顶冲,险些把一个老先生撞倒了。就在我去扶他的时候,他告诉我:年轻人,莫急,到处都是好风景,你慢慢看过去,别人跑前面不会把好风景抢跑。从此,不论在什么地方,我都放慢走路的速度,留意身边的一切,真的发现到处都有好风景。"他在《别人的城市》用一颗温馨温情的心感受"这里的夜市和其他地方不同,是在闹市中心,沿着街道两旁摆了一长溜桌子。一断黑,顾客就三三两两地来了,渐渐地把那些桌子填满。喧闹声开始此起彼伏。你可以选择一家你喜欢的店子,叫几碟菜肴,边就着啤酒慢慢吞咽,边想心思或者当当看客。你也可以到东家要碗炒粉,西家来份煎饺,慢慢地把时间挥洒掉……夜深了,你会有种错觉,感觉自己已经置身于遥远的故乡,也是如此的静谧。除了远远的一声两声犬叫外,再没有什么声音来扰你的清梦"。在《心灵的家园》,他"沿着狭窄的小巷在村子里随意行走,时不时碰见遗落在路上的鸡屎牛粪,这非常熟悉的画面,让一些思绪在脑海里飘了出来:也是湘西的一个小山村,一个懵懂少年骑着一头大水牛,手里捧着一本小说,优哉游哉的,满身补丁的旧衣裳遮不住一些瑰丽的梦想,清澈的目光把这些秘密透露给了白云、露珠和小鸟,此时的他,肉体没能够跨出方圆百里,可思想却可以到达千万里外"。星星点点的灯光是心灵的眼睛,飘飘浮浮的柳絮是茸茸的心语,斑斑驳驳的古墙是远去的足音,平平坦坦的小径是舒缓的音乐。焦玫就是通过这种行走方式,看到、听到,甚至体悟到了常人无法体悟的东西,这种东西不是简单的美丽和快乐,而是他一生都在苦苦追寻的光明和真善美,只有这种追求才能丰富他的内心,扩大他的心胸,净化他的心灵,提高他的文字境界。

第三辑家乡如歌。他深情地热爱着那方山水那方人。焦玫在农村工作部门上班常常下乡,和一般干部下乡不一样,他把工作当成偏重情感的一种行走和体验,经常吃在农家,住在农家,对农民有着情同骨肉的感情。"我的外婆张代妹今年刚满 100 岁,别人的外婆杨仄妹却有 106 岁……那天,我去了那个叫黄家团的村子,见到了别人的外婆杨仄妹。她提着半桶水,不疾不徐地走着,在自家的柑橘地里。恍惚间,我看见了我家在官田冲的外婆,同样地走在她的柑橘地。"这是《我慢慢品尝我的故乡》中的一段文字,就是这段文字,清晰地演绎了一个人的人性和一个人丰满质朴的感情,以及温情而又悲悯的情怀,同时,也使得他的文字像朵朵莲花浮水,纯洁而生动起来。麻阳为少数民族聚居地,地理风貌,风土人情,文化艺术呈现出多元化的形态特征。据我所知,2006 年 6 月,"麻阳盘瓠祭"被列入湖南省第一批非物质文化遗产保护名录。除了"盘瓠之乡",麻阳还是有名的水果之乡、中国冰糖橙之乡、中国民间文化艺术之乡和中国长寿之乡。麻阳民风淳朴是出了名的,从他的文章里我知道有个名叫豪侠坪的村子,那里的山青翠欲滴,那里的水叫玉带水,可以直接掬了就饮,那里的村民历来侠骨柔情,经常自发地联合起来帮助那些遇到困难,得了绝症的乡亲,至于平时互帮互助的例子更多。"比如村里过红白喜事,只要到村里德高望重的龙大和、龙大吉那里说一声,他们自然会根据你的实际情况把各种事宜安排妥当。再比如三十来岁的龙启国,经常无偿地帮助那些缺少劳动力的乡亲，犁地耙田、挑粪割稻，什么重活、脏活、累活都抢着干。至于你到我园子里摘几个辣椒、黄瓜，我到你家里借个农具、讨个计策等更是家常便饭，无需赘述的。正是这些你谦我让、互助互帮、睦邻友好的淳朴作风，才让这个寨子里的苗民活得这么豁达、舒畅，全村 80 岁以上老人就有32 人即很好的例证"。《和谐豪侠坪》还有《那个有条龙的村庄》，全村 90 岁以上的有 2 人，80 岁到 90 岁的有 25 人，60 岁以上的 154 人，成为了麻阳两大有名的长寿村之一。

第四辑人生随想。他坦直地讨论人生、成长、交际、婚姻、世相、人情、价值观等等，将关注点由情感主题转移到思想层面，态度坦诚温和，风格清淡洗练，观点直率深入。比如《两个人的战争》，他认为两个人结了婚，就意味着一场战争的开局，最主要的敌人不是对方，是自己。自己成长过程中积累的经验，形成的性格都有可能成为战争的导火索。这场战争要么以一方的举手投降告终，要么就是两败俱伤，以离婚为结局。我很赞同他的这个观点。一个人的成长离不开环境的因素，"橘生淮南则为橘，橘生淮北则为枳"，说明了环境的重要性。焦玫的成长虽然有甜蜜，但总是伴随着痛苦。他在《享受在路上的时光》中坦诚地说出了成长过程中的迷茫和困惑，"好些日子，我都在思考潘晓的那句话：任何人，不管是生存还是创造，都是主观为自我，客观为别人。这句话如魔咒，让我困惑、缠绕了好多年了。"相对造就了药家鑫、李天一之流的现在社会环境，焦玫成长时期的社会环境自然环境要好得多，他这是站在人类社会发展的高度，清醒地关注当下人的"成长过程"和"成长问题"。小时候，他与妈妈去外婆家，十多公里的山路，还要爬一座大山，筋疲力尽时他耍赖地说："路难走，我不想走了。"妈妈就对他说："人的一辈子就是在路上走来走去，死了才不走了。"就是这句话，让他风风雨雨、忙忙碌碌地走了几十年，一直不停地走到了中年。"趁着现在还在路上，把脚步放缓点。好好地欣赏沿途的风景，每天被一束阳光、一朵鲜花、一滴露水甚至一只蚂蚁所感动，走这样的路，我想是非常写意的事，这才是一种生活的境界。"《在路上》这就是他的成长感言。这种态度无疑是积极的，热情的，是我们这个时代和社会需要提倡和弘扬的一种进取精神。这一辑所呈现的心灵疆域和思考力给了读者一种新颖的阅读感受和广泛思考共鸣。

　　笔端有情自温馨,散文最精粹的部分是情,凡文必以情取胜,用最简洁的文字、最真挚的感情写出自己的所见所闻、所历所感,是检验一部作品是否为美文的标准。《在路上》这部书选辑的每一篇文章,都堪称情景交融、情思并茂的美文。读着它,从中可以体会到作者对生活、对亲人、对家乡、对大自然的丰富情怀和精美文字,从而陶冶其中,感怀其中,得益其中。

　　活着,走在路上的感觉真好。

　　是为序。

09 _____

符勇的毛九一夜

讲述者：符勇

符勇，笔名无那曲。现供职于湖南省益阳市高新区国税局，出版有诗集《一半是妻，一半是天与地》。

十年前的一个下午，踏进毛院的大门，首先见到了班长刘友善，眯眯眼的刘友善，我总是回忆起他激昂澎湃的言论："这是一个疯狂的时代……"

还有同时来报到的张家界清清小姐，我嘴笨，徒有一身力气，二话不说把她的行李箱拎到了五楼。

兴奋的心情，室友的鼾声和吱呀呀叫唤的木床，彻底失眠，于是随笔写下了《毛院第一夜》。

45个同学，45天的相处，结下了深厚的友谊。我们不论贫与富，不论官职的高与低，谈的是理想，论的是文学，喝的是烈酒，唱的是情歌。还阴差阳错地给我配了个"砣子"——崀山的林琼。她精灵古怪，嘴不饶人，岁月也不饶人啊，现在的她端庄优雅，守着她的玉龙山庄，过着神仙般的日子。

让毛九真正威名三湘四水的，是我们毕业后的一年一聚会，也是同学们一年中最期待的日子。十年，我们走过了九个地州市，毛九的旗帜，飘扬在全省的每一片天空。每次年会，同学们激

云台山玻璃桥

情发言,汇报工作、生活,汇报创作的丰收,也倾倒生活的苦水。我总结了一番,大地方强于小地方,女同学强于男同学。我不善言辞,生活波澜不惊,创作又随心所欲,所以每次发言,总是寥寥数语,倒也符合这条规律,不如做个倾听者,真心为同学们鼓掌。

年会能这样一场不落延续下去,少不了他,鼎鼎有名的大律师胡勇平,他有想法,也有能把想法变成事实的能力,毛九的大小事,他都管,他是真正把毛九当家的人。

最期待年会的是我们班的"老男孩"滨哥,一场事故把风流倜傥的滨哥变成了"孩童"。有嫂子的贴身照顾,滨哥倒也活得逍遥自在,游山玩水,赏花写诗,一年有300天假,还有50天自由安排。除了滨哥这老顽童,试问天下还有谁敢与南岳大庙的菩萨抢枣子吃。

十年,所幸同学们都健在安康,天佑毛九。刚刚结束了凤凰的年会,亲爱的同学,我又期待与你们见上一面!

10_____

孙祝君之别名浅说

讲述者：孙祝君

孙祝君，株洲市渌口南洲镇主任科员，作品散见于《文学界》《渌湘》《劳动与生活》《株洲文艺报》《株洲日报》《湖南诗人》等。

毛院学习期间，我很低调，因为没有本事嘛，所以唯一的选择就是低调再低调。由于我平时爱开玩笑，发现自己在同学之间做个开心果也挺好，但不承想，被平溪慧子发现，赐个诨号，嘿嘿，"游戏机"。

悄悄告诉你，在毛九班上只有小部分的人知道，别张扬，那样总归不好！

我以自己的方式，用插科打诨或油腔滑调的语言开玩笑，并不是所有人都能接受，但游戏的外表下，我骨子里是传统而略显骄傲的。毛院学习归来后，我没有什么建树，属九班之中的差等生。记得我在县里区里两次征文比赛中得过两次三等奖，在市级报纸文学副刊上发过一些诗歌作品，在当时的《文学界》上和同学们一起发过一组诗歌，2018 年被《湖南诗人》收录了两首诗歌作为年选作品。我爱好文学，进行新诗创作很多年，其实早可以出本诗集了，但这个念头只闪几秒钟，接下来就被自己屏蔽了。毕竟懒散惯了，何苦认真讨累。

　　平常我的创作多属有感而发型，被逼的时候极少，故而享受生活带来的律动和神韵的时间居多。作为毛九班的一员，我应该多向同学们看齐，班主任陈嵘老师对我们关怀备至，常常叮嘱我们要多出精品力作，我受教之余不免惭愧！

　　毛泽东文学院第九期作家班的同学有别名的很多，就连在衡阳年会上申请加入毛九班，大名鼎鼎的水运宪老师，嘿嘿，我们有些同学在背地里偷偷地叫他"老玩童"！

　　这里只选取部分别名，很多极优秀的同学没有涉及，说声抱歉吧！

　　其实，毛九班有趣而温馨的故事挺多，我不想就此结尾，因为结尾就意味着离开，离开是不舍的，离开是残忍的，离开就会流泪！

江月卫、王天明、王丽君在湖南省"梦圆 2020"脱贫攻坚文艺创作征文中获奖时合影

11

陈科与毛九之道

讲述者：陈科

陈科，湖南省茶陵县人民政府办公室任职，擅长散文和古体诗赋创作。

在毛九，我算是真正的走读生之一。仅有的45天学习时间，因为父亲病危，我频繁往返于茶陵长沙之间，学习是"三天打鱼两天晒网"，心思根本就没有放在毛院。有好几次，在傍晚的时候接到母亲的电话，父亲不行了，赶快回去。我每次都是连夜赶路，每次回到家，父亲都奇迹般地好起来了。看到我舟车劳顿，父亲每次都安慰我，你放心去吧，我没事。我每次都是那样迟疑不决，悬在心里的那块石头总是难以放下来。

在毛院的45天，父亲在阴阳两个世界边缘徘徊；而我却在人学与文学的交融之间感受到了"毛九"的"人道"。从毛院回来后的不到一个月时间，父亲就走了，我心里哀痛，便在QQ空间发了一幅怀念父亲的挽联。想不到第二天我就接到了唐益红的电话，说毛九班的同学要来茶陵吊唁父亲。我有点惊恐，这也太麻烦了，万般推辞，还是没拗过同学们的那份真诚。那天，副班长胡勇平开了一辆5座的城市越野车，硬是挤了满满的6个人：胡娟、范如虹、王家富、唐益红、王亚。6位

陈科的一半火焰
一半海水

同学带着全班同学的心意分别从四个市州出发赶到长沙，6名同学挤在一起从长沙颠簸了近三百公里的路程，赶到了我茶陵的乡下老家。让我难以想象的是，范如虹是一路晕车过来，到达茶陵的时候，他就像大病了一场。我想象不出，一路的翻江倒海、一路的煎熬，范如虹是如何坚持过来的。这份感动，不是一个"谢"字所能承载的。我想，"毛九"之所以能走得那么远，永远是彼此间那份深存于心的关注和牵挂。

有人说，时间与感情不一定成正比，但只要是情分到了，哪怕是一分钟的"热焐"，也会温暖全身。

毛九的"友道"

毛九是才子佳人组合的大家庭，"砣子"就是组合的"姻媒"。

副班长胡勇平曾说，女同学就是太太口服液，男同学要含在嘴里、甜在心里。在毛九，女同学永远是男同学手心里的宝。本着友爱互助的原则，所有男同学都以"抓砣子"（抓阄）的形式，"一对一"与女同学结对，在生活上相互照顾、在学习和创作上相互帮助。

盛德不孤，友道长存。"砣子"结对的活动一开始虽然有游戏的成分，将毛九的25名男同学与20名女同学结成了十多个小组合（部分同学请假或没参加游戏），但恰恰是毛九这十多对才子佳人的组合，为毛九这个具有强大凝聚力的大家庭添了更多笑料和温馨。

胡娟是班上最活跃、最热心也是最火辣的"娘们"，她有一个古典的网名叫"梅妃儿"，是我在抓阄箱里捡出来的"砣子"，但捡到她的第二天，我就因为父亲病危而请假回家了，再说大家都知道这只是一个添欢乐的游戏罢了，我根本就没当回事，好一段时间我都没按游戏规则去照料过我的"砣子"。某次胡娟碰到了我，她就开始逗我：你捡到我却躲得没影，就不想对我负责了？我哈哈大笑，回她，你是全班同学共同的"砣子"，我早就被你"抛弃"了。

事实上，我的确是一直被胡娟"抛弃"，她热心于班上的事，整天忙得不亦乐乎，哪里最热闹，哪里就有胡娟的身影，她是全班同学的"开心果"，我哪敢"横刀夺爱"！以致学期结束前，毛院安排的贵州采风，我就在施秉漂流环节被"落单"，被同样"落单"的还有女同学唐益红，于是我们"同病相怜"，自动并高调"结砣"了，之后形影不离。胡娟同学自然没有放过让自己成为"班红"的机会，故意来"争风吃醋"，绝不让位，于是与唐益红以姐妹相称，把自己封为"三姨太"，把唐益红封为"四姨太"，并大张旗鼓地为我征召"五姨太"，我就这么无辜地成了她们的"老爷"。每次年会，我们三人都坐同一辆车，同吃一桌餐，"姨太"们相处融洽，我饱享齐人之福，因此也成为同学们经常开涮的话题，每次大家都被侃得哈哈大笑，"羡慕"不已。但我们彼此也乐意这种开涮，因为这种"开涮"从来就没有亵渎的意思，有的只是超强的娱乐精神，有的是同学间的默契和纯情。

毛九的"砣子"从来就是两相无猜，不含任何私心杂念的。更多的是相互帮助、相互鼓励。比如厚道、真诚的孙祝君因为喜欢"见异思迁"，而被"味驼子"范如虹戏称为"游戏机"，大家叫得越亲切，孙祝君越享受。因为，毛九的男女同学永远都是没有隔阂，是最不需要设防的人。

"毛九"是一个永远打不散，永远也分不开的大"砣子"，我们就永远这么和谐有序、亲密无间地相守。

12

郑安戈:江湖夜雨十年灯

讲述者:郑安戈

郑安戈,任株洲市国税局机关党委副书记,株洲市摄影家协会副主席,中国摄影家协会会员。《走进神秘女性佛国——亚青寺》在2015《中国妇女》海外版发表,《墙上的教科书》在《人民画报》发表。

狼奔豕突,浑不觉离开毛泽东文学院十年了!相比于其他同学,俺算个另类。

首先是好说歹说同意我半脱产学习,家里的事情还是照做,只得每天驱车往返,半天和晚上时间处理工作。客观上就跟大家"不熟"。其次,十年间发表的唯一游记《走进神秘女性佛国——亚青寺》是附带图片的解说,还是《中国妇女海外版》的编辑找上门的。第三,十年来,我也只参加过一次年会,大部分时间都在各地采风。

摄影与写作天然就不是一路的。摄影需要事先做好功课,再奔赴现场,起早贪黑,属于行动派,体力活。而写作属于静功,需要沉下心来,慢慢钻研。两者可以说是一文一武,时常矛盾冲突。"战士邀功,必借干戈成勇武;逸民适志,须凭诗酒养疏慵"直接冲突就是摄影需要客观、理性、早起;写作需要进入主观世界、感性、熬夜。两种生物钟,甚至是两种生物。

然而艺术都是相通的,文学是大部分艺术的基础。智利摄影师 Sergio Larrain 说:"你可以花几年时间培养出一位摄影师,但不如直接把相机交给一位诗人。"我虽然不是诗人,但从读书起就是全校语文第一,老师同学的青睐让我自带几分狂放。在西安读中学的时候,听过贾平凹的课。拜访当编辑的老师王改名,见过陈忠实。自中学时代起,就在《西安晚报》《陕西青年》等刊物发表过诗歌散文。古人说,读万卷书不如行万里路。这十年,驿马星动,没有停止过脚步。从祖国西南边境的万尾岛,到西北边陲的帕米尔高原,从呼伦贝尔大草原,到怒江大峡谷……譬如独自一人,凌晨三点,爬三清山拍日出,骏黑的四周,弥漫着瘴气,不时有不明野生动物被我这个不速之客惊到、逃窜。更可恶的是,有的家伙,被惊呆了,瞪着蓝色抑或红色的大眼睛直勾勾地看着我,让我倒吸一口凉气!来之前查阅资料还得知,三清山还有云豹、黑熊、金猫等猛兽。外面冻得鼻涕直流,而身上的长枪短炮、三脚架又让体内大汗淋漓,不禁质疑西方人发明的这种笨重而烦琐的雕虫小技,值不值得遭这份罪,几次萌生出打退堂鼓,回到温暖的被窝的念头。黑暗中,几次都误入歧途,以至穷途末路,无功而返。有的地方两边都是悬崖,深不可测,阴风怒号,我提醒自己不能掉下去,一车人还要坐我的车呢!到得绝顶玉京峰,风更急,有种前不见古人后不见来者的怆然。看到远处的灯火,虽遥远也感觉回到了人间。紧接着,大自然给了我一个又一个惊喜,曙光初露、红日冉冉升起,云雾在群峰之间流动、蒸腾,造型魔幻的奇松怪

毛九同学
和聂鑫森老师
在一起

石从面目狰狞到镀上金色。瞬间顿悟到"那河畔的金柳,是夕阳的新娘"是多么美妙、贴切。置身这一幕又一幕高潮迭起的震撼场景,我大喊我想狂奔,想拥抱可以见到的任何人,一切的苦难都得到超值回报!

类似的险境不胜枚举,深夜去南疆轮台——也就是岑参写"马上相逢无纸笔"的地方——塔里木河边拍摄星空,在石柱县的原始森林大风堡迷路转悠到凌晨,在珠峰大本营喝酒跳锅庄加剧高反,在周召分陕而治的地坑院炸机,在雪域翻车,在西吉被致命的毒虫草爬子咬伤,几次被死神撞腰。没有想象的浪漫,更没有照片那么唯美,但逃离眼前与苟且的最佳途径就是到未知的地方。只要走出去,转角就会闯进历史,扑面而来的新鲜让人兴奋莫名,感慨不已。回来整理图片、视频,仿佛重走行程,再次消费。东坡先生说,好的东西都是免费的,不去消费简直暴殄天物。

行摄逼着你去学习,逼着你打破固有的设定接纳不可思议的别样人生,逼你跳出井底,走出舒适区。不到甘南,不到西海固,你很难理解回族同胞的坚韧。回来后,重读张承志的《心灵史》感受绝对不一样。到过康巴地区,再读阿来的小说感觉也不一样。

当然,我也造访过杨锦芳同学的蓝山梨花,张远文同学的二酉洞,也到江月卫的新晃晃了一晃,还到过胡勇平班长的侗乡玉屏听过吹箫,陪胡娟、徐仲衡、陈永祥、王家富到孙祝君豪宅夜访,参加江华县庆偶遇七匹狼用脸盆喝酒等。同学们的家乡、城市或许无数次悄悄地进去,未曾打搅。但想着想着就笑了,也未尝不是一种幸福。譬如到过焦玫的麻阳河上拍龙舟,到过陈应时的桂东拍高山风电场等,虽然没有骚扰同学们。

十年一觉摄影梦,我从一个发烧友,到不断参加比赛,先后加入市摄协、省摄协、中摄协,成为市摄协副主席、国家高级摄影师。猛然回首,确实有些怅然,看看以前拍的照片,感觉挺对不住同学们的,也没有拿得出手的照片。想起李宗仁归来的第一句话,人要是从八十岁往一岁活,会少好多错误。生命就是一个过程,结局都是一样的,天空没有鸟的痕迹,但我已飞过。

13 _____

这位江主席叫月卫

讲述者：江月卫

江月卫，中国作协会员，怀化市文联党组成员、副主席，怀化市作协主席，先后在《民族文学》《清明》《创作与评论》《湖南文学》《绿洲》《当代小说》，以及台湾、香港等地区的《自立晚报》《中时晚报》《星岛日报》等刊物发表中短篇小说、散文多篇，出版长篇小说《御用文人》《女大学生村官》。

江月卫的文字说不上哪点好，有点土，有点慢，还有点穷。你却没有办法不喜欢：

"黑牛不再说话，用心打着谷把。不觉间，一丘田的谷子打完了，刚好一大担和一小担，黑牛挑着一大担就走了，没有顾及女人和孩子。女人以为黑牛生气了，只好忍气挑着一小担谷牵着孩子慢慢回家。

"走了大概五十米远吧，黑牛回来了。黑牛把谷子放在路上来接女人的担子。当地人把这一做法叫打短担，打短担能将两担谷同时挑回家。黑牛一句话也没有说，从女人的肩上接过担子。当两人身体贴近的时候，黑牛故意碰了女人丰满的奶子一把，女人笑了笑，黑牛有些心旌荡漾。女人抱起孩子加快了步伐。"

这段文字与其说是在描述一幅收割场景，还不如说就是我们这块土地上刨出来的爱情，我就觉得江月卫就是那文字里的黑牛。

和江月卫做同学和做兄弟都是一件很痛快的事情，他在基层工作几十年，一肚子的段子和

江月卫出版的书籍

故事,还有就是肝胆和酒量。毕业那会儿出差到怀化,怕和他喝酒,就吃完晚饭再联系的他,没半小时,抱着一瓶酒鬼就过来了,还把公安美女作家亦蓝叫过来作陪,街边的小酒馆大半个夜晚都成了我们的。

毛九年会,他一次也没有缺席过,怀化年会前,每次和焦玫都先到,到了端杯酒,悄悄问:胡班,明年年会轮到怀化了没有?我一定会狠狠地和他喝一杯,因为我知道毛九年会,他是怕万一下个城市的同学掉链子,给我当备胎来了。

近两年的时间里,我也只见过江月卫两回,每次都是很夸张地那种开心,或者用他的话说,毛九同学的感情是两个小朋友在聊天,傻乎乎的,特高兴。或者说得严重一点,我们是为同一种爱好而欣喜,同一种活法而坚持,同一种不平而悲哀;我们是被同一种情操所感染,同一种养料所滋润,同一种温暖所安抚……

截了江月卫一段文字:

我今年的生日是在扶贫村里过的,这是我在贫困村里担任第一村支书的第二年,天麻麻亮老婆给我打了个生日祝福电话,我又睡了个回笼觉。起床后一直忙着村里的事,把过生日给忘了,晚上只吃了一碗面条,想来也能算是一碗长寿面吧!晚上睡觉前我才抽空把微信翻看一遍,看到"毛九"微信群里同学们对我的一个个问候与祝福,才记起今天是我的生日,感觉心里暖洋洋的。小时候盼过生日,过生日会有一个鸡蛋吃。人过中年就不想过生日了,过一年就老一岁。因此,常常不去记自己的生日。有了"毛九",想忘记都不行,胡娟同学帮你搞得清清楚楚,生日那天,从早上开始微信里就下起了红包雨。

链接:有味的人

文／蒲钰(中国作协会员,新晃县作协主席)

江月卫,网名湘西蛮子,但领导喜欢叫他江胖子。究其原因,那是几十年前的旧事了。据说有一次,上面领导下来考察,招待所的美女把他的名字念成了江肥,领导听到了就笑,肥就是胖嘛,江胖子。上面某位领导只叫了声江胖子,哪想下面的领导也跟着叫,他就成江胖子了。"那时候我哪有这么胖?都是让领导给喊胖的。"成了胖子后,江月卫经常摸着将军肚摆脑壳,"这年头啊,领导说什么都准……"至于网名湘西蛮子,他还真蛮。有天晚饭后散步,见几个染黄头发的小青年正强要一中年妇女卖的李子。他大喝道:搞什么?给我放

江月卫的《御用文人》和刘友善的《田二要田记》同时被评选为湖南百部优秀长篇小说

下!见江月卫穿着短裤趿着拖鞋,几个黄头发使了眼色想教训他。江月卫顺势一蹲抓起卖李子的扁担在头上一舞。几个黄头发吓得飞跑。江月卫丢下扁担拍了拍手说,老子是学过本地拳的,你小子不想活了。卖李子的硬要装一袋送给江月卫,他却只拿了一颗放到嘴里尝了尝,说不错!本甜。

那一年,我的小说《青春的手枪》获奖,得了三万多块钱奖金,从北京回来后到馆子里请朋友吃大餐,可是中途去结账时,老板却说有个胖子结过了。我对江月卫说,我喊吃饭,怎么变成你请客了?哪想他一本正经笑道,你这卵人,你以为获奖是你一个人的事呀,你到北京领奖,这是我们县文化界的大事,文化局局长应该请!他知道我一个人在县城租房子靠稿费养家糊口不容易。帮我还帮得心服口服。

大凡胖子都会吃,会吃的人自然就会做菜。江月卫就是最好的例证,他没事时就逛农贸市场,见到有什么好吃的他就会买回来精心加工,然后再叫上朋友们来喝酒。久而久之便得了个江月卫爱在家里请客的名声。一次,江月卫酒后大发感慨,哪个不晓得进馆子,可是我那几个工资吃得了几餐?我还要养家糊口咧!文联又是个穷得尿都屙不出的单位,莫过还要揩单位的油火?一次县文联几个朋友到市里办事,江月卫喊他们到家吃饭,正光着膀子炒菜的江月卫指挥老婆说,这么珍贵的客人来了,上二号坛的酒!老婆是个实在人,说你就一个坛子什么二号坛一号坛的?大家哄然大笑。他自个儿也乐呵呵大笑,骂老婆,你这个蠢人,那个装酒的坛子叫二号坛!

说到喝酒,我又想起一件事,那还是在好多年前,江月卫在波洲镇当党委书记,长沙一帮朋友来看他,他豪情万丈地对办公室的同志说:上我们波洲的最高接待用酒!办公室的上了十块钱一瓶的沱牌酒。长沙的朋友以为上错了但又不好说,见江月卫拿着酒瓶就开,才知他是在开玩笑。

在我的朋友圈里,江月卫喝酒应该是排在前面的,他不光能喝还肯喝。朋友们在一起吃饭总会要提到他,说江月卫不来气氛不够,来了酒又不够。在我看来,江月卫能喝可能与他出汗有关,不管是夏天还是冬天,他只要上桌就开始冒汗,一餐饭下来,他流出的汗比喝到肚里的酒还多,他说自己这辈子是牛变的,连吃饭都累啊!我们则怀疑他的酒是不是喝到了肚里,是不是喝到嘴里就从头上变成汗冒出来了。他则哈哈地说，你们也试试吧！

他老婆常批评他说，你自诩自己没有酒瘾，一个人是从不端杯的，但想喝酒了就会到处喊人来吃饭，然后又找着借口说，来了客人肯定要喝几杯啦！他老婆说得一点没错，江月卫哪儿都有朋友。文学圈子里的就不说了，他当市作协主席肯定有一帮文学圈子里的朋友。结交当官的朋友也再正常不过的了，他自己是官场中人还是副处级干部。可江月卫结交的一些朋友你们根本想不到，比如做菜籽生意的老张，杀猪卖肉的小李，收破烂的老夏，搞装修的老周，还有算命的老杨……老话讲人以类聚，物以群分，真不知江月卫属于哪一类人。但江月卫有一个特点是大家公认的：有味、好玩。他说，人生草草，何必何事都要分个高低，什么都要弄清楚子丑寅卯？

可能是有了这些七七八八的朋友吧，他的写作题材是广泛的，他的工作也如玩耍般顺利。比如说，他在麻阳扶贫的时候，一位村民不肯拆猪栏，使得修了三年多的村级公路被堵在那儿通不了。江月卫当着这位村民的面把指头一弯，甲子乙丑地念了一下说，你这个猪栏喂猪不是很顺，喂的肥猪没有哪头没吃过药打过针，如果改个朝向……改了朝向后，就可让出公路用地了，新猪栏建在通风处天天接受新鲜空气，肯定少生病或者不生病了。江月卫在这里便得了个风水先生的雅号。

江月卫的老家在新晃林冲乡一个叫栗山村的苗家山寨，我到过几次，他家的老屋场还真是块风水宝地哩。堂屋门口正对着文笔峰，案台清晰可见。江月卫有四兄妹，哥哥江恒文章写得好，调到省城工作了，两个姐姐早就出嫁了，他自己也是当地一支笔，到文化部门工作，家里只剩一个老父亲。前几年他回老家修了一栋砖房子。很多人都感到不解，议论纷纷，什么样的猜测都有。后来他跟我说，那是没办法，老人家住不惯城里，只好给他在乡里头弄栋房子，环境好一点，寨子头的人也好过去陪他喝酒，帮我照顾老人家。他调到市里工作后，离家更远了，但每到周末，他都会回老家去看望父亲，请寨子里的人喝酒。即便现在，他老父亲不在了，他时不时也会回去，寨子里老人过世，或者年轻人结婚、进新屋什么的，他都会回来，寨子里头的礼，从不落下。他说，父亲不在了，但房子还在，还指望邻里乡亲帮忙看下房子。

　　江月卫有味的事情还多着呢。前几天，我到市印刷厂编排县文联的杂志，江月卫又喊了一帮兄弟到他家里喝酒。他老婆向我们透露了他多年前的秘密。"你们别以为江月卫幽默，其实他是个老实人，谈恋爱那阵，贾平凹的《废都》正火，有时候约会找不到话说了，他就给我大段大段地念《废都》，连标点符号都没落下……"他老婆说这事的时候，他也不置可否，而是端起杯酒笑呵呵地问我，蒲钰，你信吗？我哈哈大笑说，信信信！江月卫，就是这么有味的人。

14 _____

结束语

讲述者：水运宪

水运宪，中国作家协会会员，一级作家，中国戏剧家协会会员，湖南作家协会荣誉主席兼湖南省政协常委；主要作品有《祸起萧墙》《乌龙山剿匪记》《天不藏奸》等。

"毛九"者，湖南毛泽东文学院第九期培训班之简称也。名为学院，不见于院校名录，亦无资质学历可言。市州各荐三五文学爱好者，临时聚会于斯，或聘导师授课，或相互研习写作，短暂不过月余，如此而已。

于我而言，却因此结识了毛九班一众文学朋友。时光白驹过隙，转瞬已是十年。晤面机会鲜少，萦怀之心常存，于是诚惶诚恐，申请忝列其中，自以为人生一大幸事。聚散离合皆以为常，然相聚未必相合。相聚者期盼再相聚，此为好聚。好聚之聚，始于好合。何谓好合，情投意合也。

毛九结业已逾十载，同窗情谊历久弥坚。天长日久，人皆不惑，年年相思，岁岁聚首。无利益予取，无杂念相谋，仅怀一颗痴心，唯独迷恋文学。聚之乐思蜀，散之翘望来年，如此雅致情怀，当下实为难得。

纷繁世道，格物致知，任他无边落木，我自不尽长江。毛九所践所行，堪为人间真情之范式矣。

·附录·

毛九 10 年文艺创作成果展

一、长篇小说及小说集

2010 年 6 月,王天明的长篇小说《十八个春天》公开出版发行。

2010 年 6 月,陈应时的长篇小说《色险》被《当代华文文学》杂志(季刊)(第 3 期)转载。

2010 年陈应时长篇小说《商险》正式出版。

2011 年 8 月,陈应时官场系列作品之三——《商险》一书由作家出版社公开出版发行。

2011 年 11 月,陈应时小说《官险》再版。

2012 年 9 月,梁莹玉个人首部长篇小说《沧桑税月》由作家出版社出版发行(后在湖南人民广播电台专栏长篇选播)。

2013 年 1 月,刘友善的长篇小说《田二要田记》由新华出版社公开出版发行。

2014 年 4 月,江月卫(湘西蛮子)的长篇小说《女大学生村官》公开出版发行。

2016 年 1 月,王天明的长篇小说《沃土》由花城出版社出版发行。

2016 年 6 月,兰心译著的《简·爱》由群言出版社出版发行。

2016 年 6 月 15 日,王天明的长篇小说《沃土》自此日起在《纳税人报》上连载。

2018 年 9 月,王天明第四部长篇小说《浴火重生》由四川党建期刊集团四川民族出版社出版发行。

2012 年 10 月，"湖南第一位公路诗人"李伟的首部小说集《古镇排客》由中国文联出版社出版发行。

二、散文集、散文诗集及其他专著

2010 年 9 月，范如虹散文诗集《尴尬的约会》正式出版发行。

2010 年 11 月，陈永祥的散文文集《山里的嫂子》正式出版。

2010 年，陈应时散文集《遥远的姑娘》正式出版。

2010 年江月卫的长篇小说《御用文人》再版。

2011 年 4 月，著名湖南籍前电台主持人罗刚和我班"80"后女作家兰心联合推出了他们的新作——《小心！男人就这样骗你》。

2011 年 11 月，焦玫散文集《在路上》由团结出版社出版发行。

2012 年 10 月 13 日上午 9：30，兰心在长沙图书馆四楼报告厅主讲《爱的正能量》暨现场签售会。

2012 年 10 月，王菊苹(九妹)的散文集《叠梦》公开出版发行。

2012 年 11 月，胡娟撰写的人物传记《流金岁月——富荣春回忆录》由中国文联出版社出版。

2013 年 4 月，兰心新书《遇见幸福，遇见爱》出版发行。

2013 年 9 月，丛林(何贵珍)的散文集《水流林静是故乡》由中国国际广播出版社出版。

由胡勇平四年精心创作，由著名作家王跃文作序，王填、叶文智、谢子龙三位全国人大代表，著名企业家联袂推荐，反映中国律师生存状态的一本奇书《信用战争》已由湖南人民出版社出版，自 9 月 24 日起，陆续上架全国各大新华书店。

2013 年 11 月 16 日，王亚新书《此岸流水彼岸花》首发式暨读者见面会在株洲新华书店读者沙龙隆重举行。该书已由湖南文艺出版社出版发行。

2014 年 8 月，王亚的散文集《一些闲时》由首都经贸大学出版社出版。

2014 年 8 月 27 日,兰心新书《幸福驾到》和《宝宝驾到》首发式在北京国际图书博览会举行。

2016 年 3 月,丛林的散文集《山林日记》由中国出版集团现代出版社出版发行。

2016 年 7 月,王亚第四本个人专著《声色记——最美汉字的情意与温度》由中原出版传媒集团大地传媒、河南文艺出版社出版发行。

2017 年 3 月,九妹的新书《古画之美》出版发行。

2018 年 8 月,王丽君的长篇报告文学《深杉"候鸟"汪思龙》出版。

2019 年 3 月 22 日,张雪云的散文集《蓝渡》入选 2018 年度"21 世纪文学之星丛书"。

2019 年 4 月,郑学志的专著《做一个会"偷懒"的班主任:班级自主教育管理的艺术和技巧(第二版)》由中国轻工业出版社再版发行,引起业内人士广泛关注与互动。

2019 年 4 月 13 日,兰心新书《遇见爱,遇见更好的自己》在美国举行首发式。

2019 年 7 月 5 日,王丽君长篇报告文学《涝湾古韵》首发式暨《一生承诺》研讨会在长沙毛泽东文学院举行。

三、出版诗集

2011 年 6 月,李燕子的个人首本诗集《想这样温暖你》公开出版发行。

2011 年 8 月,焦玫的诗集《诗意地生活》由内蒙古出版社出版发行。

2013 年 12 月,李燕子的个人第二部诗集《奔跑的灵魂》由团结出版社公开出版发行。

2014 年 2 月,刘慧的诗集《傻到极致》由旅游教育出版社公开出版发行。

2014 年 6 月,熊刚的诗集《掩帘听雨》由中国文联出版社出版发行。

2015 年 2 月,王丽君(紫云英)的诗集《缓慢行走的日子》由团结出版社出版。

2015 年 11 月,王家富的诗集《我的河山》由类型出版社出版发行。

2015 年 12 月,王家富的诗集《与一朵花对视》由中国出版集团现代出版社出版。

2018 年 5 月,大雁飞过(李伟)的诗集《致那些爱过的你们》由线装书局出版发行。

2019 年 7 月,欧阳清清第一部诗集《飞翔的鸽子花》出版发行。

四、获奖情况

2010 年 9 月,袁敏创作的剧本获湘潭市文联剧本创作成果奖。

2010 年 9 月,张远文的散文《梦回明月山》获"中国当代散文奖",作品入选《中国散文家代表作品集》,个人词条入选《中国散文家大辞典》。

2010 年 11 月 16 日,熊刚的诗《踏着李贺的诗韵来到宜阳》在"李贺杯"全国诗歌散文大赛中获三等奖。

2010 年 11 月 20 日,陈永祥作的词获中国第十一届瑶族盘王节《盘王赋》全球征文优秀奖,11 月 20 日应邀出席在广东乳源举办的盘王节开幕式。

2010 年 12 月 1 日,梁莹玉的理论文章《控住共管户小税种做活地方税大文章》获中国新闻文化促进会法制部前沿创新理论部特等奖。此奖为首届"共和国重大前沿理论成果奖",录入《创作理论成果文选》(上卷)。

2010 年 12 月,唐益红诗集《我要把你的火焰喊出来》获得第八届丁玲文学奖诗歌二等奖。

2010 年 12 月,邓道理获 2010 年度湖南省劳动模范称号。

2011 年 1 月 10 日,王家富被省委组织部评为全省优秀组织工作者、记三等功一次。

2011 年 3 月,胡娟荣获 2010 年度湖南红网"时势广场"论坛"十佳网友"。

2011 年 6 月,由人民文学杂志社、中共常德市鼎城区委、鼎城区人民政府联合主办的"善卷故里、善德鼎城"征文揭晓,唐益红的诗歌《风吹过一条芳香的河》(组诗)获二等奖;熊刚的诗歌《踏寻善德之源》获优秀奖。

2011 年 9 月,由《散文选刊》《北方文学》《青海湖文学》三家国内知名文学期刊联合举办的首届全国人文地理散文大赛中,李燕子的散文《藕池河渡口》

获二等奖。

2011 年 11 月,在国际森林年征文大赛中,陈永祥散文《树娘》荣获二等奖。

2011 年 11 月,张远文的短篇小说《陶千树的雨》在《小说选刊》获二等奖。

2012 年 6 月 6 日,李燕子的诗《冬雪(外五首)》在全国首届"红帆杯"儿歌童诗大奖赛中获创作奖。

2012 年 11 月 18 日,袁敏(戏剧)入选湖南省文艺人才扶持"三百工程",入选者为文学、戏剧、美术、书法、舞蹈、摄影、民间艺术和文艺评论 8 个艺术门类。该工程由省委宣传部、省人力资源与社会保障厅、省文联共同实施,重点关注和扶持老、中、青文艺家各 100 名。全省共有 876 人参加评选,有 299 人入选。

2012 年 12 月 15 日,益阳市举行市女子作协成立大会,同时进行"鹏程杯"女子文学作品大赛颁奖仪式,喻俊仪的作品获一等奖。

2013 年 6 月 1 日,湖南省作家协会主办,湖南作家网承办的"潇湘杯"网络原创文学大赛揭晓,九妹的作品《一面湖水》(散文)获一等奖,唐益红的作品《在青山脚下》(组诗)获二等奖,肖云的作品《接访》(小说),丛林的作品《意难平》(小说),"小毛九"肖一笑的作品《13 岁女孩的诗歌》(组诗)获优秀奖。

2013 年 7 月 29 日,熊刚拟作的"运动沅澧风,健康常德人",获得常德市第六届运动会主题口号征集银奖。

2013 年 10 月,唐益红的诗《多少架在水波之上的清风》在全国"森华杯"党风廉政建设诗文大赛中获银奖。

2013 年 10 月 25 日,《三湘都市报》刊登了 2013 年湖南 20 位"法治英雄",其中,胡勇平名添其列,并被列为 2013 年 CCTV 中国法治人物候选人。

2014 年 7 月,焦玫、张湖平、梁莹玉、王亚、九妹、李映红、李伟、江月卫、徐仲衡、陈应时、唐益红、范如虹、刘友善、胡勇平、王天明、符勇、刘慧、兰心、胡娟、肖一笑(肖荣)、邓道理、林琼、丛林、陈永祥,共 24 名同学捐赠各自创作的长篇小说、散文集、诗集等各类作品 36 种,共计 134 册给湖南省图书馆及长沙市图书馆分别收藏。

2014 年 10 月 11 日,胡勇平被评为 CCTV2014 法治人物评选候选人之一。据悉,这是他第三次被列入法治人物评选候选人。

2014 年 10 月 13 日，获悉范如虹的散文诗《塔克拉玛干》在第二届"中国冶金文学奖"散文组二等奖。

2014 年 10 月 31 日，喻俊仪读《昆虫记》的读后感《一本书滋养一生》在深圳图书馆南书房家庭经典阅读书目主题征文活动中获二等奖。

2014 年 11 月 8 日，郑安戈的摄影作品《夜的星空》和《守候》在安徽黟县 2014"西递·宏村杯"中国黟县摄影大展中分别获银奖和优秀奖。据悉，今年以来，这是他第八幅摄影作品在各类大赛中获奖了。

2014 年 11 月 12 日，湖南省文联和省民协关于开展以"中国梦"为主题民间故事征文揭晓，江月卫的《父亲的那些唱词》获三等奖。

《三湘都市报》以"创办网站'追赖'，他首倡以诚信推动法治"为标题，整版介绍中国法治人物"湖南十佳"之胡勇平事迹。

2014 年 12 月 21 日，省金融作家协会召开"中国梦·劳动美·金融情（招行杯）——纪念建国 65 周年征文"评选颁奖大会。张雪云等人撰写的《预见方能遇见》获报告文学类一等奖。

2014 年 12 月 23 日，王丽君的诗歌《与孝德同行》在 2014 永州市"我身边的人民警察"征文、摄影大奖赛中获二等奖。

中央人民广播电台"记忆乡愁征文获奖作品揭晓暨颁奖仪式"在京举行，熊刚的《澧水放排》获优秀奖。

2014 年 12 月 28 日，第五届湘西自治州"宣传文化奖"评选结果揭晓，杨晓凤等人撰写的报告文学《椪柑之父的苦乐人生》获沈从文报告文学类三等奖，王菊苹（笔名九妹）的散文集《叠梦》获散文诗歌诗词类二等奖。

2015 年 1 月 3 日，徐德芳的摄影作品《寻找爷爷的名字》在永州市摄影家协会 2014 年年会摄影抓拍赛中获优秀奖。1 月 4 日，"芙蓉王 20 周年"寻找最美图腾征文活动评审揭晓，徐德芳的散文《爱的传承》获三等奖。

2015 年 2 月 3 日，第三届"潇湘杯"网络文学征文大赛揭晓，王家富的组诗《令人最向往的地方》获诗歌类优秀奖。

2015 年 3 月 30 日，熊刚的诗《永不磨灭的背影》在缅怀宋教仁先生殉难 100 周年诗词大赛征集活动中获得二等奖。

2015 年 4 月,王丽君的诗歌《金光曲》获"美丽乡村·淡淡乡愁——2015 首届'稻田公园杯'中国安仁诗词大赛"优秀奖。

2015 年 8 月 26 日,徐德芳的摄影《龙吟虎啸庆丰年》在永州市"欢乐潇湘"书法美术摄影大赛中获一等奖。

由省文化厅、省文联共同主办的"难以忘却"——湖南省纪念抗日战争胜利暨世界反法西斯战争胜利 70 周年美术书法摄影作品展,经专家评审,评选出参展作品 175 件,特邀作品 51 件,共计展出作品 226 件。从 8 月 26 日至 9 月 25 日在湖南省群众艺术馆展出。郑安戈的摄影作品参展。

喻俊仪的散文《云朵停留的地方》在"仙境云台"文艺创作比赛中获一等奖。

2015 年 9 月,江月卫的《井上和彦医生的困惑》在湖南省图书馆纪念抗战胜利暨反法西斯战争胜利 70 周年"同抒爱国情共传华夏声"读书征文活动中获三等奖。

王家富的组诗《以国歌的名义》在"胜利之歌——纪念中国抗日战争胜利暨世界反法西斯战争胜利 70 周年"全国征文大赛中获优秀奖。

2015 年 9 月 29 日,由省委宣传部、省文化厅、省文联主办的 2015 湖南省"欢乐潇湘"群众美术、书法、摄影活动举行颁奖仪式,徐德芳的摄影作品《龙吟虎啸庆丰年》获摄影类二等奖。

2015 年 10 月 10 日,2015"雪花纯生匠心营造"中国古建筑摄影大赛·斗拱湖南分赛区颁奖典礼暨影展开幕式在长沙 K+影像创客空间举行,郑安戈应邀出席并受奖,他的摄影作品《南北斗拱》获斗拱奖三等奖。

2015 年 10 月 12 日,2014 年度 CCTV 法治人物颁奖典礼在湖南卫视播出,胡勇平作为 2014 年 CCTV 法治人物,应邀出席受奖。

2015 年 10 月 29 日,江月卫参加由新华报业传媒集团、江苏省作家协会、言恭达文化基金会主办的"乡愁"多媒体散文征文大赛颁奖暨乡愁艺术馆开馆典礼,他的散文《爹在城里唱山歌》获二等奖。

2015 年 11 月 4 日,陈科作词的《茶陵古城民谣》(作曲者:廖征)在"潇湘好歌传天下"2015 年歌曲征集中被湖南省音乐家协会评为 100 首优秀歌曲之一,并入选《潇湘好歌传天下 2015 年卷》。

2015 年 12 月，陈永祥填词的歌曲《华夏好儿郎》在省纪委、监察局、省文化厅联合举办的廉政文化征集中获三等奖。

2015 年 12 月 8 日，湖南卫视新闻联播播出的《继承好传统创造新业绩——新闻工作者谈"十不准"》新闻条专访了邓道理。

2015 年 12 月 26 日，湖南卫视国际频道湘怀天下第九期人物播出知名律师胡勇平——律师侠客柔情书生。

2016 年 1 月 14 日，郑安戈的摄影《我们的中国梦》《私语(株洲化工厂关闭)》获湖南省第五届艺术节入选奖。

2016 年 3 月 8 日—9 日，曾令娥接受《湖南教育》杂志社记者刘良初、熊妹专访，作为一名普通的中学教师接受省教育杂志社记者专访，省内实属罕见，王亚等同学见证了这一荣耀时刻。

2016 年 3 月 23 日，第二届金迪诗歌奖揭晓，唐益红的诗《一闪而过的事物(组诗)》荣获铜奖。

2016 年 7 月 27 日，河南文艺出版社整体推荐一批图书，其中，王亚的散文随笔《声色记》被列为"河南文艺社 2016 年书博会好书推荐(文艺类)"重点推荐图书。推荐词曰："在这本书里，作者穿越自己经年的阅读思索与生活经验，以极具慧心和深情绵密的表达，带我们领略汉语言文学致命的雅致与风情，趣味与灵性。"

2016 年 8 月 4 日，天津第二十五届"东丽杯"全国鲁藜诗歌奖评选入围名单公布，由湖南省文化馆推送的唐益红的诗歌《悬念(组诗)》六首入围。

2016 年 9 月 1 日，长沙市文联举办的"品质长沙，我在现场"文学、摄影、歌曲原创作品一、二、三等奖评审结果公示，紫云英的散文《含浦荷田田》获文学类二等奖，王家富的诗《花开之声》获文学类三等奖。

2016 年 10 月 9 日，曾令娥的散文《在你的怀抱里温柔地沦陷》获《湖南教育》"首届教师写作夏令营"征文大赛一等奖。

2016 年 10 月 24 日，潇湘好歌——2016 年"潇湘追梦"原创精品歌曲征集评审公告发布，陈永祥作词的《瑶山追梦》(陈永祥词赵斌曲)获银奖，此歌被评为 2016 湖南十大金曲之一。同时，陈永祥作词的《大瑶山》(陈永祥词、朱光永曲)获铜奖。

2016 年 11 月 9 日，第六届湘潭市文学艺术奖(2014—2015 年度)评选结果公示，王家富的诗集《与一朵花对视》入选第六届湘潭市文学艺术成果奖。

2016 年 12 月，徐德芳的摄影作品《绿意盎然》获 2016 株洲首届"金税杯"收藏奖。

2017 年 2 月 8 日，由省作协举办的"我来讲故事——湖南的水"征文活动揭晓，张雪云的散文《窗外的河流》荣获二等奖。

2017 年 2 月 10 日，徐德芳的摄影作品《翘首盼哥来》入选永州市 2017 元宵摄影展，并获优秀奖。

2017 年 2 月 20 日，邵阳市第七届精神文明建设"五个一工程"获奖名单揭晓，刘慧的诗集《傻到极致》获优秀奖。

2017 年度长沙市艺创作重点扶持项目入选结果揭晓，赵秋兰(兰心)的长篇小说《只要最后是你就好》入选。

2017 年 3 月 31 日，江月卫的散文《在通道大地上的诗意行走》在首届"最美侗乡，好运通道"杯全国旅游散文大赛中获优秀奖。

2017 年 5 月，刘慧的小品剧本《天上掉房子》获邵阳市扶贫征文三等奖。

曾令娥的《驻校作家提升初中学生语文核心素质策略研究》入选湖南省教育科学"十三五"规划 2017 年度课题。

张雪云的长篇报告文学《为中国而教——乡村教育深呼吸》入围 2017 年度省作协重点扶持作品。

2017 年 9 月 4 日，郑安戈 2017 年 7 月在青海采风的摄影作品《仰望星空》获中税摄影网"青海采风"活动优秀奖。

2017 年 11 月，刘慧的小小说《密件缘》获长沙市委保密工作征文三等奖。

2017 年"欢乐潇湘"全省群众文艺中，由新田县文化馆选送的陈永祥作词的《瑶山追梦》(编导 宁艳丽、谢巧霞，作词陈永祥，作曲赵斌，表演成园林、陈悦、郑颖林、姜子良、宋佳玲、唐滔、郑兰英)节目获二等奖。

2017 年 11 月 22 日，湖南省教育科研协会 2017 年度论文评奖结果揭晓，曾令娥撰写的《以"奢华"作文升格为例浅析学生思维能力培养的策略》获二等奖,她与刘剑文合写的《浅议基于语文核心素养的驻校作家师资团队的构建策略》获一等奖。

2017 年 12 月,唐益红的组诗《西藏之南》获常德第四届原创文艺奖。

李映红的长篇小说《李柳染堂》被评为湘潭市文联举办的"喜迎党的十九大、传人故里、大美湘潭"主题文艺创作活动优秀作品。

2018 年 4 月 2 日,郑安戈的摄影作品《转型升级(组图)》获湖南省第 18 届影展银奖、优秀奖。

2018 年 8 月,王丽君的报告文学《为了夕阳更灿烂——长沙市岳麓区推进养老服务工作纪实》获全国老龄委新闻宣传好作品奖。

郑安戈的摄影作品获湖南省第六届艺术节优秀奖。

2018 年 10 月 30 日,第六届湖南艺术节"三湘群英奖"获奖名单揭晓,陈永祥作词的《瑶山追梦》(作词陈永祥,作曲赵斌,编导宋艳丽,演唱宋艳丽等,选送单位:永州市文体广播新闻出版局)获金奖,陈永祥作词的《塞上号子》(作词陈永祥,作曲何湘保,编导邹福桥,演唱赵世宜等,选送单位,永州市文广新局)获银奖。

2018 年 11 月 1 日,江月卫的长篇小说《回不去的故乡》荣获今古传奇2018 年度全国优秀图书大赛最佳图书奖。

2018 年 12 月,曾令娥的文章《驻校作家培养初中生文学素养的实践与思考》获《文学教育》杂志主办的首届全国文学教育论文大赛二等奖。

王丽君的报告文学专著《深杉"候鸟"汪思龙》入选中国追梦者丛书并被评为湖南省优秀社科读物。

2018 年 12 月 9 日,写给张家界的精美短诗"张家界大峡谷杯"全民诗歌创作大赛揭晓,欧阳清清的诗《黄龙洞》获优秀奖。

湖南省音乐家协会公布 "潇湘好歌"2018 湖南省第四届优秀歌曲征集评审结果,陈应时、陈永祥等人的 4 首歌曲入围(全省共 80 首入围),相关名单如下:《一箩茶叶一箩歌》(陈应时词,岳瑾曲,郴州市音协报送)、《千年瑶寨》(陈永祥词,佳幸、廖晓君曲,永州市音协报送)、《过山谣,过山谣》(陈永祥、郑艳琼词,佳幸、晓君曲,永州市音协报送)、《织瑶锦》(陈永祥词,江晖曲,永州市音协报送)。

2018 年 12 月,张远文等人撰写的《试论深度贫困地区如何实施精准扶贫与脱贫——来自湖南沅陵"借母溪扶贫模式"》(作者:孙正阳、张远文)在 2018 年度"中国扶贫改革 40 周年"主题征文活动中被评为获奖论文。

湖南省政府新闻办主办、湖南日报社新媒体中心承办的 2018 "晒幸福——图说湖南 40 年"摄影故事创作大赛从两千余作品中初选 100 件入围,郑安戈的作品《幸福的金花》入围。

徐德芳的摄影作品《潜移默化》在 2018 年零陵"传千古廉风格树正气零陵"廉政书法摄影作品展中获优秀奖。

2019 年 1 月,第二届雷锋文学艺术奖颁奖典礼在望城举行,李伟的诗集《致那些爱过的你们》获三等奖。

2019 年 1 月 14 日,徐德芳的摄影作品《在自家门前喝上纯净水》入选永州市 2019 年元宵摄影展。

2019 年 1 月 4 日—1 月 28 日,在衡阳市税务局征联活动中,梁莹玉撰写的楹联"万国流光,财聚秋阳三冬暖;九洲溢彩,税改春风四季馨"获三等奖。

2019 年 1 月,曾令娥荣获 2018 年度桃江作协文学创作奖,她的《"创意写作"在初中语文课堂教学中的实践探索》《我们班的鬼故事》《三自,点燃学生心灵幽微的烛光》在 2018 年度中语成果评选中分别被益阳市教科所评为三等奖、二等奖、一等奖;她的《学习描写景物》在 2018 全县教育教学成果评选中获一等奖,她的《选择》发表在《语文报·中考版》,她的《温暖的村庄》在纪念"五一口号"发布七十周年暨改革开放 70 周年主题征文中获一等奖。

2019 年 2 月,唐益红的诗《明天》(10 首)荣获《诗潮》杂志社主办的首届湘华天杯全球华语诗歌大赛优秀奖。

2019 年 2 月 28 日,由红网互动中心策划出品的《湖湘·年味》图文短视频征集评选活动结果揭晓,郑安戈(品论)的《国家传统古村落上演国家非遗汝城香火龙》获三等奖。

2019 年 3 月 12 日,湖南省摄影家协会表彰 2018 年度湖南摄协 7 个优秀团体会员单位和 10 位优秀个人,郑安戈被评为创作类 2018 年度突出贡献奖。

2019 年 4 月,曾令娥、刘剑文的《"创意写作"在初中语文课堂教学中的实践初探》、曾令娥、陈永鹏的《"三自"点燃学生们心灵幽微的烛光》、曾令娥的教学设计《我们班的"鬼"故事》,曾令娥的教学设计《学习描写景物》分别被桃江县考研室评为 2018 年全县教育教学成果评选中荣获一等奖、二等奖、二等奖、一等奖。此外,曾令娥主持的《引进驻校作家制度,助推初中学生语文核心素养提升》在桃江县 2019 年 3 月揭晓的 2018 年省市科学规划课题阶段成果评选中获一等奖。

2019 年 7 月,沅陵县隆重表彰 2018 年度文艺创作中取得优异成绩的个人与集体,张远文获文艺创作奖。

2019 年 7 月 20 日,获悉 2017 年 18 届省展获银奖、2018 年湖南省十佳摄影师郑安戈的摄影作品入围第 27 届国展初选。

2019 年 8 月 21 日,"中国梦·劳动美"首届永州职工摄影展获奖作品公示,徐德芳的摄影作品《火花人生》入围并获奖。

2019 年 9 月,"潇湘好歌"2019 湖南省第五届优秀歌曲征集活动评审结果通报发布,陈永祥的作品《幸福新瑶家》(陈永祥词、江晖曲)获银奖,他的另一作品《茶门一开幸福来》(陈永祥词、江晖曲)获入围奖。

2019 年 10 月 22 日,庆祝中华人民共和国成立 70 周年"湖南人防杯"全省诗歌大赛揭晓,唐益红的《我也有过这样的一条河》(组诗)获铜奖。

2019 年 12 月,曾令娥的论文在湖南省 2019 年教育教学科学研究论文评选中获一等奖,在 2019 年湖南省中小学(幼儿园)教师信息技术与学科教学深度融合在线集体备课中,曾令娥的《昆明的雨》获二等奖。

2019 红网乡村旅游经济发展研讨高峰论坛征文湘江品论郑安戈获三等奖。

2015 年—2019 年,胡娟连续 5 年参与《长沙市重点工程纪实》编撰。

2020 年 10 月 22 日下午,"梦圆 2020"脱贫攻坚文艺创作颁奖活动在湖南广播电视台举行,毛泽东文学院第九期作家研讨班江月卫的《守望》、王天明的《相思山》分别获长篇小说三等奖,王丽君的《三湘网事》获长篇报告文学二等奖。

代后记:祝福你,远航高飞的毛九

文/陈嵘

陈嵘系
毛泽东文学
院培训中心
副主任,毛九
班班主任

"浮云一别后,流水十年间。"光阴似箭,岁月如梭,一转眼毛九毕业就十年了,实在让人感慨万千,人生能有几个十年啊!

直到现在我还常沉浸在 2010 年那个初夏:雨水、文学院的教室、施秉漂流、"七匹狼"的寝室、毕业晚会、一张张洋溢着文学性情的笑脸,一声声亲切的呼唤似乎还在耳边……

约定的年会、新年的慰问信,从未间断。毛九日志,点点滴滴,让我觉得毛九从未离开文学院,毛九一直在继续!

带过的十多个班中,毛九给我的印象是最深的:全班同学的团结友爱和强烈的班级荣誉感、还有班委会的得力、"七匹狼"的万丈豪情、秘书处的精心付出,丝丝缕缕,都让我欣慰。

回想毛九在校之时,25个男同学,20个女同学,个个对文学虔诚认真,守纪律、尊师长、勤创作、出专著,得到文学院和省作协领导的高度表扬。过去十年毛九的传统年会上,省作协领导以及《创作与评论》《湖南文学》《芙蓉》等杂志负责人和编辑都热情参与过。同时,每个市州举办的年会,都按照班级文学座谈会、班旗交接仪式、文学采风、提交采风作品的环节进行。这个活动意义非凡,得到当地文联、作协、旅游部门和企业的热情支持,活动搞得轰轰烈烈。每个同学都积极主动交班费,并在年会的文学座谈会上总结一年来的创作成绩和工作生活情况,做出来年的计划。同学们热情洋溢、意气风发,是参与集体活动人数最多的班级。毛九同学们有个说法:毛九有两个年,一个是传统意义的年,一个是毛九聚会的年。毛九班的成绩,我看在眼里,喜在心里,他们一个个都在努力创作、发奋工作,争取更好的成绩。

"七匹狼"是毛九班402室的七位男同学,夜狼王天明,苍狼吴志保,野狼陈永祥,花狼张湖平,才狼陈应时,闷狼邓道理,摄狼周正良,他们的精诚团结,他们的班级荣誉感,他们的承受担当,他们在创作上的你追我赶、他们对其他同学的豁达关爱,他们带头、争相排队承办年会,在他们的热情感染下带动了全班所有的同学,如此种种,都让我感动至深。"七匹狼",我为你们点赞!

毛九的班委会是给力的。班委会刘友善、胡勇平、胡滨、王天明、陈应时、徐仲衡、袁敏,早在文学院学习期间,就商量确定了,毕业之后每年在各个市州轮流召开班级年会开展采风活动,我觉得这是增进同学友谊、有益文学创作的好举措,毫不犹豫给予全力支持,作为班主任,我尽量抽时间参与年会。每次的年会,班委会都当作毛九大事与东道主商议,精心组织,协助开展。毛九的美誉也迅速在历届与后来几届的毛院学子中传播开来,这个班委会没有让我失望,我为他们叫好!

最让我感慨的是毛九的秘书处,他们在文学院学习期间,并没有设置这个机构。毕业之后，他们几个自觉坚持为班级服务，十年如一日，表现优秀，可圈可点。王家富是个热情认真的男生，一如他的诗歌，几乎每天都关注毛九同学的各种消息和文学创作成绩，时刻登记在册，详细书写毛九日志《一起走过的日子》。胡娟性格开朗外向，做事却细微独到，每个同学的生日，她都做到及时在班群公布、祝贺，掀起班群一片浓烈的友谊之情，每年的新年贺信和新年礼物，都精心准备，让全班同学每年之初都有惊喜。王丽君在班费管理中也是耐心细致，每年的年会上，都有她接收、登记班费的身影，日常的收支工作都做到认真负责。慧子是个性格内向却又热情善良的女同学，每天默默地在班群里发布新闻，精心制作打理班级的微信公众号，大力宣传同学们的作品。因为秘书处和全班同学的努力付出和精心维护，毛九才如此团结友爱，我由衷地为他们鼓掌！

转瞬之间，已是十年，仿佛一觉初醒，却已然"窗间梅熟落蒂，墙下笋成出林"。感觉和同学们还处于 2010 年的初夏之时，我和毛九的情感，一如当初。

加油！远航高飞的毛九。